Invernadero de tragedias
Factoria de miedo en el mundo

Orlando N. Gómez

authorHOUSE®

AuthorHouse™
1663 Liberty Drive
Bloomington, IN 47403
www.authorhouse.com
Phone: 1 (800) 839-8640

© 2015 Orlando N. Gómez. All rights reserved.

No part of this book may be reproduced, stored in a retrieval system, or transmitted by any means without the written permission of the author.

Published by AuthorHouse   05/04/2015

ISBN: 978-1-5049-0997-6 (sc)
ISBN: 978-1-5049-0998-3 (e)

Library of Congress Control Number: 2015906766

Print information available on the last page.

Any people depicted in stock imagery provided by Thinkstock are models, and such images are being used for illustrative purposes only. Certain stock imagery © Thinkstock.

This book is printed on acid-free paper.

Because of the dynamic nature of the Internet, any web addresses or links contained in this book may have changed since publication and may no longer be valid. The views expressed in this work are solely those of the author and do not necessarily reflect the views of the publisher, and the publisher hereby disclaims any responsibility for them.

****La Factoría de Intranquilidad y Miedo
de los dos Últimos Siglos****

"Guerra Fría y Terrorismo en Contra de la Paz"

Significado de Mundo: Planeta en el que viven los seres humanos. — antiguo Parte del planeta que incluye Europa, Asia y el norte de África. Nuevo — Parte del planeta que incluye América y Oceanía. Tercer — Conjunto de los países subdesarrollados

Significado de Invernadero: lugar cubierto en el que se crea artificialmente un clima adecuado para el cultivo de plantas fuera de su ámbito natural.

Significado de Tragedia: Hecho desgraciado. 2 Pieza literaria dramática, nacida en la antigua Grecia como manifestación teatral, elaborada en un estilo elevado y con desenlace generalmente funesto. 3 Obra de teatro basada en un tema importante que, generalmente, tiene un desenlace desgraciado. 4 Subgénero literario, parte de la dramática.

Significado de Esperpento: persona o cosa grotesca y fea caracterizada por la degradación, animalización o cosificación de los personajes; coloquialismos, gitanismos, y lenguaje popular y desgarrado; lugares feos y de mala reputación como los bares, burdeles, casinos de juego y callejones oscuros; la presencia de la muerte; y el empleo excesivo de contrastes.

Orlando N. Gómez

Significado de Mortífero: Que ocasiona o puede ocasionar la muerte. Sinónimos de mortífero (-ra): aniquilador, deletéreo, destructor, fatal, funesto, insalubre, irremediable, letal, mortal, nefasto, nocivo, perjudicial.

ESPERPENTOS

Las actividades de los niños

Guerras

Comunidad compuesta por militares

Vida de estudiante

Racismo

Amoríos

Diferencias ideológicas

Dictaduras

Espionaje

Capitalismo

Comunismo

Religión

Caída de la Unión Soviética

Desaparición del equilibrio de poder

Terrorism

Otros libros de Orlando N. Gomez

"Caribbus Dagger Bundelle" The relentless Sprout.

"The Opprobrium of Wanton Behavior"

"Carlos, Asesino de Crimen o Usurpador de la Ley"

"El Garrulo Loco Cuerdo, y lo que se Esconde"

"La Bendición de Los Buitres"

"El Poder de lo Sublime"

"Invernadero de Tragedias" es una novela que no está escrita con el fin de difamar a personas algunas ya sean vivas, muertas o por nacer; ni mucho menos a ninguna institución política, religiosa o de cualquier otro tipo de creencia. Si lo escrito en la misma tiene algún parentesco a cualquier evento histórico, persona, institución o religión, es por puras coincidencias. Dicha novela está escrita con el único fin de poner en perspectiva real, algunas cosas que son y han sido vistas por la generalidad, pero bien entendidas solo por unos cuantos interesados o capacitados en entenderlas. Esta novela esta revestida de esos elementos que le dieron forma tanto a la guerra fría entre Estados Unido y Rusia, como también a la nueva ola de terrorismo que hoy afecta al mundo.

Introducción

El universo no es tan solo inmenso; sino más bien infinito. Pero en una lucha torpe, constante y viciada por adquirir poder, control y espacio, el ser humano sea ha creído ser dueño del mismo al inventarse un mundo hecho a su medida que solo describe la dinámica existente dentro de un invernadero, no de flores o vegetales como los hay por doquier, sino más bien de tragedias miedo, dolor y penas. Todos estamos conscientes de que en la dinámica humanan de nuestro mundo, se practica el amor y el desamor como engendro del raciocino humano. Pero no es menos cierto que la prevalencia del odio, la envidia, la falta de empatía, la falta de comunicación, la glotonería, la avaricia, el racismo, la explotación, las guerras y la violencia en todas sus formas, como contrapartidas del amor y la razón, convierten el entorno de dicho invernadero en un mar de tragedias humanas. Por esa razón es importante tener que destacar, que entre guerras y guerras muchas veces por razones de control de espacio, agua, alimentos y esclavitud, no es hasta después de la gran era de la iluminación, cuando el ser humano se dedica a querer convertir el mundo formado en dicho invernadero, en un pájaro con dos alas, para que cuyas alas vuelen en sentidos contrarios en beneficio de dos pareceres o criterios diferentes, los que se han convertidos en los principales responsables de engendrar mucho de los odiosos esperpentos mortíferos que han puesto y siguen poniendo al verdadero mundo al borde de un desastre general. Para ser mucho más claro, es importante destacar, que el desastre en cuestión, solo es el producto de la dinámica dislocada de dicho pájaro, el cual ha sido creado para que los habitantes del mundo estén mucho más cómodos en su procreación e independencia intelectual. Aunque la realidad de las cosas nos digan, que de igual manera dicha dinámica ha ubicado a todos los habitantes del mundo, en un corral repleto de dilemas y contradicciones. Pero lo más penoso de esto, es tener que saber que todo lo que sucede en el cuerpo de dicho pájaro, es por falta de coherencia en cuanto al movimiento de sus alas. Con la salvedad de que esta falta de coherencia es por razones puramente controversiales. En virtud de esto, erróneamente se exacerban los movimientos de dichas alas, para luego acrecentar la aceleración y capacidad intelectual del pájaro. El gran peligró se asoma, cuando el pájaro acelera peligrosamente los movimientos de las alas, corriendo el grave peligro de que dicha aceleración pudiera desmembrarle tanto el cuerpo del pájaro, como también sus alas; puesto que cada ala está halando en sentido contrario. Hasta el momento presente, los sufrimientos y falta de empatía humana existentes en la época barbárica y cavernaria, han sufrido una metamorfosis al acuerparse

Invernadero de tragedias

en contradicciones ideológicas y religiosas, las cuales han sido y siguen siendo las más activas en la creación agobiante de la inestabilidad y desasosiego que confronta la tierra. Es agobiante el tener que vivir bajo el asedio del antagonismo sustentado por las ideologías políticas. Pero más agobiantes es el tener que vivir bajo el temor de ser aniquilado por una bomba, un fusil o una daga en mano de un terrorista. Todos estos asedios y temores son engendrados por dichas contradicciones. Lo irónico del caso, es que tale contradicciones son acuerpadas a través de las expectativas que tiene la mayoría de las gentes, de poder lograr obtener cosas que a la postre se convierten en inciertas e inseguras, donde la destrucción se coloca siempre en el mismo centro de la puerta principal de la gran entrada del mundo. Más aun, cuando existan seres humanos interesados más que en la puesta en práctica de las virtudes humanas, interesados en esos vicios o cálculos desacertados engendrados por el fanatismo tanto religioso como ideológico. Los diferentes países que forman el globo terráqueo, los cuales se han formado a través del tipo de costumbres que estos han desarrollado durante su historia como grupo organizado, siempre son impactados severamente por dichos cálculos desacertados. Esto es así, porque la complejidad de su entorno siempre engendra gentes con diferentes maneras de ver, hacer y decir las cosas. Aunque en realidad esos países por razones naturales tengan un común denominador que siempre se cumple, y que el no cumplirlo evitaría las confrontaciones. El común denominador al que hago referencia, esta creado por gentes que le gusta hablar y repetir cosas sin tener conocimiento pleno de su naturaleza, procedencia y razón de ser. En cualquier país del mundo que exista un alto porcentaje de ciudadanos que hablen sin tener conciencia plena de lo que dicen, los rufianes siempre los utilizarían para hacer sus trucos e imponer sus ideologías.

En la vida del ser humano siempre han existido los altos y bajos creados por las malas o buenas conductas. El amor y el desamor siempre han sido desde sus génesis, los dos elementos que les han dado forma a todas las actividades humanas sobre la faz de la tierra. El amor como antesala de la procreación, siempre ha acuerpado todas esas cosas que generan elegancia y buen gusto. Del amor se inicia y también se preserva la familia, la cual es sustentadora de la continuidad, de la sociedad y la vida. Pero también a través del amor, las gentes pueden vivir en paz y armonía entre sí. Por el otro lado, el desamor como elemento generador de odios, celos, caprichos y conflictos, siempre ha sido la palanca que mueve las maquinarias que producen dolor, penas y amarguras. Esta situación muchas veces genera confrontaciones tanto pequeñas como grandes. Las confrontaciones pequeñas son aquellas que en su mayoría

Invernadero de tragedias

de veces, se dan en el seno familiar, en el vecindario, en las escuelas o en cualquier lugar que haya sucedido algún conflicto doméstico. Mientras que las confrontaciones grandes son generadas a través de las guerras entre naciones que se rechacen mutuamente, ya sea por odio racial, diferencias económicas, políticas, ideológicas o religiosas. Lo que sí está claro, es que todas estas diferencias siempre son nutridas por elementos que de una u otra forma, niegan el amor como elemento conciliador. Lo más doloroso es que dichos rechazos, siempre están bien envueltos o empacados con un material elegante y hasta quizás delicado, pero con gran capacidad para generar conflictos, odio y hasta muertes. Como consecuencia, he ahí donde entra el poder del leguaje; el poder de la buena comunicación para que de una manera positiva y objetiva, las partes en conflicto puedan encontrar algo en común que pueda dar lugar a una resolución del conflicto. Pero lo más elegante de dicha resolución, es que la misma estaría acuerpada por los reflejos creados por la fuerza del amor que siempre interviene para prevenir el que no sea posible un resolución, y como consecuencia abrir las puertas para que entre lo que todos siempre ansiamos ver llegar; ¡la tan esperada paz!

Pero siendo un poco más elocuente en ese sentido, tengo que decir que el criterio que tengo acerca de la paz que

Orlando N. Gómez

todos asíamos y que por razones diversas nunca vemos de manera definitiva poder llegar, está basado en que la mayoría de mis contemporáneos han podido tener la oportunidad de entender, que si es cierto que no hemos podido llegar a obtener la tan ansiada paz absoluta, también entendemos que los fenómenos geopolíticos que se generaron durante la confrontación entre Estados Unidos como potencia nuclear, y Rusia como otra potencia nuclear, nos permitió por lo menos disfrutar de un equilibrio de poder que previno una conflagración mundial, y que de algún modo nos frisó en medio de su guerra fría. Pero más adelante tuvimos que ver una paz que se extinguió con la desaparición de dicho equilibrio de poder. Pero si algún lector se preguntaría ¿qué quiero decir con el equilibrio de poder? Pues le diría que el equilibrio de poder en las relaciones internacionales, o equilibrio de potencias, es una situación política internacional la cual está basada en lo que cada Estado como potencia siempre intenta mantener como el statu quo que le hizo posible adquirir dicho poder. Pero si es un poder absoluto, que por lo menos sea una situación que pueda disuadir a su contrincante para establecer respeto mutuo. Imagínese usted viviendo en un lugar donde haya una sola persona que posea un arma de fuego, y que su uso sea solo para amenazar o controlar a las otras personas. ¿Qué pasaría cuando dicha persona poseedora del arma de fuego sepa

xviii

Invernadero de tragedias

que el vecino del lado al que el asustaba, ya tiene otra arma de fuego quizás mejor y más potente? ¿No cree usted que desde ese momento se iniciaría el proceso de respeto mutuo? Si eso es correcto, entonces eso es equilibrio. Si utilizamos este mismo ejemplo de manera más general, se podría decir que esto fue lo mismo que sucedió entre Estados Unidos y Rusia. En este caso, el equilibrio de poder se ha generado entre estados, para prevenir el ejercicio en exclusiva del poder por alguno de ellos en particular. Pero habiendo dicho eso, también es importante decir que en el preciso momento en que la ruptura de dicho equilibrio sea un hecho en favor de uno de los estados envueltos, de inmediato se generaría la hegemonía solo del estado que quede más fuerte, y por lo tanto, cambiarían las reglas del juego. Lo conocido como equilibrio de poder, cambiaria para desequilibrio de poder. Hoy como consecuencia del fin de la guerra fría, existen varios países que han adquirido armas nucleares para su supuesta defensa nacional. El problema con esta adquisición de parte de dichos países, es que durante la guerra fría dichas armas no eran armas de guerra, sino más bien, armas disuasivas. Como consecuencia, el mundo hoy vive una inseguridad por la grave red de poder nuclear existente, que sería un poco atrevido y fantasioso el decir que dichas armas no pudieran ser utilizadas en cualquier momento durante cualquier conflicto entre naciones que posean dicha armas nucleares. Pero el peligro mayor está en mano de esa generación de individuos hijos de los participantes directos e indirectos de dicha guerra fría, los cuales hoy tienen mentalidades diferentes, agendas de vida diferentes, ideologías y creencias diferentes muchas veces sin ellos darse cuenta, respondiéndole el llamado de los enemigos encubiertos de su propia forma de vida.

Pero quedándome con el deseo de seguir analizando la importancia que tiene el lenguaje en cualquier conflicto, es importante decir que el poder del mismo en este sentido, es algo insustituible, ya sea para un uso malicioso o benigno. Todos los que hemos tenido la oportunidad de ir a la escuela, aprendimos que el lenguaje en el ser humano está fundamentado en puras adaptaciones evolutivas que se dan exclusivamente en la especie humana (la del Homo sapiens), y esas adaptaciones evolutivas están intrínsecamente fundamentadas en esa voluntad humana creada por el amor y el desamor. La conducta del ser humano en sentido general, siempre ha estado enmarcada en esos dos elementos (amor y desamor). Pero en medio de cada cambio evolutivo, siempre se acuna la parte lingüística, la cual no es de tipo instintivo, sino que debe ser adquirida por contacto con otros seres humanos, y es ahí cuando surgen los mayores odios, o los mejores amores, y por ende, la paz o la guerra. Las estructuras de

Invernadero de tragedias

las lenguas naturales, que son el resultado concreto de la capacidad humana de desarrollar lenguaje, permiten comunicar ideas y emociones por medio de un sistema de sonidos articulados y trazos escritos. Pero más que eso, también de signos convencionales, mediante los cuales se hace posible la relación y el entendimiento entre las gentes. El lenguaje humano posibilita la expresión del pensamiento y la exteriorización de los deseos y afectos. Lo peligroso de esto es que cuando la fuerza y la sinrazón se apoderan del mismo, la irracionalidad se asoma para forzosamente tomar el control de la situación, para que de esa manera surjan las intimidaciones, y porque no, para que suenen los tambores y cañones de las guerras.

La capacidad humana para el lenguaje, tal como se refleja en las lenguas naturales es estudiada por la lingüística, con el fin de habilitar a las gentes lingüísticamente para que se puedan comunicar bien. Pero la variante que muchas veces no se toma en cuenta, es que la subjetividad puede moldear las palabras cuando estas salen de la boca de un malvado, de un traidor, de un psicópata, de un genocida, o simplemente de la boca de un cínico. Se considera que la progresión de las lenguas naturales va desde el hablar, luego por la escritura y finalmente, se le instala una comprensión y explicación de la gramática. El problema es que esta progresión

Orlando N. Gómez

también es utilizada para habilitar las artimañas que utilizan los tramposos. El lenguaje y las gentes que los utilizan para comunicarse, son los únicos responsables de darle lugar a los idiomas que viven, que mueren, que se mudan de un lugar a otro, y que cambian con el paso del tiempo. Cualquier idioma que deja de cambiar o de desarrollarse, es categorizado como lengua muerta, aunque sinceramente creo, que las lenguas muertas son aquellas que han sido aniquiladas por la fuerza, por la indiferencia o por las guerras. De ahí es que se nutren los etnocentristas que se aprovechan de la debilidad de las culturas más pobres para por la fuerza establecer las más fuertes y ricas. Por ese motivo, tanto en el campo religioso como político, dicho etnocentrismo siempre ha jugado un papel importantísimo. Durante la era esclavista, los esclavizadores imponían sus criterios, lenguajes y culturas, sin importarles el criterio, cultura o lenguaje de los esclavos. De igual manera lo mismo sucedió durante la era del feudalismo. Ahora con la correlación de fuerzas existente entre Estados Unidos y Rusia, en este momento histórico, los criterios, lenguajes y culturas de ambas partes en conflicto, son sustentados con un elemento de fuerza creado por el equilibrio de poder que le permitió a ambas partes sustentar su criterio, su lenguaje y cultura sin estos poder ser eliminados.

Invernadero de tragedias

El equilibrio de poder al cual me he referido anteriormente, fue riguroso y constante durante la guerra fría entre Estados Unidos y Rusia. Dicha guerra duró más o menos unos 50 años. Durante la misma, muchos países tercermundistas fueron sumergidos en una constate lucha reivindicativa de derechos que esos países creyeron habérsele arrancado por las potencias envueltas en el conflicto. Tanto el criterio, el lenguaje, como también la cultura de esos países, estuvieron comprometidos con uno, o el otro lado; solo por motivos imperialistas y puramente geopolíticos. Un ejemplo ha sido lo ocurrido en la República de Cuba, la cual en 1959 cambió la regla del juego en América Latina con el triunfo de la revolución Cubana. Esta revolución fue comandada por el señor Fidel Castro; aunque más adelante dicha revolución se haya acunado del lado de Rusia. Esa alianza sucedió debido a una mezcla de razones geopolíticas e ideológicas. Pero la realidad imperante durante dicha época, era que alrededor del mundo, la clase media del lado occidental del globo terráqueo, en su mayor parte estaba controlada por EE: UU. Para mantener ese control, EE:UU tuvo que utilizar de manera constante los servicios de la Agencia Central de Inteligencia, como también la escuela de las Américas; la cual fue responsable por la creación y entrenamiento del material humano utilizado en los diferentes países comprometidos con el capitalismo, para combatir el comunismo internacional financiado por los rusos. En dicha escuela, se prepararon los agentes que luego fueran responsables de entrenar y dirigir a los que más adelante serían utilizados como actores materiales en infringir miedo en todo aquel que intentara ver al socialismo como una opción de cambio. Esto fue una estrategia de parte de los países capitalistas aliados a los Estados Unidos, la cual creó no tan solo miedo, sino también muertes y torturas. Estas atrocidades humanas ocurrían solo para mantener el statu quo, defender la permanencia del capitalismo, y para lograrlo se tenían que desatar feroces persecuciones contra todos aquellos sospechosos de tener algún vínculo con partidos de izquierda, o subversivos como estos eran llamados por la derecha. Tanto América Latina, África y los países Asiáticos, estaban siendo disputados por las dos súper potencias del mundo. Rusia con el uso de su KGV, introducía nuevas tácticas políticas y estratégicas con equipos militares y el poder económicos, para suplir las guerrillas tanto de montañas como urbanas. Pero también utilizaba dichas tácticas y estrategias para colectar inteligencias en aras de adiestrar a nuevos adeptos. Esto sucedía con el fin de poder atraer más países hacia su centro de control político, y ocupar más territorio en el mundo. Mientras que los Estados Unidos con el uso de su Agencia Central de Inteligencia CIA, colectaba inteligencia de su adversario (Rusia), y

Invernadero de tragedias

para poder identificar, contener, y hasta eliminar, a todos los que quisieran erradicar el capitalismo, como decían los marxistas. Tanto la CIA como la KGV, introducian nuevas tácticas de contrainsurgencia para poder repeler los movimientos tácticos de su adversario; como también introducían elementos estratégicos para contenerlos o eliminarlos. Estas dos superpotencias ponían en práctica sus disputas en cualquier terreno o circunstancia. Ambas fueron responsables de desaprisiones, torturas, asesinatos, intimidaciones, persecuciones y largos encarcelamientos, solo para mantener su statu quo. Estos eran los métodos de fuerza más comunes de la guerra fría. Mientras el grupo de países capitalistas tenían un medio de producción generador de ganancias de capital obtenido a través de los productos producidos para luego ser vendidos y exportados, los Rusos se preocupaban más en producir para exportar su revolución Bolchevique. Esa táctica luego fue emulada por Cuba después del triunfo de la revolución. Durante dicha época de guerra fría, en los Estados Unidos se producían y todavía se producen muchas armas de todas clases y calibres: largas, cortas, misiles, tanques, aviones, bombas de todas las clases, submarinos nucleares, destructores etc. Pero aun esto estuviera sucediendo, los americanos no se descuidaron y siguieron produciendo las cosas comunes que les gustan a la gente común del pueblo. En EE: UU siguieron produciéndose productos

Orlando N. Gómez

de uso diario en la población; productos de lujo para la clase que los pudiera consumir tale como: automóviles de lujos, mansiones y todos esos productos y cosméticos que en público los socialistas decían que eran producidos solo para alienar a las gentes, mientras que en privado ellos estuvieran a la vanguardia en cuanto al uso de los mismos. Por el contrario, en Rusia solo se producían en mayor cuantía, viviendas para la población, buena educación, sistema de medicina preventiva gratis, y al igual que en EE: UU, muchos armamentos de todos tipos y calibres. El problema con la estigmatización de estos productos, es que los mismos han sido usados por tradición en los países Europeos controlado por los rusos. Esos productos siempre han sido de interés tanto para muchas mujeres como para muchos hombres alrededor del mundo. Cosa esta que al ser dichos productos caracterizados por los rusos como productos alienantes, sin pensar en las repercusiones, ellos estaban marginando a ese gran segmento de gentes que les gustan usarlos. Los rusos ignoraron que en cualquier episodio histórico de carácter negativo que se les pudiera presentar, dicho segmento pudiera convertirse en el más importante catalizador para exacerbar cualquier negatividad que pudiera destruirlos. Por el contrario, en América la competitividad siguió a la orden del día; puesto que la misma es la base que sostiene el sistema capitalista. Pero también dicha competitiva era

Invernadero de tragedias

y todavía es, la mayor garantía del porvenir de las gentes físicamente equipadas para poder trabajar. El estado no tiene nada que ver con dicha garantía, sino más bien la autodeterminación, la autosuficiencia e independencia del individuo de crear para producir. La voluntad de dicho individuo era y todavía es, un factor importantísimo para la disponibilidad y habilidad de trabajar para producir, sin que dicho porvenir sea garantizado gratuitamente por el estado. En EE: UU, dicha independencia de producir al estar habilitado y disponible para competir en aras de poder crear su propio porvenir, estaba a la orden del día. Mientras que en la Unión Soviética dicha disponibilidad era inexistente; puesto que sin importar las condiciones físicas del individuo, el estado era el único que producía, ofrecía, permitía y les garantizaba el porvenir a las gentes. En tal virtud, mientras Estados Unido exportaba la idea de tener la libertad de elegir, consumir, crear, tener o no tener, el socialismo exportaba la idea de dar, de garantizar y que todos vivirían igual. En Rusia, el estado se postraba como el gran benefactor y único capaz de poder crear y ofrecer las cosas necesarias para las gentes poder vivir. Pero todo no queda ahí, el comunismo internacional comandado por Rusia, y en algunos casos por China, en público utilizaba una metodología diferente a la utilizada por los anticomunistas. Aunque en privado dicha metodología fuera mucho más letal, puesto que en público

xxvii

Orlando N. Gómez

la misma acuerpaba un tipo de información en los medios informativos que en la mayoría de veces estaba repleto de puras propagandas políticas.

Por el otro lado, mientras los capitalistas hablaban de las abundancias exhibidas en sus centros comerciales y la escasez en los países comunistas, en medio de tal abundancia, la desigualdad socioeconómica y educativa en la sociedad capitalista creaba desagravio y amargura en todos aquellos sin aseso a dicha abundancia. Esta realidad imperante en el mundo capitalista, era utilizada por los comunistas, para ofrecer igualdad social en todos los renglones que formaran una sociedad comunista. Diferente a la propaganda capitalista, la propaganda comunista alrededor del mundo estaba entremezclada con elementos entrenados con una retórica repleta de conceptos y principios de carácter materialistas, para poder presentarse en público y así venderle al mundo capitalista una conciencia social catalizadora y capaz de atraer a nuevos adeptos que respaldaran la lucha anti-capitalista, y de esa manera poder crear individuos con un alto grado de sofisticación de caracteres estoicos e inalienables, que pudieran ser confesos anti capitalistas, y de igual manera leales al comunismo. Esta realidad sociopolítica fue responsable de que durante la guerra fría, los principios de Adam Smith contra los principios de Carl Max, forzaran al

Invernadero de tragedias

común ciudadano de cualquier sociedad o país del mundo desconocedor de la gran verborrea repleta de principios de carácter propagandístico, a que vean dicha lucha antagónica en algunas de sus formas, como la lucha entre el bien y el mal; o mejor dicho como decían mis gentes en el Ingenio Angelina donde viví, la lucha entre ¡Dios y el diablo! Pero es de mi obligación el tener que decir, que aun yo viviendo en un medio tan austero y mezquino para los de abajo como lo fue el Ingenio Angelina, todas esas variantes generadoras de vejaciones económicas contra determinadas clases sociales, incluyendo la clase a la que pertenecí en dicho entorno austero, precario y mezquino, fueron las que me obligaron a tener que luchar fuerte para poder derrotarlas y estar donde me encuentro hoy; y no tener que quedarme donde se quedaron todos los que se adaptaron, se rindieron, murieron, se enfermaron o por razones más que ritualistas o conformistas, se quedaron en el mismo lugar sin un futuro; sino más bien, a esperar la muerte o a repetir los postulados anacrónicos del igualitarismo. Pero habiendo dicho esto, de igual manera tengo que decir, que aun dicho entorno tener todas esas variantes nocivas, todos los que nos decidimos a luchar tenazmente con gran determinación, pudimos lograr alcanzar nuestras metas. Esto me da a entender, que el sistema como tal, aun con todas las dificultades ya mencionadas, le permite a los de abajo poder alcanzar

Orlando N. Gómez

peldaños en la sociedad y ser quienes ellos quieran ser, sin que el gobierno sea quien les diga quienes son, porque son, o cuando pueden ser lo que quieran ser. No quiero agotar mucho espacio hablando de mí en este trabajo. Pero es de suma importancia que para poder ser más objetivo en estas puntualizaciones, tenga que decir que dicha metas trazada por mí esfuerzo, me han permitido alcanzar frutos provechosos, al poder vencer las imposiciones o vejaciones ya mencionadas.

Es de trascendental importancia el tener que decir, que el mérito que pudiera obtener a través de dicho esfuerzo, nada tiene ni tuvo que ver con que el gobierno. Dicho merito solo es el fruto del esfuerzo hecho. La realidad del mismo, solo está fundamentada en la libertad de elegir o no elegir el destino propio que pueda tener cualquier actor; en este caso mi persona, sin que sea el gobierno quien me la haya trazado o me la haya impuesto. Digo esto, porque todos ya sabemos que en un sistema socialista o comunista, por más que cualquier actor luche por su propio destino, o para llegar donde quiera llegar, es el gobierno quien tendría la última palabra, y eso por sí solo, es lo que establece la gran diferencia entre el sistema capitalista del sistema socialista o comunista. Tengo que aclarar, que mis puntualizaciones no están basadas en simpatía o ideología personal. No tengo predilección ni inclinación

Invernadero de tragedias

en ningún tipo de fanatismo ya sea político o religioso. Es importante destacar, que mis puntualizaciones no están basadas en utopías, sino más bien, en la realidad de vida del ser humano. El socialismo o comunismo tiene sus virtudes, como también lo tiene el capitalismo. Pero tengo como norma, el siempre ponerme del lado de los que se amparan en la objetividad cuando se tenga que ver, investigar, analizar, conocer y luego hablar de cualquier cosa. Puesto que soy de los que creen que ambos sistemas económicos (Capitalista y Socialista comunista) tienen sus ventajas y desventajas; puesto que en el mundo de la política, la maldad no surge de la política en sí; sino más bien, de los políticos malos que las pongan en práctica. En ese sentido, tengo que admitir, que al principio de mi vida como adolecente, mis precarias experiencias acerca de las complejidades de la vida, me colocaron del lado donde se posicionan los soñadores de utopías, porque dicha época solo me permitía ser uno más de los de abajo sin poder ver la luz que alumbra todas las superficies, para luego desnudar frente a todos, todo lo que se encuentre sobre la misma. Por esa razón, tengo que seguir hablando del Ingenio Angelina en RD por creer que es de mucha importancia el incluir en este trabajo, uno de los elementos que conformaran la lógica social y financiera que le dio lugar al anticuado capitalismo que se practicó en dicho entorno durante mi infancia, el cual de igual manera

Orlando N. Gómez

es utilizado con mayor sofisticación en muchas partes del mundo. Por ese motivo lo utilizaré como génesis de mis puntualizaciones. Creo sinceramente que muchos miembros del sistema socialista y hasta los de un sistema capitalista moderno y moderando, pudieran categorizar la mezquina realidad socio económica de dicho entorno, como injusta y esclavista. Desde muy pequeño viví en un lugar con un desenvolvimiento económico cuyas características de algún modo pudieran ser vista como feudalitas; puesto que a muchos de sus trabajadores muchas veces el fruto de su trabajo le era pagado con alimentos y no con dinero o pago asalariado, lo que hiciera del plus-valía, un caudal virgen para los patrones oligarcas. Se pudiera metaforizar diciendo que dicha plusvalía era obtenida a través de la sangre, sudor y vida de los trabajadores. El estatus social del entorno denotaba a menor cuantía, como la aristocracia característica del sistema capitalista en República Dominicana y del continente, explotaba a los trabajadores; como los trabajadores eran inducidos a tener que soportar hambre por seis meses los cuales ellos denominaban como **el tiempo muerto**. Este tiempo era llamado de esa manera, porque cuando la temporada de producción de azúcar de caña era detenida, ellos tenían que esperar otros seis meses para volver a trabajar y así poder comprar sus alimentos. Aunque después de concluido el período de tiempo muerto, comenzara el

Invernadero de tragedias

periodo donde los trabajados son explotados por seis meses más hasta cumplir el año.

Los lugareños con gran beneplácito declaraban estos últimos seis meses, como **la zafra**, o sea cuando la producción de azúcar de caña estaba en marcha. Luego que dicha zafra concluía, los aristócratas y explotadores quienes eran los dueños y señores del modo de producción, se repartían las ganancias mientras seguían controlando el poder financiero y político de manera despótica, perpetuada y hereditaria. En realidad, ya se ha establecido que los miembros de la aristocracia como clase social, siempre tiene la tendencia de creerse dueños y señores del poder político, económico o financiero de su entorno, y en la mayoría de veces, dicha posesión es transferida hereditariamente de generación a generación. Pero habiendo dicho esto, para ser más objetivo, es importante destacar que los miembros de la aristocracia al igual que los miembros de la clase pobre, en un sistema capitalista donde el gobierno crea subsidios para los pobres, las quejas de ambos lados son permanentes. Esto es así, porque en el andamiaje social donde se colocan los diferentes subsidios dedicados para ayudar a los pobres, se encuentran los productos o bienes de servicios y consumos que serán usados tanto por los pobres como de la aristocracia; con la gran diferencia de que será gratuitos para los pobres,

Orlando N. Gómez

mientras que cuando estos productos son utilizados por la aristocracia, los miembros de la misma tendrían que pagar por ellos, lo que hace que los gritos y quejas se conviertan en el pan nuestro de cada día. Lo que sí debería de estar claro para ambos grupos, es que en cualquier sistema ya sea capitalista o socialista, la dependencia tanto para el individuo que la padece, como para el que tenga recursos para pagar por la misma, se convertiría en un mal social; más aún, cuando dicha dependencia haya sido infringida por razones ideológicas, pero aún, si dicha ideología es igual a la de los políticos que estén controlando el estado en ese momento. Pero en lo que si deberíamos todos de estar de acuerdo, es que en medio de crear lo necesario para ayudar al dependiente, es extremadamente importante entender que dicha ayuda es para combatir el abuso generado por la indiferencia deliberada a la pobreza de los pobres, más que para incitar la dependencia del gobierno. Ahora bien, si dicho dependiente no está mental o físicamente capacitado para poder producir, entonces la dependencia adquiriría una relevancia irrefutable. Pero de la misma manera que se combate el abuso, hay que corregir el uso, porque si es cierto que la mayoría de los usuarios de las ayudas les dan un uso correcto a los subsidios, también es cierto que una minoría de usuarios les dan un mal uso al mismo; haciendo que la mayor cantidad de dicho subsidio sea conducido por un canal sucio y corrompido.

Invernadero de tragedias

En realidad, el cumplir con esta estrategia, la lógica social y financiera que acuerparían los sistemas económicos ya mencionados, adquiriría un alto grado de objetividad y justicia social. Está claro y muy bien establecido, que mientras los conservadores protectores de la aristocracia propugnan por más mercado y menor intervención del gobierno, los progresistas protectores de la dependencia social, propugnan por mayo intervención gubernamental y mayor distribución de riquezas. Pero viendo las cosas de manera mucho más amplia, en medio de todo esto, el liberalismo en todas sus partes como primo hermano del progresismo, ha llegado a ocupar una gran parte del pensamiento occidental en cuanto a la distribución de riqueza que todos hoy conocemos. Pero no fue hasta que Karl Marx escribiera su crítica contra los efectos nocivos del **Capital**, que dicha distribución de riqueza fuera implantada en muchos países tanto del bloque soviético, como también en gran parte de Europa. Por tal razón, el liberalismo tradicional tuvo que ver al marxismo como ideología alternativa. Cosa esta que a través del tiempo, trajo como consecuencia lo que muchos conocimos; como la guerra fría.

Ahora bien, el lector se preguntaría ¿cuál es la conexión que todo esto pudiera tener con el contenido de esta novela o trabajo literario a ficción? Pues para contestar esa

Orlando N. Gómez

pregunta, tengo que decirles que los personajes que serán utilizados en esta novela, serán encarnados de las entrañas mismas de la era de guerra fría entre Estado Unidos y Rusia. Por tal motivo, tendría que decir que si lo escrito en esta novela coincidiera con las acciones o historia personal de alguien, dicha similitud ha sido por puras coincidencias. Esta novela está escrita en el lenguaje Español al estilo dominicano. Aunque los personajes y acciones tengan que ver con parte de las actividades sociales, militares, culturales etc. de Los Estados Unidos, Rusia, África, Cuba y Latino América. Tanto los personajes como la forma de estos decir las cosas, están escritas al estilo dominicano. Todos los que como yo, que hemos tenido la oportunidad de poder vivir aun sea por un corto tiempo, las dificultades generadas por la mal llamada guerra fría, aunque de fría nada tuvo, hemos podido ver que después del derrumbe del muro de Berlín y concomitantemente con el desplome de la Unión Soviética, el Capitalismo ha permanecido de pies, con su mismo traje y con la misma postura que este adquirió desde su salida de las mismas entrañas del feudalismo; creando así una burguesía responsable de lo que los socialistas-comunistas llaman, la responsable de la explotación del hombre por el hombre. Mientras que el socialismo-comunismo como contrapartida tradicional del capitalismo, desde su consolidación como sistema económico, haya propugnado por darle un uso

Invernadero de tragedias

igualitario a todo lo acumulado a través de la ganancia de su producción, al querer establecer un sistema de distribución de todas esas riquezas que se pueda obtener en dicho sistema económico socialista, pero dichas buenas intenciones no pudieron quedar de pies, y se desplomaron ¿Por qué? Eso quizás lo podamos ver durante el trascurso de esta novela. Pero la gran ironía ha sido, que aun dicho sistema de distribución de riqueza sonara tan bien en los oídos de los creyentes, luego de sufrir la debacle que sufriera la Unión Soviética, muchos de los participantes e ideólogos sustentadores del mismo, cambiaron de rumbo al integrarse como nuevos adeptos del capitalismo. Este sorpresivo ingreso al capitalismo, ha sido lo que al final de la jornada, forzara a muchos entendidos en la materia, a tener que creer y decir que después de del derrumbe de la Unión Soviética, en estos tiempos presente, a veces en situaciones coyunturales como esta, dichos ideólogos y participantes solo tratan de disfrazarse utilizando el traje del capitalismo para aparentar tener tendencias capitalistas, y así poder obtener recursos, recuperarse y poder alcanzar sus metas; aunque al final de cualquier jornada, sea esta cual sea, o al final de cualquier crisis que le afecte, de manera confesa siempre traten de actuar como verdadero comunista.

MAQUINARIA DE MIEDOS

En un entorno repleto de recuerdos militares, dejado por un soldado muerto en la más reciente guerra que su país tubo contra un enemigo derrotado, que luego de su derrota se convirtió en aliado, juegan dos niñas; una hija del difunto soldado la cual lleva el nombre de Estela, y la otra de un soldado activo la cual lleva como nombre Clara. Estas dos niñas representan las familias Miranda y Ortega. "¿Estela tú le ha preguntado alguna vez a tu mama como es que llegan los bebes? Yo le pregunté a mami." "Si Clara, yo también le pregunté a mami" Estela. "¿Y que ella te dijo?" sigue preguntado Clara. "Mami me dijo que cuando hay dos gentes que se aman, él bebe llega por el amor de ambos" responde Estela mientras sostiene una de las cuatro colas de cabello amarradas con gomas y decoradas con bolitas de varios colores que su madre les colocó. "Mami me dijo que yo llegué cuando era bebe, porque ella y papi se aman mucho, y que cuando la mama no ama al papa, y el papa tampoco ama a la mama, él bebe llega enfermo" enfatiza la niña preguntona con un tono más que de niña juguetona, sino más bien de una niña preguntona que disfruta la conversación. "¡Hay! por eso es que la amiguita mía hija de la amiga de mami, siempre está enferma. Su papi y su mami no se

Orlando N. Gómez

aman. Ellos siempre están peleando." dice Estela mientras mueve una muñeca de trapo que le regaló su abuela madre de su madre, y a quien nadie conoce en la comunidad. "Eso es muy malo. Mami me dijo que cuando las gentes pelean así, papa Dios los castiga." dice Clara quien al olvidarse de la pregunta que hizo, se pone hablar de la vecina madre de la niña enfermiza. "¡Hay si Clara! Por eso fue que yo oí a mami que le dijo a abuela, que la hija de la mujer peleona tuvo que dormir aquí en casa los otros días, porque su mami y su papi estaban peleando y el vecino del lado llamó la policía." dice Estela en un tono más que informativo, en secreteo infantil. "¡Estela, yo quiero tener un bebe!" con gran ingenuidad dice Clara en el típico tono de juego de niños. "¡Clara, mami me dijo que los niños no tienen bebe, oíste, oíste! No digas eso. Eso es malo." Dice Estela con los dos ojos bien abiertos mostrando su inconformidad. "Mami y papi me dijeron eso también a mí, pero yo si quiero tener un bebe" repite la niña. Pero esta vez para mostrar su afirmación, ella mueve la cabeza de arriba hacia debajo repetidas veces. "¡Mami!, ¡mami! ¿Verdad que los niños no tienen bebe?" pregunta Estela quien muestra una gran insatisfacción por lo que Clara acaba de decir. "No mi hija los niños no tienen bebe. Cuando los niños lleguen a adultos entonces ellos pueden tener bebe, cuando encuentren a alguien que los ame y ellos amen también" responde Lucy la madre de Estela

Invernadero de tragedias

mostrando una intriga por la pregunta. "¿Mami verdad que la amiguita mía siempre está enferma porque cuando ella llegó su papa y su mama no sentían amor, y ahora pelean mucho y los otros días la policía se los llevo preso? "¡Mira Estela, hablen de otra cosa! ¡Dejen de hablar de eso okey!" Le dice Lucy a su hija Estela en un tono enérgico y definitivo. "Hay pero yo quiero seguir hablando de eso" responde Clara de manera retadora. Al Clara responderle de esa manera a Lucy, Estela siente temor de que su madre tome represalia en contra de ella, y por esa razón dice "No, yo no voy a seguir hablando de eso porque mi mami no quiere que nosotras hablemos más de eso. Además, yo no quiero tener ningún bebe como tú." " ¡Hay contrale! Yo quiero seguir. Yo quiero seguir hablando de eso" dice Clara con una cara de llorona. "Pues yo no; okey. Ya te dije que mami no quiere que hablemos de esas cosas" responde Estela mientras se para del asiento como si se fuera a retirar del lugar. Diferente a la casa de Clara, el entorno de la casa de Estela esta propicio para que las niñas puedan entretenerse mientras juega. Pero por la negativa de Estela de no seguir hablando del tema introducido por Clara, las dos niñas cambian de conversación y proceden a seguir jugando con sus muñecas de trapo. De repente una voz llega hasta el oído de cada una de las niñas. "¡Clara, Clara, Clara! muchacha ven para acá que es hora de que te bañe. Esa muchacha piensa que yo la voy a dejar el día entero

Orlando N. Gómez

jugando sin bañarse. ¡Mira muchacha!, ¡tú no entiendes que tienes que venir porque es hora de bañarte!" dice Lía la madre de Clara la cual en ese momento está preparando la casa para cuando su esposo llegue de la comisaria. "Ya voy mami, ya voy, es que la mama de Estela dijo que ella podía jugar conmigo hasta la seis, y son las cinco" dice Clara de manera inconforme y con ganas de seguir jugando. "¡Lucy, Lucy!" Exclama Lía. "¿¡Qué es!? Estoy aquí. ¿Qué pasó? Dime que pasa" responde Lucy en un tono molesto. A Lucy no le gusta que la voceen en alta voz como lo ha hecho Lía. "¿Es verdad que tú le dijiste a Estela que jugara con Clara hasta las seis?" Pregunta Lía con gran estridencia. "¡Sí!, yo le dije; ¿porque?" Pregunta Lucy quien está al borde de darle una mala respuesta a Lía. "Bueno porque cuando sean las seis, mándame a Clara para acá que ella no se ha bañado, y no quiero que su padre venga del trabajo y la encuentre sin bañar" dice Lía. "¡Okey, okey! Está bien se lo diré" responde Lucy con ganas de terminar con el intercambia de palabras. "Gracia Lucy" Lía. Después de la vecina entrar para su casa y cerrar la puerta, Lucy dice; "Oye pero a esa mujer si le gusta vocear a las gentes. Yo odio cuando alguien me vocea. Tan cerca que estamos. Pero en vez de ella venir a mi casa y decirme tranquilamente lo que me tenga que decir, esa mujer prefiere vocearme para que todo el que se encuentre alrededor tenga que oír y saber lo que ella

Invernadero de tragedias

está diciendo. Yo no me puedo imaginar cómo su marido pude soportar a esa mujer". Después de Lucy hacer dicho comentario, ella cierra su puerta para luego disponerse a su trabajo doméstico antes de salir para la carnicería con su hija. Después que el esposo de Lucy muriera en la guerra, ella se quedó viviendo sola con su hija Estela.

El momento en que madre e hija tienen que salir en dirección a la carnicería, ha llegado. Tan pronto ellas llegan al expendio de carne, se encuentran con que hay pocos clientes en el mimo. "¿Me puedes dar cinco libras de ternera, dos libras de hígado y cuatro libras de filete?" pregunta Lucy sosteniendo un llavero en su mano derecha, su cartera sobre su hombro izquierdo, mientras sostiene a su hija con la mano izquierda. "¡Oh si cómo no! ¿Eso es todo lo que comprarás hoy Lucy? ¿Hoy no comprarás mondongo?" pregunta el carnicero en un tono amistoso y coquetón. "Si eso es todo" dice Lucy en voz baja por estar observando que Clara está muy concentrada en saber lo que se está diciendo. Tan pronto el carnicero le pesa la carne a Lucy, ella le paga, toma el paquete y sin mediar más palabras sale de la carnicería en dirección a su casa. La carnicería está a cuatro escuadras de su casa. Por esa razón, ella camina con Estela quien desde que salieron de la carnicería ha tratado de hacerle una pregunta a su madre. "¿Mami, las vacas tienen sangre

Orlando N. Gómez

y corazón como nosotras?" pregunta la niña mientras camina más rápido que como caminaría si no hubiese sido agarrada por su madre. "Si mi hija, tienen sangre y corazón" responde Lucy con la certeza de que su hija saldría con una de sus tantas curiosidades. "¿Mami, que es una ternera?" sigue preguntando la niña. "¿Hija porque me preguntas esas cosas ahora?" responde Lucy casi al borde de mandarla a callar. "Es que tú le dijiste al carnicero que te de cinco libras de ternera. ¿Eso es lo mismo que la vaca?" pregunta Estela pero en esta ocasión en un tono más infantil que al principio. "Si hija, eso es lo mismo" responde Lucy de manera más comprensiva. "¿Entonces porque tu dijiste ternera y no dijiste vaca?" de nuevo pregunta Estela pero en esta ocasión detenida en medio de la calzada. "¡Hay Dios hija mía! ¿Qué te está pasando? La ternera es una vaca chiquita" dice Lucy luego de detenerse para darle una explicación razonable a la niña y ver si de ese modo la niña deja de hacerle esas preguntas y continúa caminando. "¿Mami entonces porque tú no dijiste dame cinco libra de vaca chiquita?" Estela sigue preguntado. "¡Hija, hija!, es que la ternera es él bebe de la vaca" dice Lucy en voz baja y con mucha ternura. "¿¡Entonces nosotros nos vamos a comer él bebe de la vaca!? Waaaaayyy, waaaaay, waaaay" grita Estela en medio de la calzada mientras su madre se enfada y dice. "¿Niña y ahora que te pasa? ¿Por qué lloras así hija mía?".

Invernadero de tragedias

"Porque yo no quiero ternera. Yo no me voy a comerme él bebe de la vaca, waaaaayyy, waaaaayy" dice Estela mientras sigue llorando. "Está bien, está bien, no te daré ternera" dice Lucy. Después que la niña deja de llorar, la madre llega a la casa para disponerse a seguir limpiado.

ESTELA Y CLARA

Lucy sigue criando su hija Estela como madre soltera o viuda. El tiempo ha transcurrido y ahora una nueva generación de jóvenes son los que se encargan de actualizar los temas políticos del país. El lugar de clase media ubicado en uno de los tantos pueblos y estados que forman la nación Norte Americana, donde viven las familias formadas por soldados del ejército de los Estados Unidos, serán utilizadas como elemento esencial en esta novela. Los soldados que viven en este lugar son ficticios; muchos de los cuales se encuentran en el sudeste asiático con motivo de la guerra de Vietnam. Los familiares de Clara y Estela también viven en dicho lugar. Un dato muy importante, es que el estado al cual pertenece dicho pueblo, pudiera estar enclavado en los corazones de todos los Norte Americanos, centro americano, sur americanos y del caribe. Esta posibilidad es debido a que si dicho pueblito es parte de Los Estados Unidos, también pudiera ser parte de cualquier pueblo de América; puesto que no existe un país en América exento de ser representado por algunos de sus ciudadanos en el ejército de Los Estados Unidos. Esto es así, porque la historia del mismo nos ha comprobado que dentro de su seno existe una mezcla de nacionalidades conformada por gentes de todas partes del

Invernadero de tragedias

territorio americano. Pero más importante, de fuera del mismo también. Por ese motivo, el autor de esta novela quiere dejar claro, que dicho pueblo pudiera estar ubicado tanto dentro como fuera de la geografía qué forma a los Estado Unidos, puesto que a su composición geográfica se les ha añadido territorios fuera de la misma; como es el Caso de Puerto Rico, Hawái etc. Dicho pueblito está formado esencialmente por gentes trabajadoras responsable de crear una comunidad simple, donde todos comparten la misma iglesia, el mismo hospital y escuela. En ese pueblito es que viven Clara y Estela.

Es muy común en dicha era, el oír temas relacionados a las diferentes ideologías existentes: capitalismo y socialismo. Jóvenes como los son Estela y Clara pertenecientes a una comunidad formada por familias conservadoras, salen de sus casas en busca de nuevas ideas y ambientes. Pero rara vez esos jóvenes salen con la idea de introducirse en el mundo del marxismo. Pero como el marxismo es algo que se aprende leyendo, y los libros disponibles en el entorno de dichos jóvenes, muchas veces son revisados, o meramente censurados cundo se descubren algunas lecturas de cortes marxistas, jóvenes como Clara se interesan más en estudiarlos cuando se le presenta la oportunidad. Lo que sucede en el entorno de Estela y Clara, es diferente a lo que sucede en los países pobres

Orlando N. Gómez

del tercer mundo. Las gentes de esos países empobrecidos tienen ansia de vivir en una sociedad libre, similar a la sociedad ofrecida por el comunismo internacional, en donde los adoctrinadores introducen la idea de que bajo un régimen comunista las gentes tendrían la oportunidad de vivir mejor, de alcanzar un grado de conciencia social, de obtener capacidad de discernimiento, control personal, y amor por sus congéneres. Pero más importante, les prometen que a través del marxismo no sería necesario la existencia del estado por el alto nivel de conciencia social que las gentes llegan a tener. Esta utopía, ha sido el elemento principal que ha forzado a Clara y a muchos como ella, a cambiar sus maneras de pensar, y querer salir de sus casas, abandonar su tradición familiar para luego ir en busca de esa capacidad ideológica. Esta realidad política e ideológica, ha creado un estruendo social en países pobres al causarle un ansia de libertad en las mentes de sus gentes. Pero más importante, esta creencia ha podido inducir a una pequeña burguesía que en muchas de las veces nada tiene que ver con pobreza, puesto que la misma está formada fundamentalmente por muchos de los hijos de la aristocracia que controla todos los medios de producción. Los aristócratas tienen por habito, el darle rienda suelta a sus hijos para que pongan en práctica sus ambiciones y emociones; las que en su mayoría de veces están basadas en meros caprichos o rebeldías contra las

Invernadero de tragedias

normas convencionales de su entorno. Pero ya sea por falta de militantismo político o principios revolucionarios reales, muchas veces las ambiciones liberadoras de estos jóvenes pequeños burgueses, se tornan en meras liberación sexual; añadiéndole el uso y abuso de las diferentes drogas prevalecientes en su medio. Es importante destacar, que cuando estos jóvenes se introducen en la ya conocida sociedad de consumo, sus mentes son teñidas con un color subliminal que solo denota perversión. Esto no quiere decir que en ese sentido, los hijos de los pobres que estudien el marxismo encausen sus vidas por el mismo canal que los encausen algunos de los hijos de la aristocracia. En este orden de idea, la curiosidad de Clara por haberse inclinado más por leer libros de corte marxista, hace que ella se interese más por ser partícipe de esa nueva ideológica, la cual es totalmente diferente a la de sus progenitores; aunque ella solo cuente con 18 años de edad. "Aunque estoy consciente de las facilidades que tengo para vivir bien en esta sociedad de consumo, y sé que estoy colocada en un lugar privilegiado en el mundo, también sé que no puedo ni podré nunca disfrutar dichos privilegios, sabiendo lo deplorable que viven algunas gentes en este país. Es lamentable tener que ver cómo viven los Latinos Americanos, pero más aún, como viven muchas de las gentes de color negro en mi propio país" murmura Clara en un tono repleto de rebeldía e insatisfacción.

Orlando N. Gómez

En medio de la efervescencia creada por la guerra de Vietnam en el sudeste asiático, tanto en territorio Norte Americano, como en los países vecinos, el tiempo transcurre y la situación política se agrava debido a las grandes protestas que se llevan a cabo en toda Latinoamérica, como también dentro de Los Estados Unidos en contra de dicha guerra. Pero la gran preocupación de EE: UU en ese sentido, es que dichas protestas han tenido impacto en todos los países del área. Las gentes solo hablan de lo que pueda decir o no decir el presidente de Rusia Nikita Khrushchev, el presidente de Cuba Fidel Castro, y el presidente de Los Estados Unidos John F. Kennedy. Las palabras de estos señores se han convertido en la razón más efectiva para conectar a las gentes. Es las únicas cosas que le da forma a los típicos buenos días y buenas noches expresado por las gentes de todos los pueblo del mundo al levantarse por las mañanas, o al acostarse en las noches. Mientras que algunas iglesias se encuentran en un estado silente o neutral al no decir nada al respecto. Pero con todo y su silencio, muchas de las mismas claramente se colocan del lado del capitalismo por este ser de algún modo, el sustentador y protector del poder de las ideas más que el de la materia. Esto sucede de esa manera, aunque subrepticiamente algunas iglesias se ponen del lado del comunismo. El miedo se ha tornado en un común denominador entre todas las gentes. La libre

Invernadero de tragedias

expresión tiene sus moldes pre establecido con el poder de la censura de ambos lados. Todo aquel que se salga de dicho molde, tiene que pagar un alto precio por su salida. El racismo es un fenómeno social que tiene una característica clara y definida en el mundo capitalista. Pero el mismo es hábilmente simulado en el mundo del socialismo-comunismo.

RONY LLEGA A EE: UU

Durante una tarde cuándo los patos de agua de la región se asoman a la orilla del rio para alimentarse de los microrganismos escondidos en su fangosa y fría orilla, la joven Clara observa las aves alimentarse, como también observa el hermoso panorama. Después de ella observar la hermosura exhibida por dicho entorno, ella se dirige hacia la universidad como una hermosa cenicienta en busca de lo que no se la ha perdido. Al llegar a la universidad ella se reúne con su amiga de infancia Estela, la cual pregunta "¡Hola Clara que bien me siento al verte! Anoche tenia deseo de hablarte pero era muy tarde. ¿¡Oye, sabes lo que está sucediendo en Sud África!? "¡No sé a qué te refieres!" Responde Clara mostrando la curiosidad que ella siempre exhibe cuan está interesada por saber algo. "A Nelson Mandela lo tienen en solitaria". "¡Hay Estela no me digas eso! ¡Qué pena me da de oír eso que dices! No ombe; ¡En solitaria! Oye pero ahí sí que el racismo es crudo. Mira qué ironía de la vida. La mayoría de las gentes que forman ese país es negra. Más sin embargo los blancos son los dueños de todo y los que controlan todo" dice Clara con una voz resentida. "Mañana tengo una reunión en casa de un amigo que vino de Cuba y ahora es compañero de una de mis clases" dice Estela con un

Invernadero de tragedias

semblante repleto de buenas expectativas y entusiasmo. "¡De Cuba! ¡¿Y cómo pudo salir?! Pregunta Clara con los ojos bien abiertos como si estuviera altamente sorprendida por oír lo que oyó. "Tú sabes amiga, tú sabes, los contactos y el contra espionaje son piezas importantísimas en estos tiempos" dice Estela con una risa burlona y mostrando gran satisfacción. "Ya veo, creo que te entiendo. Me estás hablando de un amigo contra revolucionario" dice Clara en un tono repleto de sarcasmo. "Por supuesto que no amiga. Bueno, me corrijo, no sé a qué te refieres cuando dices contrarrevolucionario" responde Estela de manera evasiva puesto que ella muy bien sabe quiénes son, y porque son contrarrevolucionarios. "No te hagas amiga, no te hagas que tu bien sabes que quiero decir si él está contra la revolución Cubana" Clara. "Bueno lo único que te puedo decir es que este amigo es muy inteligente y consciente. Por eso es que nos hicimos amigos" dice Estela de manera más explicativa que sincera. "¿Entonces qué es eso de espionaje y contra espionaje?" Sigue preguntado Clara de manera despechada. "Es un decir amiga. Es solo un decir. ¿Además tú crees que los únicos espías son los miembros de la CIA? ¿Tu estas ignorando la a la KGV? Mira para ser un espía, solo se tiene que saber cómo separar lo que piensas de lo que dices. De esa manera es que pudieras confundir a tu presa y obtener la información que deseada" dice Estela para justificar la presencia de su

Orlando N. Gómez

amigo sin importar si él sea un contrarrevolucionario, espía o lo que pudiera ser en los ojos de su amiga Clara ese sentido. "¿Pues entonces dime que se mueve con ese amigo? Oye otra cosa, no sabía que tú tenías dotes de espía. ¿Dónde oíste eso amiga?" pregunta Clara de manera sarcástica. "Esas cosas acerca de los espías, se aprenden durante el diario vivir y la lectura. Con relación a lo que se mueve con mi amigo, creo que tú te darás cuentas por sí sola, porque estas invitada desde ahora. Mañana a las tres de la tarde nos encontraremos en la cafetería de la universidad" dice Estela mientras se golpea el dedo pulgar de su mano izquierda con un lápiz de color amarillo, y moviendo su hermosa pierna derecha. Pero después de las dos amigas hablar todo ese tiempo y fumarse tres cigarrillos, las dos jóvenes se despiden del lugar acordando verse el próximo día a la tres de la tarde en la cafetería de la universidad donde estas estudian.

Al llegar la noche, Clara se encuentra en su casa donde ella vive con su madre doña Lía, y su padre don Harry. Mientras el padre de Clara siempre se ha hecho el desentendido, la madre de la joven presenta una insatisfacción no expresada por las amistades que Clara ha elegido tener. "Esta generación está volteando el mundo al revés. No acabo de entender el porqué de algunas cosas. Es como si la generación de ahora le ha perdido el sentido y valor

Invernadero de tragedias

a las cosas que por centurias nos han permitido poder vivir" dice la madre de Clara mostrando un alto grado de insatisfacción. "Madre, no soy adivina ni clarividente, solo te conozco lo suficiente. Sabes madre, creo que se porque te expresas de esa manera" dice Clara en un tono que ella nunca le había mostrado a su madre. "¿Pues si lo sabes, entonces puedo decir que tú sabes cómo me he estado sintiendo durante estos últimos meses?" Dice Lía con gran amargura. "Pues por supuesto que sí sé cómo te has sentido todos estos meses madre. Por esa razón es que digo que te conozca bien. Recuérdate que tú eres mi madre y nunca he vivido separada de ti" responde Clara con gran determinación. "¿Entonces si lo sabes porque en vez de hacer que me sientas mejor, haces que me sientas peor?" Pregunta Lía con los ojos humedecidos de lágrimas en un tono de voz entrecortado "Bueno madre, no te pongas así que no hay necesidad de eso. El problema es que el sentirte mejor o peor, no dependerá en como yo piense, porque creo que tú no piensas de la misma manera que tus madres pensaban. Yo sé que tú no estás de acuerdo con muchas de las cosas que digo y hago. Pero tu mejor que yo sabes que esa es un ley de vida que tu ni yo podemos cambiar" dice Clara para hacerle entender a su madre que como mujer, ella está lista para disponer de su propio espacio sin tener que apoyarse en los hombros de su madre. "Es cierto hija. Pero quiero que sepas que cuando yo tenía tu edad, las

Orlando N. Gómez

cosas que existen hoy en día, no existían antes" dice Lía mientras se seca las lágrimas de los ojos.

Clara y Lía discuten sus diferencias por más de dos horas. Pero al llegar la hora de Clara irse a estudiar, ella dice "madre, aunque no sea la única razón por la cual tu estas en desacuerdo conmigo, tengo que decirte que una de las razones más fundamentales para que gentes como tú y yo tengamos la diferencia de criterios que tenemos, es porque dichas diferencias están fundamentalmente basadas en que el mundo confronta problemas de desigualdad económicas por todos los lados, incluyendo a Los Estados Unidos como primera potencia mundial. Gentes como tú no lo quieren ver de esa manera. Pero peor aún es que a dichas desigualdades económicas, se le añade el problema racial, y esa es la principal razón que genera la diferencia entre tú y yo. Cuando se trata de cosas como estas, tú y yo pensamos muy diferente. Madre, quiero que sepas que aunque con todas las atrocidades infringidas a los negros Norte Americano, el problema racial en este país está pasando por un momento de liberación, y esa liberación es la que genera optimismo en mí y miedo en ti. Yo no sé si tú sabes que mientras que en Los Estados Unidos gentes como yo sienten un gran optimismo, en Latino América por el contrario la represión se ha incrementado; puesto que esos países están plagados de dictaduras. Pero quizás

Invernadero de tragedias

lo que gentes como tú no saben, es que esas dictaduras de algún modo han sido creadas para implantar dictadores formados en centros de entrenamiento pagado por mi país". "Bueno yo no sé mucho de esas cosas. Desde que tu entraste a esa universidad, tú has dado un cambio de 180 grado" dice Lía con voz clara y sin lágrimas en los ojos. "Pero déjame seguir diciendo esto antes de irme a estudiar. Quizás el hablarlo contigo ahora me ayudaría a abrirme los sentidos puesto que tengo que estudiar un tema parecido a lo que te voy a decir. Mira mami, toda América incluyendo Sur América, centro América y el caribe, excluyendo a Estados Unidos, está repleta de dictadores. Mira comenzando con Argentina, Venezuela, Colombia, Paraguay, Uruguay, Bolivia, Perú, Ecuador, y hasta en Centro América, Nicaragua, El salvado, Panamá, Honduras, Guatemala, sin dejar el caribe Republica Dominicana con Trujillo y, Haití con Duvalier y Cuba con Batista, casi en todos estos países, nuestro país ha implantado dictadores. En todos esos países existen o han existido gobernantes que han implantado férreas dictaduras para sofocar, esclavizar humillar y torturar a sus gentes. La única excepción ha sido Cuba. Puesto que en este momento ha sido la única que ha podido eliminar su dictadura y suplantarla por una fuerza de liberación nacional, socialista y dictadora pero con el respaldo popular" dice Clara con voz de miliciana Cubana aunque

Orlando N. Gómez

ella nuca haya ido a Cuba ni conoce a ningún cubano todavía. "Hay hija, esas cosas me pone mala. Yo sé que tu padre tendría mucho que decirte acerca de eso porque él siempre tiene que salir a pelear contra los que quieren matarnos" dice Lía en un tono repleto de ingenuidad. "Yo quiero mucho a mi padre y me siento orgullosa de ser su hija. Pero tengo que decirte que aparte de que mi padre sea un hombre patriota, él es un soldado y los soldados tienen que obedecer órdenes, aunque ellos no estén de acuerdo con las mismas. Mami mira, déjame decirte esto que me faltó decir. Mira, para añadirle un detonante dictatorial más excéntrico y controlador a las dictaduras de Américas, no puedo dejar de mencionar las dictaduras de África, Asia y el mundo Árabe. Estas últimas dictaduras, más que por razones socio económicas, son por razones culturales y hasta religiosas, puesto que las culturas de estos países están fundamentadas sobre las bases del tipo de costumbres y tradiciones de sus gentes. Estas dictaduras también tienen un criterio muy diferente a la de los países occidentales. Esto se puede pernotar, mirando el papel que juegan las mujeres en sus medios de producción. Pero peor aún es que en el diario vivir, a las mujeres se les da un trato muy desventajado al que se les da a los hombres. Muchas de estas dictaduras utilizan dicha desigualdad como método de castigos. Un gran ejemplo del mismo es que hay crímenes que si son cometidos por una mujer,

Invernadero de tragedias

esta puede ser castigada siendo apedreada hasta morir en cualquier plaza pública, sin importar su color o estatus social. Mientras que en América, el castigo del crimen en su esencia, no depende del criminal que lo cometa, sino más bien del tipo de crimen en sí; aunque en algunos casos, esta regla haya sido violada por razones de racismo" Dice Clara para luego irse a su cuarto a estudiar la clase del próximo día.

El día siguiente, Clara se levanta temprano con la mente puesta en la tarea del día. Dicha tarea incluye lo que ella tiene que hacer en la casa antes de irse para la universidad. La joven tiene dos clases en la mañana y otra en la tarde, y al mismo tiempo una cita a las tres de la tarde con su amiga Estela. Esta agenda la obliga a que tenga que prepararse con más rapidez de lo usual. Ella se viste rápidamente y luego se toma un vaso de jugo de naranja acompañado con unas tostadas y huevos re-volteados. Luego que ella termina el desayuno, se despide de su madre antes de salir de la casa rumbo a la universidad. Dúrate su travesía hacia la universidad, por el otro lado su amiga Estela también camina rápido hacia la estación del autobús con la mente enfocada en los acontecimientos actuales creados por la guerra fría. Parecería que Estela está reflexionando acerca de las protestas hechas por gentes que se oponen a la guerra de Vietnam. A ella siempre le ha

Orlando N. Gómez

molestado algunas cosas que suelen suceder en favor del comunismo internacional. Por esa razón, ella comenta para sí. "Todo el rechazo que muchas gentes tanto de mi país como también de diferentes partes del mundo tienen contra Estados Unidos, como americana que soy, creo que muchas de estas gentes irónicamente tienen razón en algunas cosas que dicen. Pero también creo que esos que protestan contra EE: UU desde el extranjeros, o mejor dicho desde sus diferentes países, en secreto muestran un gran interés por viajar y quedarse aquí". El autobús llega más rápido de lo normal su destino. Estela se desmonta del mismo para luego dirigirse hacia el recinto universitario.

Al Clara llegar a la universidad primero que Estela, ella de inmediato se da cuenta de la llegada de su amiga, lo que hace que con gran entusiasmo ella diga. "¡Hola Estela! ¿Cómo estás? Durante mi travesía hacia este lugar, llegaste a mi mente por un corto tiempo. Pero no te preocupes que no es nada de importancia" "Yo estoy muy bien Clara. Me alegro verte de nuevo y de que me hayas tenido en la mente. Es un privilegio para mí el que mi apreciada amiga y casi hermana, me lleve siempre consigo en su mente" responde Estela con una sonrisa que solo denota franqueza y honestidad. "Sabes, estuve pensado durante casi toda la noche en ese amigo tuyo que viene de Cuba" dice Clara mientras sostiene sus libros en una mochila de color

Invernadero de tragedias

negro y una sombrilla porque su madre le dijo que habían pronosticado lluvia para después del mediodía. "Oye pero tu estas lista para la lluvia. A mí se me olvidó traer una sombrilla. Creo que tendré que comprar una, puesto que pronosticaron lluvia para esta tarde. Oye Clara, pero no es para tanto. No me digas que estas interesada por alguien que ni siquiera has visto" dice Estela de manera sarcástica y no muy complacida por saber que Clara estuvo pensando en el amigo que llegó de Cuba. "¡Hay amiga!, espero que no me hayas mal interpretado. Cuando dije que me quede pensado en tu amigo procedente de Cuba, es que como tú y yo bien sabemos, nosotras no tenemos mucho que decir de ese país; más aún, que es muy raro que alguien venga a este pueblo de un lugar como Cuba". Dice Clara de manera defensiva. Pero luego de ella decir lo que dijo, Estela murmura para sí diciendo "Clara tú y yo somos americanas y educadas. Tú debería de saber lo que está pasando en el mundo, incluyendo a Cuba. Tú no naciste hoy. Tu bien sabes que desde los años 50s y ahora en los 60s, Los Estados Unidos han estado librando una guerra fría y feroz contra Los Rusos; más ahora que los Rusos han intentado por todos los medios de apoderarse de Cuba para tratar de tener influencia en la región." Pero al Clara ver que su amiga no responde ni hace ningún gesto de aceptación o rechazo a lo que ella ha dicho, de manera intrigante Clara pregunta. "¿Estela porque te quedas callada y tan pensativa? Parecería como que si yo he dicho algo que no te interesa, o que te interesa tanto que no encuentras palabras para responder o hacerme caso". "¡Oh! excúsame Clara; por favor excúsame. Solo estuve reflexionado en algo que me llegó a la mente. No te preocupes. No es importante". Pero al Estela decir esas palabras con el fin de evadir el tener que dar una explicación, ella se encuentra con que Clara sigue preguntando, pero esta vez de forma sarcástica y retadora. "¿Crees que no me merezco compartir tu reflexión? ¿Será que no somos lo suficiente amigas para que tú me tengas confianzas y me digas en que pensabas? Las amigas y casi hermanas como lo somos tú y yo, se los cuenta todo. Además nosotras somos mujeres y lo dicho entre mujeres que sean buenas amigas, entre mujeres todo siempre se queda." Al Estela escuchar las palabras de Clara, a ella no le queda otra alternativa. Por tal motivo ella rápidamente piensa en algo que le pudiera interesar a Clara sin tener que palabra por palabra, decirle exactamente lo que ella estuvo pensando. "Bueno, yo solo pensaba en como Los Estados Unidos pudieron repeler la intensión de los Rusos con relación a Cuba." "Bueno eso es algo feo y muy peligroso" dice Clara poco convencida de que su amiga le haya dicho lo que en realidad ella estuvo pensando. Por ese motivo ella trata de cambiarle el rumbo a la conversación diciendo "Oye se nos hace tarde. Nos veremos a las tres de la tarde

Invernadero de tragedias

en la cafetería." Con una gran sonrisa Estela le responde "Okey, eso está muy bien. La que llegue primero a la cafetería espera a la otra, ¡oíste!". Pero no obstante a eso, Clara sigue con el tema; esta vez en forma de chiste "Está muy bien eso. Espero que tu amigo llegue a tiempo". Estela no deja que lo dicho por su amiga le cambie el ritmo al buen humor. Por esa razón ella solo le responde con una carcajada "Ja, ja, ja; así espero amiga, así espero.". Las dos jóvenes toman direcciones diferentes dentro del campus universitario; cada una a tomar sus respectivas clases. Pero durante la trayectoria, Estela se pone a meditar acerca de la conversación que ha tenido con su mejor amiga. "Yo siempre tendré un gran aprecio por Clara. Estoy segura de que ella también siempre lo tendrá para mí. Pero una cosa que estoy notando es que su miedo es diferente al mío. Ella le teme al traje y sombrero del tío Sam, mientras que yo le temo a los vientos procedentes del Octubre rojo con olor a caviar."

Al llegar las dos y cuarenta y cinco de la tarde, la cafetería se encuentra repleta de estudiantes. El ambiente es ruidoso y el humo del cigarrillo opaca la visión. Mientras unos estudiantes hablan de sus clases, otros hablan de política, de drogas y rock and roll. En medio de del ruido y el humo de cigarrillo esparcido por doquier, la primera en llegar a la cafetería es Clara. Ella se sienta en una de las

Orlando N. Gómez

cuatro esquinas que tiene el salón; lo que le permite ver todo el que entra y sale del lugar. ¡De repente!, Clara nota que en medio del humo y el bullicio, Estela entra acompañada de un joven de cabellos negro y tez color canela calara parecido a un ciudadano de clase acomodada de la ciudad de Bombay. Tan pronto Estela se introduce en medio del bullicio, ella alcanza a ver el lugar dónde se encuentra Clara. Experimentado empujones y las carcajadas del gentío, ella se dirige en compañía de su amigo hacia el lugar dónde se encuentra Clara. Tan pronto ella llega al lugar dice "Oye pero tú no fallas. Tú eres exacta como un reloj nuevo y bien lubricado ja, ja, ja". "Bueno, yo te dije que quien llegara primero esperaba a la otra. Pero como tu bien dijiste, yo nunca fallo ja, ja, ja," responde Clara contagiando al amigo de Estela con una gran carcajada parecida a las que se oyen en los espectáculos de comedias norte americanos. Pero entre carcajadas y carcajadas, Estela dice "Clara, te presento a mi amigo Rony." Calar sigue riéndose pero con menor intensidad. En medio de su pausada, ella responde "¡Hola! un placer conocerlo; mi nombre es Clara para servirle." El joven para de reír, y con gran entusiasmo dice "¡No, no joven! el placer es mío. Mi nombre es Rony Pinedo para servirle. Desde este momento puedes contar con un nuevo amigo." Pero en el mismo momento que Rony habla, Estele siente la necesidad de interrumpir. "¿Clara perdonen que los

Invernadero de tragedias

interrumpan, pero ya tu comiste algo?" "Pues mira que no, y que bueno que me hayas preguntado porque en realidad tengo mucha hambre" dice Clara esta vez sin reírse. "Bueno pues vamos a ordenar algo de comer puesto que yo tengo mucha hambre y creo que Rony también" dice Estela con una voz de mando parecida a las personas que están dispuesta a pagar por todo lo que se pudiera consumir. "Pues para que decir que no, pues así es. Yo también tengo hambre" responde Rony con un tono repleto de parquedad. . Luego que los tres jóvenes se ponen de acuerdo con relación al hambre que todos tienen, ellos salen rumbo al lugar donde se encuentra el bufete con las diferentes clases de comestibles rápidos. Al llegar al lugar, Estela opta por comprar un par de quesadillas y un jugo de naranja. Por el contrario, Clara compra un par de perros calientes y una gaseosa. Rony por el otro lado pide un emparedado de jamón con salchichas, huevo y un vaso de leche fría. Al adquirir los alimentos, los tres jóvenes retornan al lugar donde estos se encontraban sentados. Pero al llegar al lugar, ellos notan que el mismo ya ha sido ocupado por otros estudiantes quienes están fumando y tomando alcohol a escondida de las autoridades universitarias y los administradores de la cafetería. Por tal razón, para evadir el tener que discutir con los nuevos inquilinos del lugar, los tres jóvenes se dirigen hacia la esquina adyacente. "Oye creo que voy a comer con los

Orlando N. Gómez

ojos. Estas quesadillas son tan grandes que no estoy segura si me las podré comer todas" dice Estela mientras sostiene en su mano derecha una de las tres quesadillas que obtuvo. "Pero pienso que si no puedes comértela toda, pues comete la que te puedas comer y deja la otra para más luego. Amiga no quiero que a usted le suceda algo en el estómago, ja, ja, ja," dice Clara de manera burlona sin darse cuenta que al ella decir tal cosa, solo le está abriendo las puertas a Rony para que comience a hablar de Cuba. Por tal razón el joven dice "Sabes, en Cuba no se pueden votar los alimentos. Eso sí que no se puede hacer. ¿Oye esto chica? La ración que da el gobierno nunca es suficiente para comer y dejar para más luego. Oye chica, eso no es suficiente para uno poder llenarse como uno se llena la pansa aquí. Mira chica, mucho manos es suficiente para uno poder votar lo que no se pueda comer. ¡Oye chica en Cuba no se vota na! Ahí no se vota ni lo que no sirve para comer. En mi país las gentes siempre tienen la gran certeza de que en un momento de emergencia, hasta lo que no se está acostumbrado a comer, o no se coma, se pudiera tornar en un gran suculento manjar" dice Rony para luego todos comenzar a reírse. "Ja, ja, ja; ¿Cómo que el gobierno raciona los alimentos? ¿Qué es eso de que raciona?" pregunta Clara en medio de su risa mientras Rony continua con sus historietas de la vida cubana. "Oigan esto que les van a gustar. Nosotros éramos cinco hermanos

Invernadero de tragedias

que vivíamos con mi abuelita durante el régimen de Batista. Como pobres que éramos, nosotros comíamos normalmente. Luego que llega Fidel, en casa de mi abuela eran seis, en vez de cinco. Para esas seis personas, mi abuela tenía que usar una tarjeta que le da el gobierno a todos los cubanos. Esa tarjeta le permitía solo comprar cinco libras de arroz para un mes enterito. Pero si te cuento acerca de la carne, habichuela y aceite, creo que no me creerás". "Pero eso no es lo que yo oigo que sucede en los países comunista. Yo tengo entendido que en un sistema comunista como el de tu país, todos los miembros de la sociedad tienen el derecho a una buena educación y a una buena alimentación etc. Con ese tipo de racionamiento nadie podría alimentarse bien, más aun si son seis personas" dice Estela como si estuviera retando a Rony a que sea más específico en cuanto a lo que acaba de decir. Luego de Estela hacer tal comentario, Rony la mira como miran los felinos al devorar sus presas. Mientras el continua masticando su salchicha normalmente. Pero repente el acelera el ritmo de su masticación por el ansia de responder que le ha causado lo dicho por Estela. Él quiere tragar rápido para luego darle una respuesta. No obstante a esto, es Clara la que de repente dice "Estela no te confundas. En un sistema como el de Cuba con las dificultades que dicho país tiene por el bloqueo que nuestro país le ha impuesto, bien andan las cosas. ¿Si en

Cuba no se racionan los alimentos como lo hace el gobierno Cubano, tú crees que lo poco que el país produce alcanzaría para toda la población?" Al Clara ser la que le diera respuesta a su comentario, Estela se pone de pies y dice "Si pero yo insisto en lo que dije anteriormente. Cinco libras de arroz para seis personas durante un mes, es como una tortura a la mente y al estómago. Eso en vez de hacer crecer los músculos del cuerpo, pone a las gentes más pequeñas." Luego de Rony terminar de masticar y tragarse su pedazo de salchicha, él toma una servilleta, se limpia los labios una y otra vez; para luego revolotearse la lengua alrededor de sus dientes como si él quisiera pulirlos. Luego el vuelve a limpiase los labios antes de decir en forma más que sincera, sarcástica "Ustedes están hablando sin imaginarse lo que está pasando conmigo en este preciso momento. Miren lo que yo estoy comiendo; salchichas y jamón. Ustedes no tienen la menor idea del tiempo que yo tenía sin poder probar un pedazo de jamón. ¡En Cuba, jamón como este solo lo puede comer Fidel y sus gentes! Ja, ja, ja, si, Fidel y sus gentes." Clara mira a Rony con gran escepticismo para luego de manera despechada preguntar "¿Rony, cuando llegaste de Cuba?" Rony mira a Clara como si el no siente deseos de decir toda la verdad acerca de cómo, cuándo y porque llegó a los EE: UU. Pero luego se decide y dice "Bueno, yo salí de Cuba hacen dos años rumbo a la Unión Soviética, y de

Invernadero de tragedias

ahí vine para los Estados Unidos. ¿Te respondí bien? ¿Estas satisfecha con mi respuesta?" Clara mira a Rony con el mismo escepticismo, pero es Estela quien esta vez pregunta "¿Pero cómo pudiste entrar desde Rusia para Los Estados Unidos?" Rony sigue sintiéndose un poco incómodo con esas preguntas. Pero al ser Estela quien preguntara, él no tiene otra alternativa más que de disponerse a darle una respuesta "Es una historia muy larga. Me tomaría mucho tiempo en contárselas completa. Más adelante se las contaré ". Estela mira a Rony con gran ternura para luego decir "No te preocupes por contármela a mi Rony, pues creo que para mí no es importante, quizás para Clara sí". Luego de Estela decir estas palabras, Clara entiende que sus cuestionamientos para con Rony, no eran bien visto por Estela. Por tal motivo, Clara cambia la conversación. Pero no obstante a eso, Estela es quien sin querer continua hablando de la situación de los comunistas. "Yo nací en medio de la abundancia como han nacidos todos los hijos de las gentes trabajadoras de este país, y me alimento muy bien. A las gentes que no trabajan, el gobierno les permite alimentarse por igual, al darle suficientes alimentos gratuitamente para que se puedan alimentar bien. Pero más que alimentos, también les da dinero y viviendas gratuitas. Con todos los problemas que hay en este país, para mí no hay un país mejor que este en ninguna otra parte del mundo". Clara mira a Estela como si ella se

Orlando N. Gómez

sintiera aludida por lo dicho. Luego de ella ponerse de pies, haciendo gran énfasis con el dedo índice, dice con gran energía "Yo tengo un criterio diferente al tuyo Estela. Veo que tú has dicho eso de manera muy elocuente. Pero tengo que decirte que dejaste atrás uno de los problemas más graves que tiene este país. El problema racial que impera en este territorio es inaceptable. Las gentes de color no pueden funcionar bien porque los blanco no los dejan. ¿Que tú tienes que decir al respecto? Tú lo has dicho muy bien. Tú naciste en abundancia; pero tú eres blanca; recuerdas siempre eso. Mira, nosotras tenemos la desdicha de haber nacido en un país que siempre ha vivido de la miseria de los países más débiles. Tu solo tiene que fijarte en la gran diferencia que existe entre la juventud de nuestro país con la juventud de eso países pobres; donde los jóvenes carecen de los derechos más básicos. Mira, en cualquier sociedad donde haya falta de derechos básicos para el buen desarrollo integral de la juventud, la proclividad de que se engendre un problema en la sociedad de tipo delincuencial, se tornaría en un hecho real y muy lamentable; y así es que vive la mayoría de jóvenes de esos países pobres. Pero lo más bochornoso es que con toda la abundancia que hay en este país, nosotros somos responsables de exportar hambrunas y delincuencias al vapor a través de los medios de desinformación de masas muchas veces pagados por nuestro país. Pero más que eso,

Invernadero de tragedias

nuestro país apoya a los gobiernos dictatoriales implantados alrededor del mundo con la ayuda nuestra."

Luego de Clara decir esas palabras, Rony nota que Estela no está muy conforme con lo dichos. El joven no dice nada solo por el ver que Estela se encuentra un poco incomoda. Luego Estela y Rony se miran a los ojos por unos cuantos segundos antes de que ella vire la cara para decirle a Clara. "Al parecer nosotros tenemos un debate que solo refleja la insatisfacción creada por el antagonismo existente entre el capitalismo y el socialismo-comunismo. Yo en particular soy americana, pienso como americana y actúo como americana. Eso ha sido todo lo que humildemente he podido aprender de los padres fundadores de esta gran nación". Rony mira a Estela como si sintiera que ella pudiera sentirse un poco aludida por algunas de las cosas dichas durante la conversación. Él no sabe con cuál de los dos es que ella se pudiera sentir incomoda. El en particular no quiere perder la buena relación que tienen con ella; puesto que desde el principio, Estela le ha mostrado que se siente bien con su presencia. Él ya sabe cómo ella piensa y lo que le guata. Por esta razón él se dispone a dar unos pasitos hasta acercarse más de Estela que de Clara para luego hábilmente decir "Bueno yo nací bajo una dictadura. Pude ver como las mafias del mundo utilizaron mi tierra como plataforma para poder

Orlando N. Gómez

llevar acabo sus operaciones mafiosas en el área. Los Cubanos luchamos para cambiar eso sin pensar que al final íbamos a terminar atrapados en este embrollo". Pero después de Rony decir esas palabras, Clara alza la cabeza en señal de oposición, y con gran energía pregunta" ¿Cual embrollo, pudiera ser más claro? ". Al Clara hacer tal pregunta, el joven cubano le da una sonrisa antes de responder. "Amiga no se incomode que no es para tanto. El embrollo este al que me refiero, es que a nosotros los Cubanos no nos deja ni siquiera comer jamón como lo comes tu aquí en este gran país; ¿me entendiste?" "¿Tú te refieres al embargo impuesto por Estados Unidos a Cuba?" pregunta Clara con una cara de conflicto. Al Rony ver que la joven esta tan inconformes, el trata de ser lo más breve posible en sus respuestas. Por esa razón solo dice "Eso mismo." Pero las ganas que tiene Clara de hacer prevalecer su punto de vista en relación al tema, hacen que ella muestre nuevamente su insatisfacción y reta a Rony al decir "Esa es un forma muy simplista de responder, ver y hablar de este problema. Si Cuba está bloqueada no es porque Cuba haya violado ninguna ley; sino más bien por haber violado una norma impuesta a la fuerza por mi país, para que Cuba tenga que seguir apegada al capitalismo tradicional ese que ya todos conocemos; aun con el rechazo de los Cubanos." Al Estela ver que Rony no quiere seguir con el tema entre él y Clara, ella dice "¿Bueno pero

Invernadero de tragedias

tú no crees que esa es la norma que rige a todos los países de la región?" Clara voltea la cabeza y mientras hace contacto visual con Estela dice "No, de ninguna manera; yo no creo eso. Como dije anteriormente, ese sistema económico semi-esclavista, ha sido impuesto a la fuerza. ¿Dime tú? ¿Cuál es la razón de ser de la escuela de las Américas? ¿Por qué es que la CIA entrena a esos hombres? Si tú sabes dime y no justifique esa maldición diciendo que es la norma. ¿La norma de quién? ¿De Cuba o de Estados Unidos?" Mientras Clara dice esas palabras, Estela observa que cuando Clara hablar, la vena Orta parecería que pudiera explotar. Por esa razón ella dice "Amiga, pero no se pongas así que no es para tanto; cálmese. Al parecer cuando usted se gradúe de antropóloga usted también se graduará de comunista ja, ja, ja." Luego de Estela decir esas palabras, Clara la mira y de igual manera ella se pone a reír haciendo que Rony tenga que preguntar "¿Pero así es que ustedes se las pasan?" "¿Cómo así; a que te refieres?" pregunta Estela. "Bueno he notado que desde que llegamos a la cafetería ustedes se han enfrascado en un tipo de debate que si hubiesen sido entre desconocidos, creo que ya la sangre estuviera corriendo ja, ja, ja" dice Rony para terminar con una gran carcajada. Mientras que Estela con la cara más que de reír, de insatisfacción dice "No ombe, no es para tanto. Clara y yo somos amiga ya por mucho tiempo; pues crecimos

Orlando N. Gómez

juntas y nos conocemos muy bien. Lo único es que hoy ella me ha sorprendido porque nuca pensé que ella pensaba de la manera que hoy veo. ¿Clara pero en realidad tú estás hablando en serio?" pregunta Estela. "No entiendo porque tú me haces esa pregunta. Creo que el mero hecho de que nosotras estemos en la universidad cursando las materias que cursamos, nos da la oportunidad de crecer como personas, y de aprender nuevas cosas. En ese sentido, yo me he permitido aprender más de lo que tradicionalmente se me ha dicho acerca del país donde nací." Dice Clara tratando de conciliar. "Bueno yo lo que sí creo es que las universidades poco a poco están siendo invadidas por voceros del radicalismo de izquierdista. Por esa razón es que me opongo a que esos profesores que vienen de otros países se les permitan trabajar en nuestras universidades sin que se les haga un chequeo minucioso acerca de quiénes son, quienes fueron y con qué fin están aquí" dice Estela. Al Clara oír lo dicho por su amiga, ella se pone de pies mientras se cierra el zíper medio abierto del pantalón que lleva puesto, para luego decir "Amiga, eso que dices me hule a dictadura; ja, ja, ja. Pero bueno, creo que tengo que retirarme puesto que ya llevamos dos horas hablando, y tengo que ir a arreglar unas cuantas cosas; pues mi padre tiene que partir de nuevo para Europa." "Entonces no veremos el Viernes. Rony también estará aquí pues ya él se registró gracias a Dios" Estela. "Ojala que la próxima

Invernadero de tragedias

vez habláramos más de nosotros para yo poder conocerlas aún más. Hoy por el contrario pude saber cómo piensan algunos Americanos acerca de lo que está pasando en mi país" Rony. Luego de que los tres jóvenes se despidieran, Clara se marcha hacia su casa, mientras que Estela y Rony se dirigen hacia la casa de ella. Mientras los dos jóvenes caminan en dirección a la estación del metro, un hombre vestido de negro se les acerca. El hombre sigue caminando contiguo a Rony como si él fuera parte del grupo o conociera al joven cubano. Rony se hace el desentendido, mientras Estela observa y crea suspicacia. Estela mira a Rony como si ella le quisiera preguntar algo. Rony sigue haciéndose el desentendido. Luego Estela acelera los pasos para ver si en realidad el hombre los está siguiendo, o solo son meras coincidencias de peatones. Pero Estela observa que de igual manera el hombre también acelera sus pasos. Estela agarra a Rony por una mano y lo obliga a que casi se pongan a correr. Pero mientras corren, ella de nuevo obliga a Rony a que se detengan repentinamente para ver si el hombre también tratará de detenerse. Pero antes de detenerse, ella mira al hombre y nota que de igual manera el hombre trata de detenerse, lo que obliga la a que de nuevo tengan que acelera los pasos hasta llegar a la estación del metro. Después de estar bajo tierra, Estela nota que el hombre ha desaparecido. Por tal razón, con su boca abierta por el agitado respiro, ella pregunta "¿Oye, conoces a ese

Orlando N. Gómez

hombre?" "¿Yo, no, y tú?" responde Rony como si nada hubiese pasado. "Pues por supuesto que no lo conozco" dice Estela con gran inconformidad. "¿Entonces cuál es el problema?" Pregunta el joven cubano dándole un sentido de ingenuidad a dicha pregunta tratando de suavizar las cosas. Pero esto en vez de suavizarlas, lo que hace es que de inmediato enfurece a Estela quien lo mira con un alto grado de insatisfacción. "¡¿Qué cuál es el problema!? ¿Pero tú no notaste como ese hombre se abalanzo hacia nosotros? Él no tiene cara de loco ni de drogadicto, pero si tiene la cara de regala miedo, y él me lo regaló. No puedo creer que tú no lo hayas notado". Cuando la joven mujer dice esas palabras, el joven cubano se hace el desentendido al decir "Pues mira que no noté nada. Yo me di cuenta que tu aceleraste los pasos pero no tuve la capacidad de darme cuenta porque. Pero déjame preguntarte algo. Con el volumen de gentes que caminan por estas calles, siendo tu oriunda de este lugar ¿porque tú te asombras? o mejor dicho, ¿porque te preocupas tanto de que alguien camine muy cerca de ti?". Cuando Rony termina de decir esas palabras, Estela se enfurece aún más. "No puedo creer lo que oigo. ¿Pero cómo carajo alguien no se preocuparía de ver a un quizás mal nacido con cara de asesino profesional acercársele a uno de la manera que este desconocido lo hizo? ¿Es que no te está corriendo sangre por las venas? ¿O serás que tú lo conoces?" Luego de Estela decir esas

Invernadero de tragedias

palabras, ella no se percata de que ha acabado de poner al joven cubano a la defensiva. Por esta razón ella oye al joven decir "Amiga perdone; no se ofenda. No fue mi intensión ofenderla. Usted tiene toda la razón; toda la razón y cunando una dama hermosa como lo es usted tiene razón, resultaría ser un crimen el no dársela o por lo menos, el no dejárselo saber." Tan pronto Rony dice esa palabras, Estela se da cuenta de que ella había utilizado un exabrupto con su amigo Rony, puesto que la confianza entre ambos todavía no tenía el grado de madures que la misma tendría que tener para ella poder utilizar las frases que utilizó.

Mientras Rony y Estela se dirigen hacia la casa, Clara llega a la suya. Doña Lía la madre de Clara, se encuentra en la cocina. "¿Hola madre como esta? "Dice Clara después de poner sus libros sobre la mesa de estudio. "Pensé que estaría presente para despedirte de tu padre." Responde Lía con gesto de insatisfacción. "Madres, pero son las cinco de la tarde. Papi me dijo que se iba como a las seis y media." Responde la joven con los ojos llenos de lágrimas. "No sé de donde tú sacas eso; pues aquí todos oímos muy bien; incluyéndote a ti, que tu padre partiría a las tres de la tarde. Pero nada, él te dejo dicho que se comunicará con nosotros tan pronto llegues a Alemania." Dice Lía mientras lava unos platos sucios dejados por su

Orlando N. Gómez

esposo después de comerse unos alimentos antes de partir. "Luego de haber comenzado mis estudios de antropología, me he cogido con imaginarme que algún día gentes como nosotros viviríamos en un país más atractivo que este; donde gentes como mi padre no tengan que salir de su casa hacia un lugar que no le garantice el que pueda regresar con vida, solo por el ser parte de una fuerza militar." Dice Clara mientras se seca las lágrimas de los ojos. "No entiendo que está pasando contigo hija. Desde que tú comenzaste a ir a esa universidad te comportas como si tú odiaras tu país. Tú no eras así. Recuerdo muy bien lo lindo que tú hablabas del presidente de Los Estados Unidos. Recuerdo lo hermoso que tú cantabas el himno nacional. Ya ni eso tú haces. De lo único que te oigo hablar es de Cuba, de Racismo, de comunismo, de socialismo, de Rusia. No sé qué está pasando contigo hija mía. Yo no sé mucho de esas cosas. Lo que si yo sé, es lo que tu padre me ha dicho; que él es militar para proteger a nuestro país del comunismo." Dice Lía con los ojos humedecidos y bien abiertos. "Madre quizás yo hablo de esas cosas, porque en realidad esas son las cosas que hay que resolver en estos tiempos para que se pudieran establecer un estado de derecho en países como el nuestro, donde los negros dejen de ser tratados en este país como tú y yo sabemos." Dice Clara mientras se acerca a su madre y le da un beso para luego abrazarla fuertemente. Lía en

Invernadero de tragedias

cambio, al ver que su hija le demuestra que la quiere y que se preocupa por su padre, ella prefiere decir "Hija, es mejor que cambiemos el tema. Yo no entiendo mucho de esas cosas. Déjame comenzar a hacerte la cena pues creo que tú tienes mucha hembra." La madre de Clara se dispone a preparar la cena. Clara se dispone a darse una ducha. La casa de los padres de Clara esta contigua a la casa de un vecino llamado Chuy Clarke. Cuando ella llega a la puerta del baño, nota que la ventana del baño tiene las cortinas a un lado y la ventana está abierta. Luego que Clara se encuentra dentro del baño, ella se remueve la blusa. Pero algo fuera de la casa le llama a la atención. Ella nota que la cabeza de una persona está moviéndose de un lado para otro como si quisiera encontrar mejor posición para poder verla mientras se baña. Luego con una sonrisa en el rostro, ella se hace la desentendida y disimuladamente remueve el cortinaje echándolo a un lado para que la persona pudiera tener mejor vista. Clara mira al hombre de reojo sin que él se dé cuenta que ella lo está mirando. Luego la hermosa joven comienza a removerse el pantalón de algodón que lleva puesto, para luego lentamente removerse su sostén y así dejar al desnudo su hermoso pecho. Tan pronto Clara se remueve su sostén, Chuy saca la cabeza como si él quisiera penetrar al cuarto de baño desde la distancia donde se encuentra. Al Clara verlo, ella se sonríe nuevamente y apaga el bombillo. Luego a oscura sierra las ventanas y

Orlando N. Gómez

baja el cortinaje con la intención de mortificar aún más a Chuy. Luego de que las ventanas están serradas, ella nuevamente enciende las luces y se dedica a tomar su ducha. Después que ella termina de ducharse, la joven mujer apaga de nuevo las luces y lentamente mueve las cortinas un poquito hacia la izquierda para de esa manera ver a Chuy como un gallo loco buscando su gallina en un gallinero vacío. Esto hace que Clara casi no pueda parar de reír. Pero luego que ella logra terminar con su risa, la joven se dispone a salir del baño para irse a cenar con su madre, y después de la cena ver la tele, para más tarde irse a estudiar puesto que ella tiene un examen al otro día.

Durante el tiempo que Clara estudia para su examen, Estela y Rony se encuentran en la casa de la joven. "Bueno creo que por lo visto tú te quedaras a dormir en mi casa esta noche. Si así lo decides, ese sofá es tuyo amigo; oíste." Dice Estela con cara más que de amiga de mujer provocativa. "Creo que así será amiga. Espero que mañana me despierte temprano si es que tu estas acostumbrada a levantarte temprano" dice Rony con cara de ingenuo, aunque de eso el nada tenga. "Bueno Clara tiene un examen mañana y yo tengo práctica de laboratorio. Antes de dormirme revisaré un poco el material que tengo que presentar mañana." Dice Estela antes de ir a la cocina en busca de un vaso de leche. "Oye hablando de Clara.

Invernadero de tragedias

¿Al parecer ella tiene una mentalidad un poco radical verdad?" Rony. "¿Tú me estás diciendo eso, o tú me estas preguntado?" pregunta Estela con deseos de que ese tema no vuelva a resurgir. Ella teme que pueda durar más de lo debido. "Si, te estoy preguntando" Rony. "No sé a qué te refieres cundo utilizas la palabra radical" Estela. "Bueno lo que quiero decir es que es muy raro encontrar una persona por estos lados del mundo, con la visión política que ella tiene. No sé, primera vez que oigo a un Americano joven como lo es ella, hablar de esa manera; más aún, una joven perteneciente a un vecindario como el de ella" Rony. "Para ser más exacta contigo, tendría que decirte que yo conozco a Clara por muchos años, y esta es la primera vez que la oigo hablar en esos términos. No sabía que ella tenía esa visión política como tu bien has dicho" Estela. "Al oírla hablar, me recordó mi último semestre en la universidad de la Habana. Aunque nunca participé en sus eventos políticos, fui incluido en la juventud comunista cubana, para respaldar todo lo que el gobierno diga, haga o quiera hacer. Yo siempre estuve secretamente en contra de todas esas basuras; más aún cuando tenía que escucharlas en las clases. Pues siempre lo vi como puros adoctrinamientos políticos para convertir a todo los jóvenes cubanos en meros comunistas. Es muy probable que Clara este o haya cogido alguna clase con algún profesor izquierdista sabio. Yo tengo entendido de que estos profesores tienen muchas

43

Orlando N. Gómez

habilidades para poder motivar a gentes como Clara, a que se inclinen por esa corriente política de izquierda." Dice Rony de manera escurridiza y sabía con el fin de introducir una temática que en ese momento Estela no ha podido descifrar. "Creo que tu quizás tenga razón Rony, pues la carrera de antropología induce algunas veces a algunas personas, o mejor dicho, algunos de sus representantes, a que de la noche a la mañana se tornen en meros izquierdistas. No sé si este será o es el caso de mi amiga Clara. Lo que sí sé, es que aunque no esté totalmente segura de entender lo que tú dices alguna veces, esta vez tú tienes razón en tu observación" Estela. La joven y su amigo se disponen a arreglar la sala donde Rony dormirá. Luego de terminar con dicho arreglo, ellos se disponen a ver la tele hasta la hora de dormir.

HENRY FUERA DE EE: UU

Por el otro lado del mundo, en una base Norteamérica en Alemania del Este se encuentra don Henry Ortega padre de Clara. Don Henry ya ha terminado el trabajo del día y ahora se dispone a escribirle una carta a su adorada Lía. Pero mientras Henry le escribe a su esposa Lía, en su casa existe un vacío por su ausencia. Son las seis de la mañana cuando Lía se levanta a preparar el desayuno antes de Clara partir para la universidad. Mientras Lía se encuentra en la cocina, Clara se dispone a bañarse. Cuando Clara entra al baño, ella enciende las luces para luego echar una ojeada por la ventana. Ella de inmediato nota la cabeza de Chuy en el mismo lugar que la tuvo la tarde del día anterior. Clara lentamente remueve las cortinas hacia la izquierda, pero esta vez dejando un pequeño espacio suficiente ancho que le permite a Chuy ver lo que quiera ver, pero sin darse cuenta de que ella igualmente lo está observado a él. Esta vez, Clara se acerca un poco más a la ventana dejándole ver parte de su hermoso cuerpo cubierto con una bata rosada. Luego muy lentamente Clara comienza a removerse la bata dejando su cuerpo al desnudo. Las piernas y glúteos de Clara son hermosos. Mientras Clara expone su cuerpo a la vista de Chuy, ella observa como la enfermedad del hombre

Orlando N. Gómez

lo pone a mover su mano derecha rápidamente como si él se estuviera frotándose algún ungüento o rascándose alguna picada de insecto. Pero de repente Clara nota que la rapidez con la que Chuy está moviendo su mano, hace que el pierda el balance y caiga de cabeza desde lo alto del segundo piso donde está la ventana desde donde ella es asechada. Chuy cae de cabeza sobre el concreto que cubre el callejón que divide las dos casas. Clara saca la cabeza por la ventana dejando ver su cuerpo desnudo y sus dos senos colgando por la misma para poder ver que Chuy no se puede mover. De repente ella no sabe qué hacer. Pero al ver que el hombre no se mueve, ella se viste de nuevo con la bata y sale rápidamente del baño llamando a su madre. "¡Mami, Mami, el hombre del lado calló de cabeza sobre el concreto! Yo oí un gran ruido de un golpe sólido golpeando el piso, y cundo miré por la ventana, pude verlo en el piso sin poder moverse. No sé si en su casa alguien se habrá dado cuenta de lo que le ha pasado a ese hombre" Lía mira a Clara, y con gran desagravio dice "Hija, tu bien sabes que ese hombre vive solo en esa casa, y él se la pasa asechando a uno por la ventana. Por esa razón fue que compré esas cortinas largas y gruesas porque las otras eran muy cortas y finas, y por esa rozón él podía ver a uno por debajo, o a través de las mismas". "¡Mami pero hay que hacer algo! ¡Hay que llamar a la ambulancia! Ese hombre se golpeó en la cabeza." Dice Clara mostrando

Invernadero de tragedias

una gran preocupación por la vida de Chuy. Luego de la joven alertar a su madre acerca de lo sucedido, Lía toma el teléfono y llama la ambulancia. Clara se dirige hacia la ventana para así poder ver que Chuy sigue tirado en el piso sin poder moverse. Cinco minutos más tarde llega la ambulancia. Recogen a Chuy y se lo llevan para el hospital. Después que la ambulancia se lleva a Chuy, Clara comenta con su madre lo sucedido por unos cuantos minutos antes de ella salir rumbo a la universidad a tomar su examen a las ocho de la mañana. Clara llega a la universidad con Chuy en su mente. Eso la obliga a tener que murmurar para sí. "No puedo dejar que lo sucedido a ese hombre me dañe el día. Él fue quien se buscó eso. Aunque entiendo que yo no tenía por qué mostrarle mi cuerpo del modo que lo hice." La jovencita entra al aula de clase y dura una hora completita tomando el examen. Luego de salir del aula, ella se sienta en una de las butacas del campus a fumarse un cigarrillo. El volumen de humo que brota de la boca de Clara, denota la fuerza con que ella inhala el contenido químico y toxico que tiene el cigarrillo. Ella por su corta edad, no se ha preocupado en darse cuenta el alto riesgo que corren los fumadores como ella, al desarrollar cualquier tipo de cáncer. Media hora más tarde, ella se levanta de la butaca y se dirige al otro salón de clase donde tiene que tomar otra clase. "Si no fuera porque este es mi

Orlando N. Gómez

último semestre, tomaría un descanso" dice Clara en voz baja antes de entrar a su otra clase.

Estela sale del laboratorio y se dirige para la cafetería. Al entrar al lugar, ella oye una voz que con gran insistencia clama su nombre. "¡Estela, Estela, estoy aquí; ven que hay sillas disponibles!" Ese es Rony quien alcanza a ver a su amiga entrar a la cafetería. Él había reservado esos asientos para la tertulia. La joven estudiante alcanza a ver a su amigo. Él está sentado en medio del gran salón de la cafetería. Aunque en esta ocasión haya menos estudiantes en dicho salón, el ruido sigue siendo el mismo de siempre; aunque en esta oportunidad con menos cantidad de humo. "¿Oye amigo, no pudiste sentarte en otro lugar un poco más discreto que este? A mí no me gusta sentarme en medio de este salón. El ruido me enloquece. Además todo lo que uno dice tienen que ser compartido con quien este al lado de uno." Dice Estela mientras se mantiene de pies. "¡Mira, mira ellos se van! Ahí era que estábamos sentados ayer" dice Rony mientras se levanta y se dirige hacia el lugar para poder obtener la mesa que se vacía. Pero occidentalmente el choca con los pies de uno de los estudiantes que estuvo sentado en dicha mesa que se vació. "¿Oye que te pasa? ¿De dónde apareciste? ¿Tú no puedes ver donde pones los pies? ¿Estas siego o qué?" Dice uno de los jóvenes que se han levantado de las sillas

Invernadero de tragedias

mientras otro empuja a Rony haciendo que él se caiga al piso derrumbando las sillas que están al lado. "¿Oye porque me empujas? Esto no es para tanto. Si te topé con los pies escuézame" dice Rony mientras trata de levantarse del piso. "¿De dónde apareciste? ¿Quién te invito en este entierro? ¿Tú perteneces a este grupo? ¿Por qué bienes a meterte en el grupo sin que te hayan invitado? ¿Tu estas siego?" pregunta otro de los jóvenes. "Solo quería tomar la mesa porque vi que ustedes ya terminaron de usarlas" Rony. "¿Y quién diablo eres tú para decirnos cuando nosotros tenemos que irnos de este lugar? ¿Quién te dijo que nosotros nos vamos?" dice el mismo joven pero esta vez pateando a Rony por el estómago. Estela llega al lugar. "¿Por qué lo golpeas? El solo quería ocupar las sillas. ¿Qué pasa contigo? ¿Quién te crees que eres; Goliat? Pues mira que él se te pudiera tornar en David. Ten cuidado ok." Estela. Mientras Estela habla con los jóvenes, Rony se levanta y le propina un puñetazo al joven partiéndole la cara al instante. Cuando el joven comienza a sangrar, los demás estudiantes tratan de hacer un círculo parecido al círculo que hay en las galleras para que los gallos tengan sus peleas. Pero alguien alerta a la seguridad la que de inmediato se presenta al lugar viendo que uno de los jóvenes está sangrando profundamente del lado izquierdo de su cara. Los agentes de seguridad se percatan de que Rony fue quien le propinó el golpe al joven. Por esa razón,

Orlando N. Gómez

ellos toman al joven cubano por los brazos esposándolo y llevándoselo del lugar. El policía universitario solo vio cuando Rony lanzó el puñetazo, pero no estuvo presente para poder ver cuando Rony fue agredido. Por tal razón Estela dice "¿Pero porque se llevan a Rony y dejan a estos violentos? Ellos fueron los que iniciaron todo esto. Ellos empujaron y patearon a mi amigo". Después de Estela decir esas palabras, los policías escolares esposan de igual manera a dos de los jóvenes identificados como agresores. Los policías conducen a los estudiantes hacia la oficina del rector donde estos fueron interrogados y luego dejados en libertad. Rony sale del despacho del rector encontrando a Estela y Clara esperándolo en las afueras. "¿Amigo cómo te sientes?" Estela. "Me siento un poco avergonzado pero esas son cosas que pasan" Dice Rony un poco cabo y bajo. "Es muy probable que en una universidad Cubana, incidentes como este sean un poco raro" dice Clara de forma despechada "En eso tienes mucha razón Clara. En las universidades cubanas los estudiantes tienen otro tipo de disciplina. El alto grado de consciencia no le permite a ningún estúdiate que este cuerdo, actuar de una manera tan irracional como la de estos individuos. Pero yo tengo que admitir que cometí un error. Pues cuando Estela llegó y estuvo hablando con esos consortes, yo le devolví el golpe al que me pateo. Creo que ese fue mi error; porque al hacer eso, solo me puse su nivel y eso es lo que me

Invernadero de tragedias

avergüenza." Dice Rony mirando hacia abajo. "Yo me he dado cuenta de un factor antropológico que pudiera ser común entre los latinos. Mientras los Nórdicos y Anglos son fríos y calculadores, los latinos tienden a ser emotivos y muy espontáneos." Clara. "Creo que tienes razón amiga. Pero eso no está solo en los latinos, los mediterráneos también tienen ese toque de emotividad y espontaneidad. Una vez viaje a Sicilia, y pude parpar eso que tú dices en los Sicilianos" Estela. "Bueno esas son herencias. Recuerden que Latinoamérica esta mayormente compuesta por africanos, mediterráneos y un poquito de otros lugares incluyendo Nórdicos, Asiáticos y Alpinos, pero la mayor concentración está formada por los dos primeros" Rony.

Mientras los jóvenes dialogan en medio del pasillo universitario, uno de los conserjes se aproxima mientras recoge la basura. "Excúsenme jóvenes; permiso; me pueden dejar limpiar esa área" dice el conserje mientras los jóvenes siguen en su conversación. "Por favor ese es el único lugar que me falta por limpiar. ¿Me pueden dejar limpiarlo? ¡Quiero irme ya! Estoy cansado de limpiar por el día de hoy." Repite el conserje con voz de inconformidad. Pero luego Rony es quien le pone atención "Oigan amigas, el conserje está pidiendo permiso para limpiar." Lo dicho por Rony hace que el grupo se ponga de acuerdo. Todos le

Orlando N. Gómez

permiten al conserje que haga su trabajo. Tanto Clara como Estela se echan a un lado. Después del conserje terminar de limpiar el lugar, el cambia el mal carácter para luego decir "Jóvenes, yo tengo 10 años trabajando en esta universidad, y he podido ver estudiantes de muchos lugares, pero este año como que estoy viendo más estudiantes extranjeros que en tiempos pasados" "¿Cómo así señor? ¿Cuándo usted dice extranjeros quiere decir de otros países?" Pregunta Clara con deseo de saber porque el conserje se ha expresado en esos términos. "Pues para que decir que no si es que sí. ¿De dónde tu eres?" Pregunta el Conserje mirando a Clara a los ojos. "Yo soy nacida en este país al igual que mi madre y mi padre" responde la joven. "¿Y tú donde naciste? Le pregunta el conserje a Estela. "Yo nací aquí." "Señor, a mí no me pregunte que yo le diré sin que tenga que hacer ese esfuerzo. Yo soy un nombre simple, y por esa razón me gusta responder preguntas como la que usted está haciendo, con toda la simpleza que alguien pueda exhibir ¡Don, Yo nací en Cuba y soy cubano! ¿Qué le parece a usted?" Dice Rony con una sonrisa en su rostro. Pero cuando el joven cubano dice esas palabras, el conserje se pone a reír para luego decir. "Ustedes ven; de tres dos, ja, ja, ja, de tres dos; lo sabía, de tres dos." "¿Pero y usted de donde es?" pregunta Rony de manera intrigante "Yo nací aquí mismo donde vivo. Pero no culpo a nadie de no haber asistido a la universidad como lo hacen ustedes. Yo sinceramente

Invernadero de tragedias

creo que muchos de nosotros tenemos la tendencia de que cuando nos encontramos derrotados, rechazados por los demás, o encarcelados y hasta aniquilados como resultado de nuestras malas acciones, somos proclives de buscar un culpable fuera de nosotros mismos. Jóvenes, no me mal interpreten. Creo humildemente que solo bastaría con que miremos nuestro interior. Creo que al hacerlo, veremos que en cualquier esquina de lo más profundo del mismo, podremos ver al casi moribundo y verdadero responsable de todas nuestras irracionalidades. Yo he estado haciendo eso desde que me di cuenta de mi derrota. Desde que me di cuenta que muchos como tú que vienes de Cuba, serán parte de los que obtendrán el beneficio que yo tuve el chance de obtener, y que en el momento más idóneo de mi vida rechacé. Creo humildemente que todos juntos podemos borrar muchas de nuestras mayores penas, aberraciones e irracionalidades. Pero más que eso, podemos mitigar los dolores causados por las mismas. Pero ¿saben qué? Solo el cinismo, la avaricia e hipocresía que se han apoderado de nuestras almas, nos cohíben de poder lograr hacer eso; más aún, con todo esto que oigo decir de la lucha entre comunistas y capitalistas. Pero como yo en realidad no entiendo nada de esas cosas, pues aunque me otorguen, no me molestan. Como bruto al fin que soy y sin educación, lo que si me molesta es la división existente entre las gentes. Uno quiere lo del otro y el otro quiere

Orlando N. Gómez

lo mismo del contrario, y si no los consiguen, entonces hay guerra. Jóvenes, hoy es Jueves día de clase. Pero si durante la próxima semana algunos de ustedes, al salir de sus casas temprano en la mañana, en la tarde o durante la noche en dirección a la universidad o cualquier otro lugar, nota que la calzada del frente ubicada al otro lado de su calle, está repleta de opulencias y extravagancias invitándolos a participar, traten de percatarse de los olores que emanen de la misma. Amigos, si huelen a excremento u olor desconocido, no crucen hacia el otro lado, pues fácilmente pudieran embarrarse de mierda muy hedionda y putrefacta, o contaminarse con algún químico venenoso. Sigan su camino por la vía que el alba o el crepúsculo les hayan dedicado. Esto es un consejo sabio. Créanme que eso fue lo que me sucedió a mí". Los tres jóvenes se quedan oyendo al conserje hablar como si ellos estuvieran en medio de una clase de dinámica humana. Ellos se quedan por un momento solo mirándose a los ojos sin decirse una sola palabra. El conserje se aleja con un silbido de hombre satisfecho. Mientras los jóvenes se quedan sorprendido por lo dicho por este conserje. Pero en medio de su sorpresa, ellos se dan cuenta que las horas han transcurrido y el tiempo de retornar hacia la casa está presente. Los tres jóvenes de nuevo se dirigen hacia sus respectivos hogares. Esta vez diferente a la anterior, Estela se dirige hacia su casa y Rony hacia la del.

HENRY LE ESCRIBE A LIA

Luego de Estela y Rony encontrarse de camino a la casa, Clara llega primero a la de ella. La casa donde vive Clara, ahora está mucho más cerca de la universidad. Cuando las dos jóvenes eran pequeñas, ellas vivían en el mismo vecindario una al lado de la otra. Pero luego que del padre de Clara comprar otra casa, las jóvenes tuvieron que separarse. Antes de Clara entrar a la casa, nota que el cartero llega y le entrega un telegrama dirigido a su madre doña Lía. "Hola mami ¿Cómo estás?" Clara. "Muy bien gracias a Dios hija. ¿Cómo te fue en el examen?" Lía. "Me fue mi bien. Ultimadamente me va muy bien en las clases de economía política; aunque esa materia no sea una concentración de mi carreara, la tomé como electiva" Clara. "Mira mami esto es tuyo" Clara. "¿Qué es eso? ¡Oh, un telegrama de Henry! Hay mi Henry cuanto te amo" Lía. Tan pronto la madre de Clara abre el sobre, ella comienza a leer lo escrito por su esposo.

"Querida Lía, aunque extrañándote, me siento bien de alma y salud, ¡qué bueno! Ojala y poder contagiarte con mi sentir. Mi amor, hoy me encuentro funcionado en medio de esta guerra fría la cual veo como una factoría de intranquilidad y tragedia, con mi mente concentrada

Orlando N. Gómez

en el optimismo. Esta mañana desperté con ansias de imaginarme, y me imaginé que el día me iba a ir bien; que retornaría a la base sintiéndome mejor que en mi partida, y que en mi mente tu estaría todo el día, y que al finalizar de dicho día me quedaría con mucho más ganas de imaginarme como para ti yo viviría todos los demás días; y así fue. A mi amada Clara, dale un beso por mí. Dile que la extraño mucho y que siga sus estudios como me lo prometió. Amor estoy preparado para la batalla sea esta cual sea. Pero la principal batalla mía, es combatir contra el tiempo para vencerlo y de ese modo estar cerca de ti y mi adorada Clara. Hoy me siento como si hubiese viajado a un planeta azul con ganas de oír el clarinete que resuena la honestidad y la verdad tal y como esta es. Pues me da risa y coraje a la vez, cuando oigo a alguien de manera solapada y despótica, habla con la boca llena diciendo que los avances de mi patria están basados fundamentalmente sobre la injusticia social. Es como oír a un corrupto oficial o fiscalizador de las conductas públicas, decir un lunes por la mañana utilizando un lenguaje repleto de bufonería, decepciones y cinismo; yo estoy combatiendo la corrupción, la injusticia social y quienes se oponen es porque son traidores de una causa noble. Mi amor, si me encuentro tan lejos de ti, es porque pienso que mi ausencia serviría para alejar a mi país del comunismo. Lo malo de todo esto es que al regresar al

Invernadero de tragedias

mismo, me daré cuenta lo indiferente que serán muchas de las gentes por la cual yo estoy dispuesto a dar mi vida en tan lejanos predios. Tendré que ver, como nos atacan; como nos marginan y hasta nos acusan de asesinos. Pero peor aún, es tener que ver como en dicho regreso, todos esos esfuerzos y sacrificios de jóvenes que dan sus vidas por una causa que le permite a los destructores a utilizar la liberta que nuestro sacrificio nos permite obtener, incluyendo a los que nos atacan, en nombre de esa libertad ellos nos pisotean. Me duele que me pisoteen solo por mi sacrificio, mi sangre derramada, y hasta por perder mi vida por esta causa. Lo más bochornoso es que después de mi regreso, solo tener como recompensas el que me humillen por ser un veterano de guerra. Eso es sin añadirle el tener que saber que la verdad de todo lo que te digo, es engavetada y es sacada por los corruptos y ladrones, únicamente en esos momentos coyunturales que les favorezcan solo a ellos. Algo doloroso, es que aun estén dichas verdades revestidas de un objetivismo absoluto, las mismas son utilizadas por nuestros detractores en su mayoría de veces, en formas de reproches, solo con el fin de exacerbar el tráfico de influencias sin tocar, mirar, ni mucho menos llevar al conocimiento público, el deber de cada ciudadano de proteger y respetar a los veteranos de tan importante evento. Mi amor, lo más importante de todo, es que dichos protagonistas son muy bien conocidos por

Orlando N. Gómez

todos, y solo en momentos cuando el miedo causado por el peligro que nos afecte a todos por igual; incluyéndolos a ellos este frente a nuestras puertas, es cuando llegan a reconocer cínicamente nuestra relevancia. Pero luego que el peligro es eliminado por guerreros como yo, y se reinstaura la estabilidad y abundancia, somos de nuevo olvidados y hasta menospreciados. Esto que digo perecería una fábula ficticia. Amor mío, esto es muy cierto; pues así andan las cosas en estos tiempos. Cuídate mucho mi amor. Te extraño mucho; besos. Henry".

Lía lee una y otra vez la carta enviada por su esposo. Esta la lee en voz alta. Luego Clara la analiza. Las dos mujeres emplean parte de la noche hablando de la carta de Henry. Mientras Clara y su madre se disponen a leer y requeté-leer la carta enviada por Henry, del otro lado del mundo en un pueblito de uno de los tanto países ubicado en el Este de África, donde el olor introducido por la corriente de aire generada por el muy bien conocido mes de Octubre, viven uno joven muy activo políticamente. Esto es debido a que la corriente de aire de Octubre rojo, le da un toquecito al ambiente de ese comunismo exportado por Rusia. Aunque de igual manera, dicho toquecito muchas veces está mezclado con el ventarrón proveniente del comunismo chino. Pero la realidad del entorno está basada en que más que el ventarrón del comunismo chino, el aire de Octubre

Invernadero de tragedias

rojo es lo que está a la orden del día por toda la región. Este joven es muy dinámico e inteligente. El nombre del joven es Obando. Desde muy temprana edad, él siempre a le han atraído las informaciones procedentes del Kremlin, puesto que esas informaciones se han diseminado por toda África. Jóvenes como el, son fácilmente usados como futuros miembros de células políticas de ideología marxista. Obando a temprana edad comenzó a construir una familia. Él vive con su esposa e hijos. Este joven como muchos otros jóvenes, comienza a muy temprana edad sus actividades sexuales con diferentes mujeres. Pero por razones familiares y culturales, el pueden seguir sus estudios universitarios sin tener que preocuparse mucho por la manutención de sus hijos. Por consiguiente, el olor a Octubre rojo el cual exacerba la frecuencia y presencia de las ideologías políticas de izquierda, es siempre es repelido por el tío Sam. Con la gran realidad de que dicha lucha ideológica, es lo único que dicho entorno le puede brindar. Algunos jóvenes se identifican con una u otra; algunos de manera cosmética, mientras que la mayoría por convicción. Por tal motivo, aun muchos jóvenes ser reclutados por los adoctrinamientos del Octubre rojo, ellos tienen la oportunidad de ser seleccionados por el tío Sam para participar en intercambios estudiantiles entre estudiantes Africanos y Norteamericanos. Por esta razón, Obando es seleccionada y puede viajar a los

Orlando N. Gómez

Estado Unidos teniendo el Octubre rojo como plan (B) para ser utilizado después que dicho intercambio se termine. Mientras las actividades del gobierno americano son llevadas a cabo en África, las efervescencias creadas por triunfo de la revolución Cubana comandada por su líder máximo Fidel Castro, están en sus momentos más elevados. Fidel ya es conocido tanto en América Latina como en muchos países Africanos. Eso hace que el nombre de Fidel Castro tome un curso más internacionalizado. Tanto los rusos, como también los cubanos están invirtiendo grandes sumas dinero para contrarrestar los intercambios hechos por EE: UU en todo el mundo. Estos dos países tratan de neutralizarlos otorgándoles becas secretamente a jóvenes como Obando. Las becas son otorgadas con el fin de que cuando los jóvenes terminen sus entrenamientos financiados por Estados Unidos, ellos ingresen a las células policiacas que tanto los rusos como los cubanos han diseminado alrededor del mundo. Las becas secretas otorgadas por los rusos y cubanos, son proveídas a nombres de donantes ficticios. Los rusos y cubanos usan esta estrategia para no ser detectados por la agencia central de inteligencia. El principal objetico es incrementar el movimiento revolucionario mundial para que le sierva de apoyo al comunismo internacional. Los rusos ven a estudiantes como Obando como futuros adeptos leales. Muchos estudiantes africanos piensan que

Invernadero de tragedias

siendo Fulgencio Batista un dictador acuerpado con las mismas herramientas usadas por los dictadores Africanos, y siendo la revolución Cubana subvencionada por los rusos de la misma manera que estos lo hacen en África, sin la llegada del Tío Sam en el entorno Africano donde vive Obando, ellos nunca terminaría viajando a los Estado Unidos. Por este motivo, los compañeros estudiantiles y muchas gentes de la comunidad, piensan que Obando fue reclutado por la CIA, o mejor dicho, por La Agencia central de Inteligencia.

OBANDO LLEGA A EE: UU

Un mes después del intercambio haberse puesto en funcionamiento, Obando llega a Los estados Unidos para rápidamente integrarse como estudiante en una de las universidades de renombre de la nación Americana. Estudiantes de todos los extractos sociales que tengan buen nivel académico, son admitidos en dicha universidad. El joven africano llega a la misma universidad que asiste Clara y Estela. Muchos africanos han desarrollado el criterio casi en forma fanatizada, que lo dicho por Lenin de que el capitalismo es un puro horror sin límite, y que su país ha sido profundamente horrorizado por la maldición del mismo, pudiera cumplirse en África. Desde el inicio de su participación en los grupos estudiantiles en África, Obando siempre ha tenido el criterio, de que la burguesía de su país de manera solapada y cínica, ha querido sorprenderse ante todas las divulgaciones de las atrocidades ocurridas. Este joven siempre ha dicho, que frente a la gran cantidad de crímenes cometidos contra la población por los protectores de la burguesía; la cual es respaldada por el imperialismo americano, los países europeos al igual que la burguesía de su país, simulan no poder darle una explicación o razón razonable a tale oprobiosas acciones criminales en contra de su pueblo.

Invernadero de tragedias

Después de Obando llegar a Los Estados Unidos, él se muda en una casa pagada por la misma organización que lo invitara a participar en el intercambio estudiantil. Es Marte en la mañana. Obando camina por uno de los pasillos de la universidad a las espera de poder encontrarse con cualquier estudiante extranjero, quien como el, este conectado con el Octubre rojo. El joven africano se dispone a ir a la cafetería a tomarse un refresco. Cosa esta que al llegar a dicho lugar, el joven se encuentra con el conserje de la universidad. Obando es bien oscuro de piel; con una estatura de casi 6'4". Tan pronto el conserje ve a Obando, el murmura "Oye, este sí que es negrito. ¿De dónde será?" Después del conserje hacer tal murmuración, él se le acerca a Obando para luego preguntar "¿Acabas de llegar?". "¿Hablas conmigo?" responde Obando quien queda sorprendido por dicha pregunta. "Si contigo amigo" dice el conserje de manera atrevida y como si él fuera un investigador de etnia dentro del recinto universitario. "Yo tengo dos semanas en esta universidad, y tres que llegué desde África" dice Obando en un todo complaciente y amigable. "¡¿De África?! ¡Vagarme Dios! ahora sí que tengo razón" dice el Conserje con voz de alarma. "¿¡Qué tienes razón!? ¿Razón de que?" pregunta el joven africana el cual se encuentra un poco confundido por la reacción del conserje. "No, no, es algo que le comente ayer a unos jóvenes". Cuando el conserje dice esas palabras, alguien se

Orlando N. Gómez

asoma y de repente dice; "Oiga don, dígale que fue lo que usted me comentó a mí y a mis amigas" dice Rony quien se acerca al conserje para así oír los cometarios que él tenga que hacerle al africano. "¿Hola joven come esta? ¿Y las otras jovencitas dónde están?" pregunta el conserje como si ya él ha establecido los lazos necesarios como para sentirse entre amigos. "Pues ahora ellas están tomando clase. Por eso vine para la cafetería para esperarlas aquí" Rony. Obando y Rony se dan unas miradas con sonrisas compartidas que solo denotan una complacencia que solo ellos pueden entender. Pero tan pronto Obando oye a Rony referirse a las chicas, el siente el deseo de compartir el tema; aunque el problema racial existente se lo pone un poco difícil. "No ombe, solo estaba hablando con el amigo aquí que acaba de llegar de África, y quise hacerle el comentario que les hice a ustedes en días pasados de que en esta universidad hay gentes de todas partes" dice el conserje mientras mira a Rony como si él lo hubiese conocido por un largo tiempo. "¡De África! ¿Y de que parte de África eres, si se puede saber?" Pregunta Rony con una sonrisa sarcástica en el rostro. "Soy de África del Este, ¿y tú de dónde eres? Pues tienes un acento diferente al del señor" responde Obando con la misma risa de Rony en el rostro. "Yo soy cubano chico, ¿Es que no me oye? Los cubanos somos inconfundibles chico, inconfundibles" Rony. "Cubano, que bueno; tengo muchos amigos

Invernadero de tragedias

Cubanos" Obando. "¡Oh sí! ¿Y dónde los conociste?" "Bueno los conocí durante una competencia en Rusia. Pero el año pasado estuve estudiando en Leningrado por dos meses, y pude conocer varias personalidades Cubanas" dice Obando para luego darse cuenta de que está cometiendo un error al dar tantas informaciones frente al conserje quien no le quita los ojos de encima. Tan pronto Obando dice tales cosas, Rony de inmediato lo mira como si le estuviera diciendo algo con los ojos. El joven cubano sabe que él está frente a un comunista. Por esa razón él tiene que tener cuidado; puesto que a él le han dicho en Cuba que la CIA también recluta muchos agentes de otros países para reforzar el contra espionaje. "Oye pero eso es muy interesante de saber. ¿Y cómo pudiste venir para Los Estados Unidos?" pregunta Rony para cambiar un poco la temática puesto que el conserje está mirándolos muy atentamente con ojos de lince. "¿Que te digo? Pues quizás de la misma manera que tu viniste de Cuba" responde Obando mirando a Rony y a los ojos del conserje quien lo mira como si él quisiera adivinar más de lo que tanto el cubano como el africano pudieran tener sus mentes. "Eso sí que es una manera inteligente de responder. Así nos quedamos a la par; ja, ja. Ja" dice Rony en un tono de advertencia para que se hable de otra cosa. El conserje sigue sin quitarle los ojos de encima. Luego de Obando oír a Rony decir tales cosas, él se queda un poco pensativo.

Obando sabe que él llegó a Estados Unidos para quedarse solo par unos cuantos meses por ser parte de un grupo de jóvenes Africanos que llegaron a Estados Unidos solo a tomar unos corsos, y no una carrera universitaria. Pero para cubrirse, Obando le dice a todo el que le pregunta, que él ya se matriculó en la facultad de economía. Mientras Rony habla, el conserje dice "Buenos jóvenes, tengo que irme, Espero que ustedes se hagan buenos amigos. Quizás, más adelante si tengo menos trabajo, pudiera compartir una taza de café con ustedes, pues ustedes son muy agradables y respetuosos. ¡Aja se me olvidaba! Dale recuerdo a las otras jovencitas" Conserje. "Así lo haré don, así lo haré" Rony. Luego del conserje marcharse, Rony y Obando se quedan en la cafetería dispuesto a conversar. Los dos jóvenes se ponen de acuerdo para luego emprender una conversación de corte político; Rony como estúdiate de Ciencias políticas y Obando como estudiantes de economía. "Yo pienso que el mundo actual ha sido diseñado por unos cuantos para que los países más ricos tengan una relación simbiótica con los países más pobres. Pero la realidad de la naturaleza de esta relación simbiótica, hace que la reciprocidad sé quede solo en meras teorías. Soy de los que creen que en una relación entre dos o más grupos, alguien tiene que tener el control, y en la vida real dicho control siempre está basado en la fortaleza o debilidad del carácter de los participantes" dice Obando

Invernadero de tragedias

como para darle entrada a un debate político entre dos amigos. "¿Si pero que pasa cuando dicho control es tomado de manera arbitraria? ¿Quién tiene el derecho de controlar las cosas que son inherente a todos? ¿Quién le da el derecho a quien para que obligue a las personas a vivir de tal o cual manera?" pregunta Rony mientras él se coloca el dedo índice de su mano derecha en el lado derecho de su mejilla. "Amigo, para eso es que se establece el consenso. Para eso es que se crean las mesas de negociaciones. Para eso es que se crean los ordenamientos jurídicos que sirvan de base para fortaleces las norma sociales en cualquier sistema económico, político, religioso o meramente social" Obando. "Todo eso suena muy bien. Lo malo es cuando esas cosas que tu acabas de enumerar, se obtienen a fuerza de macana, latigazos, balazos o plomo" dice Rony con cara de guerrero. "Muchas veces eso es necesario y tu muy bien lo sabes. ¿Tú no recuerdas cuando tú te negabas a obedecer a tus padres? ¿Ellos no te castigaban?" Obando. "Si pero lo que tú no estás diciendo es ¿quién es que le da el derecho a quien de ser padre de quién sin este haberlo engendrado?" Rony. "Para eso es que se hacen las dictaduras con respaldo popular. Cuando el pueblo toma el poder, todo es controlado y dirigido por el pueblo" Obando. "¡Muy bien! Ja, ja, ja, eso me huele a marxismo" dice Rony mientras continua riéndose. Pero mientras Obando y Rony se encuentran enfrascados en su polémica, llegan las chicas. "¿Hola Rony como estas?" pregunta Estela. "Yo estoy muy bien; esperándolas y conversando con un nuevo amigo. Clara y Estela, les presento a mi nuevo amigo Africano Obando" Rony. Tanto Clara como Estela dicen "Mucho gusto, es un placer conocerlo." "¿De qué parte de África es eres? "Pregunta Clara con un tono bien entusiasmando. "Soy de África del Este, ¿Y tú de dónde eres? Obando. "Pues soy nacida y criada aquí" Clara. "¡Qué bien! un placer el poder interactuar con una Americana genuina" Obando. "Bueno de lo genuino no sé qué decir, en cuanto a lo de Americana pues es cierto lo soy de nacimiento" Clara. "¿Que te gustó de América que te motivaras a querer venir a estudiar aquí?" pregunta Estela después de oír a Obando hablar. "Quizás mi respuesta sea un poco incompleta, pero me limitaré en responderte diciendo que quizás a mí me haya gustado lo mismo que te gusta a ti. Los seres humanos tenemos una tendencia incontrolable a la emulación, y cuando vemos a alguien ser feliz por algo, somos proclives a terminar gústanos lo mismo" dice Obando mientras las dos jóvenes están muy atentas a lo que él dice. "Muy elocuente tu respuesta. Pero nada, es aceptada" Estela. Mientras Obando responde las preguntas hechas por el grupo, Clara lo observa detenidamente. Es como si las palabras pronunciadas por Obando, les brinden un sentido de comodidad intelectual; puesto que

Invernadero de tragedias

las palabras del joven se concatenan muy bien con los pareceres de Clara. Pero de súbito, Estela nota que diferente a algunos negros estadounidenses, Obando no es tímido ni hostil frente a gentes de color blanco. Por el contrario, él se siente cómodo y seguro de sí mismo al interactuar. "¿Obando, habías estado en este país anteriormente?" Pregunta Clara mientras mantiene sus dos manos entre sus piernas. "No, esta es la primera vez que vengo. Solo he tenido informe de como es este país a través de las lecturas e intercambios estudiantiles" Obando. "Pues para ser la primera vez que llegas a este país, creo que lo haces muy bien" Clara. "Bueno pero eso mismo es lo que ha sucedido con Rony. ¿Tú no crees?" pregunta Estela como para cambiar un poco la atención que Clara le está dando a Obando. "No, no creo que sea lo mismo. Pienso que Rony llegó a este país encontrando una plataforma ya creada por otros latinos Americanos tale como los Puertorriqueños y los mismos cubanos que salieron de Cuba primero que él. Además, Cuba está más cerca de EE: UU que África. Pero más que eso, Rony es casi blanco y Obando no" Clara. "Bueno lo mejor de todo es que somos amigos y de ahora en adelante interactuaremos siempre en el campus universitario" Estela. "Ojala y que así sea. Aunque a mí no me importaría interactuar en cualquier otro lugar que sea prudente" Clara. Cuando Clara dice esas palabras, el corazón de Obando comienza

Orlando N. Gómez

a palpitar más rápido. "Bueno yo como extranjero me siento con un gran honor porque ustedes me hayan aceptado como amigo. En realidad no tenía ningún amigo en este lugar. Ya me siento más seguro y feliz de estar aquí" Obando dice esa palabras sin dejar de mirar a Rony. Todos escuchan al joven africano sin que nadie diga nada al respecto. Luego del transcurrir las horas, los cuatro jóvenes se disponen a comprar algo de comer. El tiempo pasa y llega el momento de la despedida. "Bueno es hora de partir. Tengo que lavar unas cuantas piezas de ropa. ¿Rony te quedaras en casa esta noche?" dice Estela de manera muy natural. "Creo que no podre porque tengo que hacer algo muy importante desde que salga de a aquí" dice Rony mientras mira al africano. "Bueno yo me iré para la casa y me acostaré un poco temprano. Pues me siento un poco cansada" dice Clara sin quítale la vista al africano. Rony sale de la cafetería en compañía de Estela quien vive en el mismo sector. Clara por el contrario, sale con Obando los cuales caminan por él pasillo de la universidad. "Que linda esta la tarde. Esta tarde me recuerda esos hermosos atardeceres Africanos" Obando. "En verdad la tarde está muy hermosa. ¿Y así son en África?" Pregunta Clara mientras sostiene unas cuantas hebras de cabellos como si las quisieras tejer con las acaricias de una sola mano. "Por supuesto que sí. Lo único es que no todas las gentes saben disfrutarlas

Invernadero de tragedias

apropiadamente" dice Obando mientras le da una ojeada al hermoso cabello de Clara. "¿Y cómo es que tú las disfruta?" Pregunta Clara poniendo al desnudo una gran sensualidad en su rostro. "Que te digo. Eso es algo muy espontaneo y relativo. Pudiera ser haciendo algo que me guste. Por ejemplo; si yo estuvieras en África ahora mismo, me sentiría el hombre más feliz de la tierra, o mejor dicho, me sentiría de la misma manera que me siento ahora ?" Dice Obando en un tono más que sincero, coquetón. Cuando Obando dice esas palabras, Clara queda un poco confundida. No sabe que él quiso decir. "¿Quizás tú dices eso porque esta tarde te recuerda algo hermoso que hiciste en tu país?" pregunta la joven mujer mostrando una confusión por no estar segura si lo dicho por el joven está conectado directamente con la presencia de ella frente a él. "En realidad no. No es que me recuerde algo hermoso que haya hecho en mi país, sino más bien, por estar disfrutando dicha tarde con algo hermoso" dice Obando al darse cuenta de la preocupación de Clara. "¿Y para ti qué es lo hermoso que disfruta aparte de la tarde?" En forma ingenua pero sin serlo, pregunta Clara mientras su corazón le comienza a palpitar mucho más rápido de lo normal. "Eso me lo reservo, pues el decirlo ahora pudiera dañar las cosas y no quiero que algo así llegue a suceder "Obando. "¿Dañar cuáles cosas? No entiendo. Hasta ahora todo ha sido coherente y bonito. Por favor no

Orlando N. Gómez

cambies el sentido de dicha coherencia" dice Clara en tono repleto insatisfacción. "No entiendo porque dices que ya no soy coherente. Pues solo trato de no hablar más de la cuanta" dice Obando en voz baja por darse cuenta que el pudiera tener las cosas bajo control, pero que también pudiera correr el riesgo de equivocarse, y en el momento presente a él no le convendría álgido así. "Sabes, al oírte hablar, me causaste gran interés de saber más de ti. Pienso que eres una persona extremadamente inteligente, y tu inteligencia pudiera ser mayor a la que aun exhibes" dice Clara tratando de buscar la respuesta que el joven no le ha dado. "¿Por qué dices eso que acabas de decir? ¿Qué hice o no hice para que puedas llegar a pensar de esa manera acerca de mi persona?" Obando. "Más que lo que digas o no digas, es como tú lo dices o no lo dices. No todos tenemos la capacidad de decir a buen tiempo las cosas que tenemos que decir objetivamente, y yo veo con la facilidad que tú haces eso" Clara. "Bueno vengo de un entorno donde el tardar en decir lo que se tenga que decir, pudiera tener un efecto de vida o muerte. Por esa razón es que uno tiene que ser bien acertado al momento de decir las cosas que tenga que decir "Obando. "Bueno pero no cambiemos el tema. ¿Dime que es lo que te hace agradar esta hermosa tarde?" Clara. "Repito, creo que no es prudente que hable de más. No sé cuál será la resultante que una palabra apresurada pudiera tener en una relación que acaba de

Invernadero de tragedias

nacer, y unas mentes poco conocidas" Obando. "¿Cuál es la palabra? ¿Cuál es la mente desconocida?" Clara. "Bueno creo que nuestra conversación se tendrá que detener, puesto que esa es la guagua que tengo que tomar para llegar al lugar donde estoy viviendo" Obando. "Bueno, si así lo tienes que hacer, pues ojala que se repita el encuentro. Pero mejor aún seria si pudiera ser más específico cundo hables conmigo. No me gusta dejar las cosas a media; nunca me ha gustado eso" dice Clara mostrando una cara de insatisfacción. "Así será. Te lo prometo" responde el joven africano. Mientras Obando se retira a tomar el autobús, Clara se queda pensativa y con sus preguntas sin responder. En ese momento ella no está segura si en realidad ella le ha gustado al africano. Por el otro lado, Obando se marcha hacia su casa, pensando que el hizo muy bien al dejar a Clara con la gran interrogantes que le dejó. El nota a Clara muy interesada en un asunto que solo le atañe a una persona que esté interesada en una relación; principalmente cuando un hombre le interesa a una mujer.

Clara llega a su casa encontrando a su madre llorando y muy atenta del noticiero. "¿Qué te pasa mami? ¿Porque lloras?" Clara. "Mi hija, a tu padre lo mandaron de Alemania para Vietnam. Tú sabes cómo son esos Vietnamitas; ponen trampas en la salva hechas en hoyos con pullas de palo en el fondo, para que cuando alguien caiga dentro del hoyo,

Orlando N. Gómez

quede atrapado con esas puyas. Pero además usan niños en la guerra. Hay Dios mío cuídame mucho a Henry" dice Lía con lágrimas en los ojos. "Mami no te preocupes, no llores que todo estará bien con papi" Clara. "Hay que Dios te oiga hija, que Dios te oiga" Lía. "Como están las cosas en el mundo, yo siempre pensé que a papi lo mandarían para Vietnam. Ahora mismo en centro América hay un problema creado por la insatisfacción popular. En el país llamado Guatemala está pasando algo parecido a una guerra civil similar a la que llevó a Vietnam a donde este se encuentras hoy; y tú sabes muy bien que a Los Estados Unidos no le conviene ningún tipo de problema en esa área por motivos del canal de panamá; que de panamá no tiene nada porque Estados Unidos es quien controla" Clara. Mientras doña Lía continua mirando la tele, Clara se dispone a darse un baño. Pero antes se dirige hacia la cocina a tomarse un vaso de agua. Después de tomarse el vaso de agua, ella se dirige hacia el cuarto de baño. Luego de estar dentro del baño, la joven mujer se desviste. Ya desnuda, ella da una ojeada por la ventana a ver si las luces de la casa de Chuy están encendidas. Pero la joven nota que las luces están apagadas en señal de que Chuy sigue en el hospital. Clara se mete bajo la ducha dejándose caer el chorro de agua tibia que cuya intensidad permite cubrirle desde su hermosa cabellera hasta todo su hermoso cuerpo. Clara disfruta de su baño con las palabras de Obando en

Invernadero de tragedias

mente. Luego la joven sale de la ducha para secarse su hermoso cuerpo con una tolla blanca de algodón bien tratado. Ella se traslada hacia su cuarto como dios la trajo al mundo. Luego la joven mujer se pone una bata de color verde con un tejido fino casi transparente y muy revelador de la forma del cuerpo. Después de vestirse, ella se dirigirse hacia la sala donde se encuentra dona Lía. "Mami, hoy conocí a un chico muy interesante y extremadamente inteligente" Clara. "No me diga que es uno de esos que solo saben hablar de comunismo y capitalismo" Lía. "Hay mami pero no digas eso. Lo que pasa es que en tus tiempos de estudiante las gentes solo hablaban del Kukuxklán y los negros Americanos. Hoy las gentes hablan del capitalismo y el comunismo porque son las dos fuerzas antagónicas que hacen noticia" Clara. "Es que solo por ser estas dos cosas las responsables de que mi marido tenga que estar en esa guerra, solo con oír hablar de eso me da coraje, me incomodo, me pongo de mal humor y me da miedo" Lía. "Pues está bien mami, si algún día lo traigo aquí para que tú lo conozca, le dejaré saber que a ti no te guasta oír nada que tenga que ver con comunismo ni capitalismo" Clara. "¿Y dónde fue que conociste a ese joven interesante e inteligente?" Lía. "Mami, ¿dónde va a ser? ¿A dónde es que yo voy todos los días? ¿No es a la universidad? Que pregunta es esa mami" Clara. "Solo ten presente que tu padre está en la guerra" Lía. "¿Y qué tiene que ver eso con

Orlando N. Gómez

mi amigo?" Clara. "Nada, hija nada; es solo un decir. Lo que pasa es que me siento muy preocupada. Con tan solo pensar que le podría estar pasado a Henry en este preciso momento con esos vietnamitas, tengo yo para querer llorar" Lía. "Lo entiendo mami, lo entiendo; pero este es el momento para nosotras mostrar la fortaleza de papi. Imagínate que él te hubiese dicho si el estuvieras aquí. Mami durante estos últimos tiempos, he podido aprender que el saber y poder buscarle el punto medio a las cosas difíciles en aras de lograr un buen manejo de las mismas, es tener que saber y poder encarar las realidades de la vida con racionalidad, perseverancia y dedicación. La vida es cíclica pero no todos queremos verla de esa manera. "¿Sabe porque? Pues porque no todos estamos dispuestos ni queremos dar el giro de 360 grados junto a la misma. La realidad es que papi está en la guerra; que en estos momentos ni tú, ni yo podemos cambiar esa realidad. Por consiguiente, es importante que en momentos como este, nosotras sepamos buscarle el punto medio a dicha realidad, y solo bregar con la parte que esté en nuestro control, y de la mima manera aceptando la realidad de que hay otras partes que no la está" Clara. Tienes razón hija, tengo que ser fuerte. Pero tú bien sabes lo mucho que yo quiero a Henry" Lía. "Si pero papi también te quiere mucho a ti, y sé que ahora mismo él está aceptando la realidad de saber que no te tienes cerca de él" Clara. Las

Invernadero de tragedias

dos mujeres dialogan durante gran parte de la noche, hasta que Clara es la primera que se rinde y queda dormida en el mismo sofá donde se encuentra hablando con su madre.

En medio del retiro de madre e hija, en la casa donde se está apedando Obando, un grupo de estudiantes tienen una fiesta. La mayoría de los participantes son estudiantes extranjeros. Obando entra al edificio de tres niveles. El joven africano penetra al edificio pensando en Clara. Pero luego que de encontrarse dentro de dicho edificio, murmurar para sí. "Creo que el negro le gustó a la gringa. Veía como la boca se le hacía agua cuando me miraba". Luego de Obando hacer tal comentario en voz baja, el tratar de subir por la escalera que lo conduce al tercer piso donde vive. Pero antes de llegar a su apartamento, una joven se le acerca "¿Oye amigo, vas a dormir tan temprano?" "¡Temprano! Ya son la una de la madrugada" Obando. "¿Bueno pero y qué? ¿Tú le tienes miedo a la madrugada?" Dice las Joven como si estuviera invitando al africano. "No, no es eso. Es que estoy un poco cansado y quiero descansar" Obando. Luego del joven decir esas palabras, la joven se le acerca y le pasa la mano por la mejilla y mirándolo como una fiera queriendo devorar a su presa. "¿Yo no te aburriría verdad? ¿Por qué no lo intentas? Ven conmigo que te voy a mostrar algo que te gustará y te alzara el ánimo. Tengo dos semanas mirándote entrar

Orlando N. Gómez

y salir del edificio. Yo vivo en el segundo piso y creo que podemos ser buenos vecinos. ¿Tú no crees?" dice la Joven mientras mira a Obando fijamente a los ojos. Luego el joven se deja agarrar por su mano derecha y camina hacia el segundo piso con la joven. Los dos estudiantes entran al apartamento de la joven. En menos de 10 minutos los jóvenes escomienzan a comportarse como si ellos se hubiesen conocido desde mucho antes. Los dos jóvenes tienen intimidad sexual hasta el amanecer cuando Obando retorna para su apartamento.

La mañana siguiente, Estela se prepara para la universidad. Ella tiene un vehículo el cual pocas veces usa para transportarse. Pero esta vez, ella opta por conducirlo. En el trayecto, la joven mujer escucha música del país. Más adelante la joven llega a la universidad encontrándose con Rony quien la espera frente al parqueadero de vehículos. "Hola amiga Estela; ¿cómo amaneciste?" "Muy Bien amigo Rony, me quede con todas las ganas de que te quedaras a dormir anoche en casa. La Costumbre hace ley, y yo me acostumbro muy fácil" Estela. "¿Amiga porque dices eso?" Rony. "Pues anoche te eché de menos "Estela. "No sabes lo importante que me haces sentir al decir eso. Creo que yo también me estoy acostumbrando" Rony. "Ja, ja, ja, amigo pues estamos en las mismas condiciones" Estela. "¿A qué hora tienes clase?" Rony. "A las nueve, ¿y

Invernadero de tragedias

tú?" pregunta Estela como si ella tuviera algún plan entre manos. "Pues casi ya. Solo esperaba por ti" Rony. "¿Oye y que de Clara? ¿Ella ya llegó?" Estela. "No la he visto llegar. Sabes, creo que ella se interesó mucho por el africano. La vi muy concentrada ja, ja, ja" Rony. "Lo notaste, lo notaste, ja, ja, ja, no lo pudo disimular. Pero creo que él es muy listo. No sé, tengo la sospecha de que el pudiera tener mucha malicia para ella" Estela. "Bueno hablamos de eso más tarde. Tengo que irme" Rony. "Okey amigo, te veo más tarde" dice Estela pensando en lo que hará durante la noche. Mientras Rony se marcha para tomar su clase, Estela saca una cajetilla de cigarrillos para antes de irse a su clase, dar una fumadita. Luego de la Joven encender el cigarrillo, llega Clara. "¿Hola Estela como amaneciste?" Clara. "Muy bien amiga. Ayer tuve que lavar muchas ropas pero me acosté bien temprano. Por aquí estuvo Rony y le pregunté por ti" Estela. "Aja, ¿y donde él está ahora?" Clara. "Tuvo que irse porque tiene una clase" Estela. "¿Oye y no has visto a Obando?" pregunta Clara sin recibir una respuesta inmediata de Estela. Por el contrario, Estela se hace la que no se recuerda quién es Obando. No obstante a eso, ella pregunta "¡Obando! ¿Cuál Obando?" "Estela no me digas que se te olvidó el joven que estuvo hablando con nosotros ayer" Clara. "¡Oh! El africano; no, no lo he visto. Quizás él no tenga clase hoy" Estela. "Bueno, yo no tengo clase hasta las

Orlando N. Gómez

nueve y cuarenta y cinco. Espero que nos veamos en la cafetería como a la una. ¿A qué hora tú tienes clase?" Clara. "A las nueve; yo le avisaré a Rony que nos veremos a la una de la tarde como tu dijiste" Estela. Las dos mujeres hablan hasta que a Estela le llega la hora de tomar su clase. Poco a poco el grupito de estudiantes formado por Estela, Rony, Obando y Clara, ha ido tomando forma de estructura social sin característica de organización alguna. Este grupo de estudiantes se ha ido relacionando de acuerdo al entorno de estudio que los rodea. Lo único que a medida que el grupo se integra, los lazos interpersonales van moldeándose y tomando dimensiones que en lo adelante divulgarían un tipo de relación que sólidamente pudiera interpretarse como meras amistades, parentescos laborales, amorosos o políticos.

Mientras Clara espera la hora de su clase, llega el conserje "Hola jovencita ¿Cómo estás?" "Hola, señor, ¿Cómo está? Ya lo había echado de menos" Clara. "Gracias joven, muchas gracias, A mi pocas gentes me toman en cuenta" Conserje. Mientras el conserje habla con Clara, llega Obando al entorno con cara de trasnochado. "Hola ¿cómo están todos? Espero que no interrumpa" Dice Obando mientras el conserje se echa a un lado. "Como va a ser. ¿Cómo estás? Pensabas que no tenías clase hoy; pero veo que si" Clara. "Si supieras que no tengo clase

Invernadero de tragedias

hoy. Solo vine porque me sentía un poco aburrido en el apartamento" Obando. "¿Solo por eso? Pensé que teníamos algo pendiente que aclarar" Clara. "Oh pensé que se te había olvidado" Obando. "Creo que de la única manera que me hubiese olvidado, hubiese sido si no le hubiera dado la importancia que le estoy dando" Clara. "Bueno pues entonces yo esperaré hasta que tu salga de tu clase para que de esa manera podamos seguir hablando" Obando. "Perfecto, yo salgo a las doce y media de mi clase. Cuando nos encontremos de nuevo, y creo que será en este mismo lugar, antes de que hablemos primero iremos a la cafetería porque le prometí a Estela que nos veríamos ahí. Luego planearemos donde seguiremos la plática" Clara. "A mí me suena bien eso. Entonces nos veremos más tarde" Obando. Clara se levanta de la butaca donde se encuentra sentada, y súbitamente sorprende a Obando dándole un beso en la mejilla para luego decir "Chao, hasta más tarde." Al Clara marcharse, Obando se queda mirándole el trasero. Ella tiene unos pantalones jean reveladores de su voluminoso y bien formado cuerpo. Obando de nuevo murmura "me voy a comer ese pastel. El negro llegó y derribo con el primer disparo la paloma más linda del entorno".

Mientras Obando espera que Clara salga de su clase, el conserje de nuevo se le acerca para luego decir, "tengo 53

Orlando N. Gómez

años. Soy nacido y criado en este país y nunca había visto a un negro tener la dicha que tú tienes con las mujeres. ¿Será que tú trajiste algún brujo de África? ¿O será que tú eres brujo y embrujaste a esa jovencita? Oye el vudú está prohibido en este lugar. ¿Cómo es posible que un negro como tú pueda hacer que una mujer blanca y linda como esa, se enloquezca como veo que esta jovencita lo está por ti? "Conserje. Después de Obando oír al conserje expresarse de tal manera, él no sabe qué hacer o decir. Pero de súbito dice, "señor, lo único que usted y yo sabemos de uno y otro, es que yo soy Africano y usted como me dijo anteriormente es Americano. Más de ahí, yo no lo conozco ni usted a mí. Lo que si yo sé, es que el usted decir tales cosas y a la vez preguntarme, me da a entender el problema racial que se acuerpa en su entorno y en usted mismo. Desde este momento, yo no tengo respuestas para ningunas de sus preguntas" "Pues por supuesto que tú no me respondería; de hacerlo te incriminaría. Yo soy un zorro muy viejo y mis andanzas por este mundo me permiten creer que tú eres cazado en África "Conserje. "No sé de donde usted saca eso. Pues esta es la segunda vez que usted me ves, y apenas la primera vez que usted habla conmigo detenidamente. Pero no obstante a eso, ya usted quiere decir que sabes quién soy, como vivo y que soy capaz de hacer" Obando. "Tú hablas muy bonito, y la generación de estos tiempos se deja convencer muy

Invernadero de tragedias

fácil del habla bonito. Yo no tengo mucho conocimiento de escuela o universidad como lo tienes tú, pero si tengo buen oído y visión. Tengo como norma el poder ubicar las gentes que llegan a mi país y que de inmediato ingresan a la universidad sin estos ser ricos. Tengo ya mucho tiempo trabajando en esto para poder darme cuenta de muchas cosas; cosas que tú no podrás entender en el salón de clase. Como están las cosas ahora, muchas gentes vienen a este país con fondos que nadie puede detectar; solo cuando pasa algo es que las cosas salen a relucir tal y como estas sean. Esos rusos tienen sus manos por dondequiera, y no es un chiste. Yo no soy fácil de engañar. Soy de los que creen que el bacalao aunque se disfrace de seda, el buen conocedor de bacalao, siempre se dará cuenta que está frente a un bacalao vestido de seda" conserje. "Bueno yo esa jerga no la entiendo. Además, no sé porque usted hablas de los rusos, no sé cómo usted puedes conectar una cosa con la otra. Aparte de eso, déjeme decirle que a mí me gusta hablar con propiedad, máxime si estoy haciendo algún tipo de acusación. Yo solo me limitaré a oír lo que usted tengas que decir" Obando. "No importa lo que tú digas, aparte de tu no mostrar la señal de tener el dinero que se necesitaría tener para hacer lo que tú haces y vivir como tú vives, tu ni siquiera me has respondido si eres cazado o no. Ya cualquier respuesta que tú quieras dar o no dar al respecto, estaría carente de credibilidad.

Orlando N. Gómez

Ahora para evadir la realidad, dice que solo escuchará. Un hombre honesto habla claro cundo se trata de su familia y su integridad. Solo las gentes que esconden algo callan cuando son confrontados" conserje. Mientras el conserje sigue hablando, Obando solo lo escucha sin decir una sola palabra. El conserje sigue hablando hasta que una de las jóvenes que trabajan en la cafetería llega al lugar y saluda al conserje. "¿Blanca, tú me pudiera decir porque una mujer blanca se pudiera enloquecer por un negro?" conserje. "Bueno, que te digo. A mí en lo personal no me gustan los hombres negros. Pero sé que hay muchas mujeres blancas que se vuelven locas por los hombres negros, por razone más que por amor, por sexo. Hay una creencia de que los hombres negros tienden a ser más pronunciados que los blancos en cuanto al tamaño de su parte privada, y yo no tengo interés por esas cosas. ¿Pero porque tú me preguntas eso?" Blanca. "Bueno porque hay veces que uno ve ciertas cosas que provocan este tipo de preguntas" conserje. "Pero no acabo de entender, como es posible que yo te venga a saludar, y sin una razón convincente tú me salga con esa pregunta. ¿Es que tú crees que yo estoy saliendo con un hombre negro?" Blanca. "No, no ombe, es que tenía una conversación con mi amigo aquí y le estaba diciendo como son las cosas en este lugar" conserje. "Bueno si es así, pues entonces te dejo para que sigas tu conversación; tengo que ir a trabajar" Blanca. La joven se marcha del

Invernadero de tragedias

lugar dejando al conserje con Obando. Al conserje ver que Ovando no le responde a ninguna de sus insinuaciones, él se marcha del lugar diciendo, "a mí nadie me va a decir que este negro no tiene su mujer y muchísimos hijos en el país de donde salió".

Durante el tiempo que Obando espera por Clara en la universidad, en el hospital donde se encuentra Chuy, hay buenas novedades. A Chuy le han dado de alta. Cuando llega la hora definitiva de su partida, el sale del hospital y se dirige hacia su casa. Al llegar a la misma él dice. "Tengo que ingeniarme una manera más segura para poder ver a Clara sin que peligre tener que caerme de nuevo." Chuy es un joven soltero que estudia magisterio. Sus padres se divorciaron cuando él tenía apenas 10 años de edad. Luego al cumplir los 21 años, pasó a ser huérfano cuando su padre y madre decidieron quitarse la vida dejándole como herencia la casa donde vive. La vida para Chuy ha sido muy traumática y difícil. Hoy el cuanta con 24 años de edad y se ha pasado los últimos cinco años enamorado de Clara sin nunca haberle dicho una sola palabra. Es un amor a distancia el cual él ha llevado a un nivel enfermizo. El no para de asechar a Clara ni un solo instante. Chuy es estudiante de término de la carrera en idiomas, y como concentración él tiene el idioma Ingles. Aunque él no está asistiendo a la misma universidad que asiste Clara,

Orlando N. Gómez

algunas veces él se dispone a seguirla hasta la universidad que ella asiste sin que ella se dé cuanta. Hay momentos que cuando el joven se dispone a asechar por la ventana del baño, el confunda el cuerpo de Clara con el de la madre de la joven.

Luego de Chuy disponerse a arreglar su casa después de su regreso del hospital, Clara sale de su clase encontrándose nuevamente con Obando. "¿Cómo te fue en la clase?" Obando. "Muy bien, ¿y a ti como te fue esperándome?" Clara. "No muy bien" Obando. "¿Por qué? ¿Qué paso?" Clara. "No sé qué le pasó al señor ese que limpia. Desde que tú te fuiste a tomar tu clase, él llegó y no paró de hacerme preguntas un poco indeseables" Obando. "¿No me digas que se puso de racista contigo? En este país el racismo es algo con la cual uno tiene que aprender a vivir. Puesto que aquí siempre habrá gentes blancas y negras disconformes con uno y otros. ¿Pero qué fue lo que te dijo?" Clara. Al Obando oír que Clara le hace esa pregunta con tanto interés, él reúsa abundar en lo que el conserje le estuvo preguntando porque él sabe que de hacerlo sería muy posible que el eche todo por la borda. El joven africano ha comenzado a entender como Clara reacciona frente a lo que no le gusta. Por tal razón, él dice "No le de importancia. Yo ni me recuerdo muy bien de todas las boberías que este señor estaba hablando. Creo

Invernadero de tragedias

que el solo quería buscar mi atención, y como mi mente solo estaba en esperarte, quizás yo reaccioné pensando lo que te dije. Mientras él hablaba yo solo te tenía en la mente" Obando. Al Clara oír tal cosa, ella se toca el pelo en forma de coqueteo para luego echárselo a un lado como muestra de satisfacción. "Bueno vámonos para la cafetería. No duraremos mucho rato con los muchachos puesto que tenemos cosas pendiente que aclarar" Clara. "Oye tú eres una mujer que cuando comienzas algo lo termina" Obando. "¿No te agradas eso? Si es un problema para ti déjamelo saber" Clara. "Por supuesto que me agrada. ¿Por qué tú crees que yo estoy aquí, porque tenías que tomar alguna clase?" Obando. "Entendido, pues vámonos para la cafetería" Clara. Los dos jóvenes se dirigen hacia la cafetería. Tan pronto entran a la misma, Obando es quien dice. "Mira ellos están sentados en la esquina de la izquierda. Vamos" "Hola Estela y Rony ¿Cómo están?" Clara. "Muy bien amiga. Ya veo que ustedes casi son inseparables" Dice Estela usando un tono un poco jocoso. Todos se ríen del chiste hecho por Estela. Luengo tanto Obando como Clara toman asiento. Los dos jóvenes muestran un alto grado de satisfacción por estar de nuevo con el grupo. Todos hablan y ríen casi al unísono. Pero uno de los jóvenes dice, "Amigos, voy a decir o comentar algo en forma de pregunta, y no quiero que nadie se confunda. Esto es solo un comentario. Hago este

Orlando N. Gómez

aclarando porque todos sabemos que entre el comentario y la crítica hay una diferencia muchas veces abismal. Para mí los comentarios siempre tienen una tónica positiva. Todo lo diferente a la crítica; creo que la misma tienden a ser un poco más subjetivas, y eso por si solo pudiera traer lo negativo, o por lo menos generar una percepción que denote condescendencia, cuando en realidad no lo sea. ¿Sera posible que de este grupo pudiera salir una pareja fungida de amor y pasión?" Rony. Después que Rony hace tal pregunta, todos se miran uno al otro sin nadie responder. Pero de repente y sin que nadie lo estuviera esperando, alguien dice. "Bueno, como yo veo las cosas, creo que el Africano y la jovencita que está a su lado casi están en eso" dice el conserje para luego seguir caminando como si él estuviera hablando como un sonámbulo. Todos los presentes se hacen los desentendidos. Nadie dice nada al respecto. Lo dicho por el conserje es bien escuchado por todos y de igual manera es retenido por todos. Los jóvenes siguen hablando y comiendo hasta que una hora más tarde Clara dice, "Bueno amigos tengo que irme. Pues tengo algo muy importante que hacer. ¿Me acompañas Obando?" "Si ombe como no. Cuando tú digas". Luego de que Clara y Obando salen de la cafetería, Estela dice "Bueno yo creo que las cosas ya se están cocinando muy bien. Ya veremos en lo adelante si Clara nos invita".

Invernadero de tragedias

Clara camina con Obando por la gran avenida pausadamente. Pero de repente el joven dice en un tono más alto "¿dónde tú crees que nosotros pudiéramos estar tranquilos y hablar con mayor privacidad de lo pendiente?" Después del joven Africano hacer tal pregunta, Clara se le pone al frente y le dice "Bueno yo realmente no sé pero podemos buscar un lugar tranquilo" Después de Clara decir tal cosa, Obando es quien se para al frente de la joven tomándola por ambos lados de la cara y besándole sus labios carnosos pintados de rojo de tal manera que en medio de la acera la joven le responde con mayor intensidad. En medio de su apasionado forcejeo amoroso, Clara le dice que tomen un taxi para que se dirijan a un lugar tranquilo que ella conoce. Los dos jóvenes se dirigen hacia una pequeña casa en las afuera del pueblo perteneciente a su padre donde él tiene muchas de sus pertenecías y herramientas. Al llegar al lugar, Clara se le rinde completamente al africano. Luego los gritos y quejidos de la joven son tan fuerte, que el joven tiene que taparle la boca para que no sean oídos por algún transeúnte. Después de dos horas de pasión y romance, los dos jóvenes se retiran del lugar acordando retornar lo más pronto posible. En la trayectoria Obando dice "Clara veo que tú en realidad estás enamorada de mi como yo de ti. No sé, es como si el amor que sentimos me obligue a tener que decirte algo que quizás tenga o no tenga vínculo

Orlando N. Gómez

directo con nuestra joven relación. Todavía no estoy seguro si el motivo de nuestra relación sea fundamentalmente por el rechazo que tú pudieras tener a lo que está pasando en este país con el problema racial, o sea por razones políticas o únicas y exclusivamente por puro amor. Para mí, el paso que hemos dado tú y yo hoy, ha sido un paso trascendental porque el momento histórico que vive tu país y el mío, es uno que de manera alguna establece el estado de desigualdad en su forma más clara y perversa, y creo que dicha desigualdad es lo que acuerpa el racismo que es tan común en estos predios. Tu país es rico y repleto de intelectuales, científicos y racistas. Mientras que el mío es pobre y con una población que en su mayoría es ineducada occidentalmente hablando" Obando. "¿Porque tú me dices todo esto?" Clara. "Bueno querida, en primer lugar yo quiero que tu sepas que yo soy comunista y ateo. No sé cómo tú te criaste, ni mucho menos cuáles son tus creencias. Solo quiero que si estamos en esta relación, tanto tu como yo, estemos claro de quienes somos y como pesamos ideológicamente hablando" Obando. "Bueno, yo no te diría que sea comunista como tú te autoproclama. Lo que si te puedo asegurar, es que el modelo capitalista a mí me da nausea. Pero peor me hace sentir el racismo existente en mi país. Si así es que tienen que pensar las gentes para ser tildado de comunistas, o eso es lo que se tiene que sentir para serlo, entonces dejo la respuesta para

Invernadero de tragedias

que tú seas el responsable en darla" Clara. "Muy elocuente tu respuesta, lo que si te diré, es que los imperialistas tienen la tendencia de oír a gentes como tu decir lo que acabas de decir, y de inmediato estos se dispone a utilizar el cuco del comunismo para meterle miedo a todos los incautos que hayan escuchado lo dicho por ti. Mirando todas las dificultades existentes en este mundo, con contendientes cada vez me sofisticados y peligrosos, gentes como yo, y quizás, no sé si como tú, frente a la dolorosa realidad generada por dicha división o contención, por razones de carácter moral y ética humana, tenemos que colocarnos del lado del oprimido; más aún, gentes como yo que desde mi génesis he sido parte del grupo de oprimidos, no sé si tu" Obando. La conversación entre los dos jóvenes toma un sentido más que de amor, ideológico. Es como si estos jóvenes salieran de una escuela de ciencia policía, o de una célula perteneciente a un grupo u organización política, donde ambos coinciden con la misma ideología política.

El tiempo ha trascurrido rápidamente. La relación de Obando con Clara se ha consolidado al punto que aun Obando sabiendo que él tiene una relación con una joven que vive en su mismo edificio, y que tiene mujer e hijos un África, el no tan solo se ve con Clara en la casa vieja del padre de la joven, sino también en su apartamento. Clara ya está dando los últimos toques para su graduación.

Orlando N. Gómez

Mientras que Obando ya terminó los cursos que él ha estado tomando y ahora está casi terminado sus estudios de economía. Clara sale de la universidad. Después de hablar con Estela y Rony, ella se dirige hacia el apartamento de Obando. Al Clara entrar al edificio, la joven que tiene la relación con Obando se le para al frente diciendo "perras como tu tienen que recibir su lección. ¿Tú crees que yo no sé qué tú estás jodiendo con mi hombre?" "¿Quién eres tú? ¿De dónde saliste? Yo no te conozco. Por favor quítate del medio" Clara. "¿Qué me quite del medio? ¡Qué ovarios tan grades tú tienes! Si tú hubiese sido hombre te dijera bolsa grande. La que se tiene que quitar del medio eres tú. ¿Tú crees que tú me vas a quitar mi macho? Pues mira que no, mira que no" Dona. Las dos mujeres se enfrascan en una lucha cuerpo a cuerpo. Clara le da una bofetada a Dona. Luego la joven agarra a Clara por el pelo, y trata de golpearla con la rodilla derecha. Clara vuelve responderle con un golpe en un seno para de esa manera forzar a Dona a que le suelte el pelo. Clara derriba a Dona y se le monta en sima como una yoqui en el hipódromo. Las hermosas piernas de Clara están al desnudo. Clara pierde el control y golpea a Dona una y otra vez. Dona comienza a llorar hasta que Obando escucha los gritos. El joven africano sale de su apartamento para de inmediato bajar al primer piso. Tan pronto él llega al primer piso, nota como Clara golpeando a Dona por la cara una y otra vez.

Invernadero de tragedias

Él se abalanza y desaparta a las dos jóvenes. Dona está sangrando por la nariz. Pero al ella ver que Obando no le hace caso, sino más bien abraza a Clara, ella siente que ha perdido la batalla y mientras sangra profundamente por la nariz y los cabellos alborotados, entre respiro y respiro y de manera entrecortada, ella dice "Tú eres un cerdo. Quizás, solo por esta perra ser más blanca que yo, tú te vas de su lado. Pues fíjate, yo tampoco soy negra. El negro eres tú cochino, te odio, te odio. Eres un desgraciado asqueroso". Después de Dona decir esas palabras, ella se retira hacia su apartamento, mientras Clara en vez de hacerle preguntas a Obando acerca de Dona, ella mejor se recuerda de lo que a él le pasó con el conserje en la universidad. "Oye pero que racista es esa mujer. Tú tienes suerte para que las gentes se acerquen a ti. ¿Requeridas al conserje? Pero ella cometió un error al incluirme en sus locuras. Espero que ella no te haya hecho la vida imposible en este lugar. Aquí en este país existen muchas personas como ella. Se hacen imaginaciones y luego actúan como si las mismas son reales." "Yo me he dado cuenta de eso desde que llegué a tu país. Espero que tú no haya tomado en serio lo que está loca haya podido decir" Obando. "Como va a ser mi amor. Entre tú y yo ya todo está pactado. Además, si ella está interesada en ti, para mí no es lo mismo que si tú fuera quien estuviera interesado en ella. Además, una mujer que se respete no actúa como ella actuó"

Orlando N. Gómez

Clara. "Estoy totalmente de acuerdo querida" Obando. "Bueno pues vamos para el apartamento que al parecer este encuentro con esta loca me ha exacerbado el deseo de estar contigo" Clara. Los dos jóvenes suben las escaleras hasta llegar al apartamento de Obando. Tres horas pasan cuando Obando y Clara salen del apartamento rumbo a la casa de la joven enamorada. "Amor, creo que esta vez tú tienes que ir a mi casa para que conozca a mi madre. Mi padre todavía está en Vietnam. Yo le he comentado de ti" Clara. "¿De verdad? ¿Y tú le dijiste que yo soy negro? Pero tú no me habías dicho que tu padre está en Vietnam" Obando. "No te he dicho eso porque creo que eso no es lo importante. Creo que el que a mi padre le gusten los negros, o no le gusten los negros, no es relevante en mi decisión de amarte. Esas son cosas que me competen solo a mí, y no recuerdo si te comenté que mi padre es militar y que lo habían mandado para Vietnam después que la guerra se recrudeció" Clara. "No recuerdo que me hayas dicho tales cosas. No sé cómo reaccionaría cuando me encuentres frente a tu madre" Obando. "Creo que eso que dices no es cierto, pues desde el primer día que te conocí pude notar que eres un experto en saber tratar y evadir situaciones incomodas para ti" Clara.

La joven y su novio llegan a la casa de Lía. La joven abre la puerta encontrando a su madre frente a la misma. Lía

Invernadero de tragedias

se queda mirando a Obando sin decir palabras. Clara le da un beso a su madre pero Lía no reacciona. Ella esta fría como un trozo de hielo acabado de llegar del corazón del ártico glaciar. Nadie dice nada por un momento. Pero de repente Clara dice "Madre, este es mi novio Obando. Él y yo tenemos ya varios meses viéndonos y pensé que ya es hora de presentártelo" "Tu novio, oh si tu novio, tu novio, siéntate por favor. ¿Quieres tomar algo?" Lía. "No gracia doña, muchas gracias. ¡Oye Clara pero tu madre es muy joven, agradable y hermosa! Ojala y que muchas gentes pudieran saber el secreto. Así no existieran feos como yo" dice Obando en espera de una reacción de Lía. Cuando el joven dice esas palabras, Lía se torna y le da una sonrisa de agrado a lo escuchado. Clara de igual manera se queda mirando a Obando y disimuladamente le deja saber que lo dicho ha surtido un efecto positivo. Los dos jóvenes comparten con Lía sin ningún problema. Luego los días pasan y Obando se gana el aprecio de Lía.

Tres semanas más tarde Clara se levanta temprano en la mañana pensando que durante la semana que había concluido ella estaba supuesta a ver su regla menstrual y no fue así. Clara decide ir a ginecólogo. Más adelante ella se da cuenta que tiene cuatro semanas de embarazo. La joven se preocupa un poco por no saber cuál sería la reacción de Obando. Pero por ser tan fuerte de carácter,

Orlando N. Gómez

ella puede controlar su preocupación. Al otro día en la mañana, Clara tiene que encontrarse con Estela y Rony en la universidad. Todos tienen exámenes de su última clase. Después del examen ellos acordaron ir a compartir. Luego de Clara salir, ella se encuentra con Obando quien el día anterior fuera informado de dicho encuentro. "¡Hola querida! ¿Cómo amaneciste?" Obando. "Muy bien ¿y tú?" Clara. "Yo me sentía un poco cansado anoche, pero ya se me quitó. Al parecer fue porque pude dormir bien" Obando.

CLARA Y OBANDO SE CASAN

"Mi amor, tengo algo muy importante que decirte" Clara. "No me digas, que yo sé lo que es" Obando. "¿¡Qué tú sabes!? ¿Y cómo tú puedes saber si yo todavía no te he dicho nada? ¿Es que también lees mentes? Ja, ja, ja" Clara. "No tanto así querida, no tanto así" Obando. "Pues entonces dime que crees tú que es" Clara. "Que estas embarazada" Obando. ¡Wau, wau, wau! Eso es espectacular; increíble ¿Wau, pero sabes qué? Tienes razón. Para ser más directa, te diré que tengo cuatro semanas de embarazo. ¿Te cazarás conmigo?" Clara. "Por supuesto que sí. Cuando tú lo diga" Obando. "Pues vamos ahora. Hagámoslo solo tú y yo. Mis amigos Estela y Rony serán nuestros testigos" Clara. "¿Tú le preguntaste si ellos quieren serlo?" Obando "No, todavía no" Clara. "¿Entonces como estas tan segura de que ellos aceptarán?" Obando. "Conozco muy bien a mi amiga Estela. Ella nunca me daría la espalda. Somos como hermanas" Clara. "Bueno pues entonces vamos para donde ellos" Obando. Los dos jóvenes salen rumbo a la universidad. Pero de paso llegan hasta donde Lía para comunicarle lo del embarazo. Lía toma la información con mucha pena pero dotada de una gran resignación. Ya ella le comunicó al padre de Clara del noviazgo con un

Orlando N. Gómez

negrito muy agradable. Ahora ella tendría que buscar la forma de informarle lo del embarazo.

Estela y Rony ya están esperando a Clara en la cafetería de la universidad. Próximo a la mesa donde se encuentran, está sentada Dona con otras dos amigas. Dona es estudiante de la misma universidad. Ninguno de los miembros de los dos grupos, se dan cuenta que están indirectamente interconectados. Esto sucedes hasta que de repente llegan Clara y Obando. Estela es quien se para de la silla y le da un beso a Clara. Luego ella saluda a Obando. Subsiguientemente Rony hace lo mismo. Dona es la primera en notar la presencia de Clara. Ella ya sabía de antemano que Clara está en la universidad. Por un momento Dona se hace la desentendida. Eso sucede hasta que ella hace contacto visual con Obando. De repente se aparece el conserje. El limpiador inmediatamente a su arribo, procede a fingir estar barriendo el entorno con la única intensión de ver lo que está pasando entre Clara y Obando. Mientras el conserje barre, Clara le dice a Estela "Amiga tengo algo muy importante que decirte". Al tiempo de Clara decir tal cosa, Rony dice de chiste" hay boda, hay boda, hay boda ja, ja, ja." Clara mira a Obando de la misma manera que Obando la mira a ella. Ninguno de los dos dice nada por un momento. Pero es Obando quien dice "Si amigo, hay boda". Rony para de

Invernadero de tragedias

reír y Estela deja de parpadear. Los dos jóvenes se quedas estupefactos. Clara es quien dice "quiero que ustedes sean los testigo de la boda. Esta será este próximo sábado". Al unísono como si fueran dos robot, Estela y Rony dice. "Si está bien amiga; cuanta con migo". El conserje oye todo lo dicho. Por esa razón se para al frente de Dona y sin saber lo que causaría dice. "El Africano vino de África ayer, y hoy mismo se casará con una de las chicas más hermosas de esta universidad". Después del conserje decir tales palabras, Dona se levanta de su asiento y dice. "Ese hombre es un sucio. Él tiene su mujer en África y viene a este país usando hechicería para aprovecharse de las mujeres. Ese hombre es un brujo. Ese es un hechicero Africano. El me hechizó a mí, y después que me uso, ahora la está usando a ella". Después que Dona decir esas palabras, los demás estudiantes se ponen a reír. Clara por el contrario se encuentra muy enojada y dice. "Esa mujer es loca. Esta no es la primera vez que ella hace cosas de esta naturaleza". "Bueno yo creo que en este país hay muchas gentes con problemas de esa naturaleza. Es muy lamentable que esto tenga que suceder en estos momentos, pero creo que ya ustedes saben quién soy yo. Creo que a este incidente no se le debería prestar mucha importancia. Ustedes saben que yo no soy brujo ni creo en hechicería. Pero mucho menos soy un sucio, y no sé porque esa loca dice esas cosas de mi persona" Obando.

Orlando N. Gómez

"No te preocupes mi amor, que Estela ni Rony están en eso" Clara. Luego de Dona no parar de vocear, todos los miembros del grupo salen de la cafetería y se alejan de la universidad. Seguridad llega al lugar y tanto Dona como también el conserje, dan declaraciones en contra de Obando. Los agentes de seguridad hacen un reporte donde declaran a Obando como una persona indecente y no apta para ser parte de la universidad. Dicho reporte es llevado a la oficina del rector quien de inmediato procede a investigar profundamente a Obando. El día de la boda llega. Tanto Lía, Estela y Rony se encuentran presente. Lía acepta que Obando se quede en la casa con Clara hasta que ellos puedan conseguir su propio espacio.

Después que el grupo sale de la oficialía civil, ellos se dirigen a un restaurant donde celebran la boda. Todo lo concerniente a la boda sucede con un sabor agridulce. Tanto Estela como Rony tratan de masticar la situación, pero no pueden tragársela. Lía por el contrario, ya está resignada a aceptar la decisión de Clara. Después de la celebración, el grupo sale para la casa de Lía. Todos se trasladan al lugar para darle apoyo a Clara. Lía brinda una bebida casera preparada por ella. Como a las dos de la madrugada, Estela y Rony se marchan de la casa de Lía dejando a Clara con su esposo y su madre. "No acabo de entender como han sucedido las cosas. Hace

Invernadero de tragedias

tan poco tiempo que este hombre llega de África, y sin conocernos ni saber nada del entorno, ya él es esposo de mi mejor amiga; no, mejor dicho; de mi hermana" Estela. "Esto es insólito. Pero lo más raro y difícil de aceptar es que la única que no tiene reservas acerca del carácter de este hombre es Clara" dice Rony solo para hacerle el coro a Estela. "Mi amigo, yo me iré mucho más lejos. Yo no pongo en duda que la chica esa que explotó en la cafetería diciendo todas esas cosas feas de Obando, tenga algo que ver con él. Él no me inspira confianza. No sé, hay algo en el que no entiendo, que no acabo de comprender. Es como cuando alguien no te convences por más explicaciones que te dé. Otra cosa; esa chica también dijo que él tiene su mujer con hijos en África. Clara está muy segura de que eso no es verdad. Tanto ella como el, tildan a esa chica de ser loca" Estela. "Bueno, yo a ella de loca no le vi nada. Yo lo que si pude notar es que ella está muy dolida con él. Para que una persona pueda exhibir tal reacción en contra de alguien de la forma que ella lo hizo, algo tuvo que haber sucedido entre ellos dos. Ese cuento de que ella está loca y que por esa razón no se le debe poner atención, pudiera ser el resultado de una respuesta dada por alguien que subestime al que lo esté escuchando. Fíjate, esa chica es linda y delicada. Ella no tiene los rasgos de una persona descuidad que fácilmente pueda revelar su desquicio mental a través de su descuido físico. Yo personalmente creo que ella tiene todas las herramientas que una mujer hermosa tiene que tener para poder conseguirse al hombre que ella quiera sin tener que mendigar ni volverse loca como la quieren pintar" Rony. "¿Entonces que tú crees, que Obando se acostó con ella como ella dijo? ¿Tú crees que él tiene su mujer con hijos en África?" Estela. "A mí no me gusta especular. El decir que no, es una especulación de la misma manera que el decir que sí. Yo en realidad no sé. Yo lo que si se, es que si usamos el sentido común, lo único que podemos hacer es tener cuidado con las dos posibilidades. Clara se precipitó y eso fue su decisión. Lo que si yo sé es que como tal hay que respetársela. Pero aun sea así, ella siempre se merece el apoyo y respeto de nosotros" Rony. "¿Te quedaras en cas esta noche?" Estela. "Está bien como usted diga amiga "Rony.

OBANDO SE MUDA EN LA CASA DE LIA

Obando se prepara para pasar su primera noche en la casa de Lía. Ya el cuarto de Clara está arreglado para que la pareja se sienta cómoda. Clara se pone una bata blanca transparente. Mientras que Obando se queda en pantaloncillo. Ambos se ponen cómodos en el cuarto. Clara se le sienta en las piernas a Obando. Él le acaricia la barriga mientras dice. "El fruto de nuestro amor que ahora está en tu vientre, próximamente se convertirá en un cortinaje hecho con los vientos de un Octubre rojo y frio. Cariño, quizás ya estemos muertos, pero tenlo por seguro; que ese fruto mío y tuyo que llevas en tu vientre, aun conservando la esencia del Octubre rojo, será colocado en una mansión blanca desde donde el dirigirá la velocidad del viento. Así la historia lo dirá". "¿Cariño, qué significa eso de Octubre rojo?" Clara. "Fíjate querida, en un pueblo en Rusia llamado Volgogrado, había una fábrica conocida por todos los Rusos como la fábrica Octubre Rojo. Esta fábrica fue destruida durante una batalla. Luego de la revolución bolchevique, dicha fábrica fue reconstruida por órdenes del mismo Lenin. Esta fábrica ha servido como símbolo principal para darle nombre, forma y color al ejército Rojo de Rusia. Lo único es que el ejército rojo está controlado desde el Kremlin, y este no es de color

Orlando N. Gómez

blanco". Dice Obando como si él estuviera haciendo una declamación de un poema de corte revolucionario utilizando la mayéutica o algún tipo de trabalenguas filosófico. "Cariño no entendí nada" Clara. "Yo no trataré de que tu comprendas lo que digo ahora porque sé muy bien que el tiempo te lo explicará. El cortinaje rojo hecho en un mes de Octubre para ser colocado en una mansión blanca, es el cortinaje que los Rusos quisieran traer a América o diseminar por todo el mundo. Lo de la mansión blanca es porque en otros lugares los centros de mandatos no tienen el color que tiene el Kremlin. Pero el primer competidor contra el Kremlin si usa el color blanco como su principal estandarte e identificación de poder. Lo que si te digo ahora, es que la criatura que tú llevas en el vientre, tiene que ser un guerrero como su madre y su padre. Yo no quiero que con nosotros se cumpla el viejo refrán que dice;**padre labrador, hijo caballero y nieto pordiosero. ** Yo quiero que mi hijo siga mis trayectorias y se las transmita a mis nietos para que las mismas sigan siendo las mismas, y se queden permanentemente en el entorno familiar que derive de nosotros dos. Como ateo y comunista, quiero que mis hijos sean herederos auténticos de mis creencias revolucionarias" dice Obando en el oído izquierdo de Clara. "Yo no estoy segura de que eso sea posible; o por lo menos viable. Si esa hubiese sido la forma correcta de adiestrar a los hijos, tú y yo no estuviéramos

Invernadero de tragedias

juntos" Clara. Al clara decir estas palabras, Obando abre los ojos sorprendido de haber oído lo que oyó. Clara continua diciendo "Si todos tuviéramos la misma forma de pensar, de actuar, y amar, no existiéramos. Creo que los insectos fueran los que estuvieran controlando el mundo. Yo soy de las personas que amo a las gentes aun sabiendo que no comparto con sus ideales; pero siempre y cuando los mismos no antagonizan directamente con mi dignidad de mujer e integridad física. Yo no pienso como mi padre, pero mucho menos como mi madre. Yo pienso como yo pienso. Pero si te digo. El amor que siento y tengo por ellos, es un amor incomparable. Es muy probable que nuestro hijo tenga las mismas inclinaciones que nosotros tenemos. Aunque en realidad tengo esa creencia porque diferente a otras familias, tú y yo compartimos ideas, las discutimos y en la mayoría de las veces coincidimos. Eso lo absorbe nuestro hijo aun estando en mi vientre" Clara. "¿Querida, pero ya sabes que es varón?" "No seas chistoso. Es un decir". Después de Clara decir tal cosa, los dos jóvenes vuelven a tener sus relaciones para más luego quedarse dormido hasta el amanecer.

Por el otro lado, Estela se encuentra en su casa con Rony. "Rony tengo una gran inquietud por lo que todos creemos que está pasando con Clara. No estoy segura, pero creo que Clara se ha interesado por el africano, porque ella

Orlando N. Gómez

como todos nosotros, ha podido darse cuenta de las inclinaciones que él tiene hacia el comunismo. Él es un hombre muy escurridizo. Yo como anticomunista no le tengo nada de confianza. Yo creo firmemente que el capitalismo con todas sus imperfecciones como sistema de organización social, tiene la moral como su principal estandarte. El socialismo no la tiene. Me iré mucha más lejos. Creo que dicho estandarte moral, es mucho más objetivo y más amplio en el sistema capitalista, que en sistema socialismo. Quizás una de la parte más importante del capitalismo, es la concerniente a la que incita al desarrollo. El capitalismo incita al desarrollo de esas instituciones o individuos que fomentan la creatividad. En el sistema capitalista el individuo le pone precio a su trabajo. En el sistema socialista, el estado es quien le pone precio al mismo trabajo. La crítica de los socialistas contra el capitalismo, está basada en que los socialistas siempre han dicho que en el sistema capitalista no existe la moral. Pues mira que eso es incorrecto. Yo pienso que tanto el capitalismo como el socialismo son sistemas que pudieran ser penetrados en cualquiera de sus formas, por la corrupción o elementos inmorales. Nosotros tenemos todo el derecho de preguntarnos ¿qué pasa en un sistema socialista cuan este es penetrado por la corrupción?" Estela. "Bueno para no decir mucho, solo espera para que vea lo que en el futuro próximo yo estoy seguro que pasará

Invernadero de tragedias

en Cuba" Rony. "¿Amigo, porque tú viniste de Cuba para este país?" Estela. "Fíjate amiga, durante mi niñez yo solo pude conocer a un solo presidente y no me gustó, no era de mi agrado. Este fue Fulgencio Batista. Él fue un dictador y corrupto. Le dio permiso a casi todos los mafiosos del mundo para que se quedaran en Cuba haciendo y deshaciendo lo que les diera sus regaladas ganas. Por esa razón, mientras Fidel Castro estuvo combatiendo en la sierra maestra, yo sin ser miembro del grupo, estaba de acuerdo con la lucha de los revolucionarios. Pero cuando yo oí ese famoso discurso de Fidel el día 8 de Enero del 1959, me di cuenta que yo no podría vivir en un régimen como el que Fidel ya había planeado para Cuba. Yo entendía que todas las promesas hechas por Fidel, no iban a poder ser cumplidas; puesto que eran muy fantasiosas. Por esa razón yo sentía los presagios de un régimen totalitario. Yo nunca participé en ningún movimiento político, ni fui devoto a ninguna ideología política. Yo iba a la iglesia como parte de una tradición familiar y fui incluido por la fuerza y en contra de mi voluntad, en la juventud revolucionaria de mi escuela. Yo era pobrecito pero creyente en Dios. Luego que los guerrilleros bajaran de la sierra maestra, dos semanas más tarde pude ver que a un hombre que fue acusado de haber torturado a muchos estudiantes y políticos de la izquierda revolucionaria durante el gobierno de Batista, lo lincharon

Orlando N. Gómez

en una plaza pública. Pero al otro día pude ver como a otros 10 hombres los llevaron a un paredón de fusilamiento y los fusilaron porque ellos habían asesinado a más de cien personas durante el régimen dictatorial de Batista" dice Rony para moldearle al mente a Estela. "Entonces esas gentes fueron acribilladas a balazos utilizando un sistema de justicia rudimentario, anacrónico y muy incompatible con lo que debe de suceder en un juicio oral público y contradictorio. ¿Estos hombres no tuvieron a nadie que los defendiera de las acusaciones en sus contra? Fíjate, yo con esto no estoy diciendo que esos hombres eran inocentes. Solo quiero decir que a ellos no les dieron la oportunidad de defenderse, y yo soy de los que creen que todas las personas son inocentes de cualquier acusación que se les haga, hasta que se les pruebe lo contrario. Esa es la tan acertada y muy bien conocida por las gentes civilizadas, como la presunción de inocencia" dice Estela con voz llena de disgusto. "Bueno, ya veo por donde tú vas. Pero a mí lo que menos me gustó fue cuando llegó el racionamiento de alimentos. En mi casa éramos pobres. Pero durante la dictadura de Barista, yo podía comer lo que se me antojara, donde me diera la gana de comerlo, y las veces que me lo pudiera comer si tenía con que comprarlo. Con el sistema de racionamiento, eso no me fue posible ¿Chica como una familia de cinco personas puede solo recibir una pequeña ración de arroz y cinco

Invernadero de tragedias

libras de carne para un mes? ¿Te das cuenta? ¿Amiga, ya sabes porque vine de Cuba?" dice Rony sabiendo que al decir tal cosa, él se ganaría mucho más la simpatía de Estela. "¿Rony cuándo será que nacerá el hijo de Clara?" Estela. "¿Bueno en que mes estamos, en Julio? Esa criatura nacerá por ahí por Mayo o Abril del año que viene. No estoy seguro, pues como bien sabes, nosotros no sabemos desde cuando ellos han estado visitando la cama esa donde Obando la empreñó" Rony. "Hoy es Miércoles 15 de Septiembre del 60. Entonces esa criatura nacerá como en Mayo del 61 si Dios lo permite. Rony mientras nosotros estuvimos hablando de lo que pudiera ser la vida de Obando, me vino a la mente como las gentes se dejan seducir por doctrinas y dictaduras comunistas. Yo firmemente creo que el poder de las gentes está directamente conectado con la no libertad del estado. Por esa razón también creo que la libertad de las gentes está directamente vinculada al no poder del estado" Estela. "¿Por qué dices eso? No estoy totalmente claro con lo que quieres decirme, puesto que cuando en un sistema capitalista las gentes creamos el estado, es porque ese es el mecanismo más viable para que ellos puedan vivir en paz" Rony. "Si estoy de acuerdo con eso que dijiste. Pero lo que yo quiero decir no es que esté en contra de que las gentes creen el estado como un mecanismo que le brinde paz. Yo a lo que me opongo es al poder que pueda adquirir el estado de forma

Orlando N. Gómez

arbitraria o contradictoria para dictarme como vivir, porque vivir cuando comer, que comer, que poseer y cuánto dinero debo tener. Yo estoy en contra de que el estado no me deje cumplir con esas regalas naturales que les permiten a las gentes tener auto determino y control de sí mismo" Estela. "Bueno todavía estoy un poco confuso, puesto que el socialismo en una de sus partes se refiere a una organización económica y social, cuya base está fundamentada en que los medios de producción sean parte del patrimonio colectivo. Aunque el socialismo también establecer que dicho colectivo tiene que ser quien administre dichos medios de producción" Rony. "Todo eso suena bien teóricamente. El problema está cuando se trate de llevar al plano real. Ahí es donde está el detalle. ¿Fíjate en esto Rony? A través del marxismo se ha llegado a la conclusión de que la etapa superior del socialismo es lo que todos conocemos como comunismo. Los marxistas entienden que en un sistema comunista como etapa superior del socialismo, las gentes vivirían sin la necesidad del poder del estado. ¿Sabe qué? Eso yo lo interpreto como una mera utopía. Y creo que viendo este caso desde el punto de vista de los comunistas, como también de los capitalistas, tengo que decirte que en su esencia, la naturaleza o razón de ser de del estado, es que el mismo debería siempre servir de mediador en cualquier sociedad organizada. No quiero que entiendas que quise decir que

Invernadero de tragedias

sean una mala idea el tener un estado. Lo que digo es que debe de ser como un mecanismo mediador. A mí lo que me preocuparía seria la dimensión o tamaño del mismo. A mí no me gustaría vivir en un estado de sitio; donde el gobierno sea quien me dicte las ordenes de que comer, como dormir y que tener. Digo esto porque algunas veces la burocracia socialista secretamente adquiere una dimensión con características aburguesadas mientras sus actores permanecen vestidos con el traje de socialista para el sabio dominio. El problema es que mientras esto sucede, a sus protagonistas no les importa un carajo el sufrimiento de sus gentes. Más aún, si la ideologías políticas imperante racionaliza la parte corrompida" Estela. "Ahora sí que te entiendo amiga. Yo estoy totalmente de acuerdo con eso. Ese ha sido el caso de todos esos países Latinos Americanos, africanos y asiáticos que han sido controlados por regímenes dictatoriales tanto de izquierda como de derecha" dice Rony para sabiamente alertar a Estela de que él está de su lado. "Una de las cosas que estos políticos tanto de izquierda como de derecha tienen en común, es la demagogia como su principal estandarte o herramienta seductora. No importan lo coherentes que muchos de ellos suenes en público, en privado es todo lo contrario. Para tu poder encontrar uno que sea serio y responsable, que ponga sus palabras en medios de sus acciones, tienes que usar una lupa de alto poder. Fíjate amigo, lo primero que

Orlando N. Gómez

muchos de esos políticos olvidan siempre cuando tienen el poder en su control, es que todas las personas sin importar sus ideologías, tienen necesidades básicas que son inherente a todos nosotros. Estas necesidades son traducidas en derechos humanos fundamentales. Amigo, ten por seguro que cuando esas necesidades no son satisfechas, esas gentes se revolotean, viran latas, queman neumáticos y se tornan en revoltosos y violentos. Eso debería de ser normal en todos los sistemas económicos. El problema que estas protestas tienen que enfrentar en un sistema socialista, es que con el uso de su lema basado en la doctrina marxista o dictadura con respaldo popular, dichas protestas dejarían de tener las mismas connotaciones. Esto significa, que todo aquel que se revolotee por estar en contra de dichas faltas de derechos fundamentales, si pertenece a dicho sistema comunista, puede decir que ha firmado su sentencia de muerte. Pero esto no tan solo sucede en el sistema socialista, también sucede en esos países capitalistas donde un dictador tenga el control del estado" Estela. "¡Wau! Amiga, ahora mismo al terminar lo que dijiste, me llegó a la mente Fidel Castro y Fulgencio Batista ja, ja, ja" dice Rony solo para hacerle el coro a Estela. "Con todos los problemas que todavía hay que resolver en este país, yo me siento privilegiada de haber nacido en él. Más aun sabiendo que la forma de vida de este país, es diferente y admirada por muchas personas de

Invernadero de tragedias

todos los países del mundo. Por esa razón es que tantas gentes quieren venir a vivir aquí. En este país se respeta la vida de las buenas personas y de las malas también. Aunque en cuanto a las personas que cometen ofensas contra las buenas personas y buenas costumbres, sufran castigos con los cuales yo en particular algunas veces no estoy de acuerdo. Quizás en el futuro no muy lejano, de la misma manera consensuada que estos castigo fueron establecidos, de esa misma manera pudieran ser cambiados, o por lo menos revisados. Me refiero a la pena de muerte" Estela. Los dos jóvenes hablan por horas y horas. La noche avanza. Luego el amanecer llega trayendo un nuevo día.

El alba ya se asoma y el nuevo día se apodera de la casa de Lía. Son las ocho de la mañana cuando Clara se levanta a arreglarle al baño a Obando para que se dé una ducha. Clara le lleva una bata de baño, una toalla y un par de sandalias. "Mira mi amor esas son tus sandalias, toalla y bata de baño. Las que yo usaré están en el ropero. Estaré en la cocina preparando el desayuno para cuando tu termines desayunarnos y luego yo bañarme también" Clara. "Gracias querida, muchas gracias" dice Obando con voz de satisfacción. El joven se dirige hacia el baño a darse su ducha. Chuy quien se encuentra en su venta esperando a que Clara se disponga a darse un baño, nota que las cortinas del baño de la casa de Clara se mueven

Orlando N. Gómez

hacia un lado. El rápidamente alcanza a ver una sombra oscura. Chuy se remueve los espejuelos. Luego con una prisa enfermiza, limpia sus espejuelos para ver mejor. Después de ponerse sus espejuelos nuevamente, el vuelve a mirar por la ventana. Esta vez el mira con mayor atención. De repente Chuy nota las dos nalgas negras de Obando moviéndose de un lado a otro en medio de la ventana. Al Chuy no estar seguro de lo que vez, él pregunta. "¿Diablo que es eso? Nunca había visto una cosa así tan oscura en la ventana de mi amorcito. ¿Sera esto un animal que entro al baño?" Chuy se pone muy preocupado. Él no sabe lo que está dentro del baño de la casa de Clara. Durante el tiempo que él ha estado asechando a Clara, él nunca había visto algo así. Luego Obando entra a la bañera y comienza a darse su baño. Chuy sigue en la ventana observando cada movimiento que ocurre dentro del baño sin el poder saber qué será esa cosa oscura. Luego Obando vuelve a salir de la bañera y se acerca a la ventana pero esta vez él se inclina despalda a la ventana para terminar de secarse los pies y arreglarse sus sandalias. Al Obando inclinarse, él le muestra a Chuy todo lo concerniente a lo más profundo, peludo y oscuro de su trasero. Al Chuy ver todo lo que Obando sin darse cuenta le está mostrando, él se levanta y dice "No que va, esa doña fue quien me llamó a la ambulancia para que me salvarán la vida. Eso que está en su casa pudiera ser un animal peligroso. Últimamente por este lugar han

Invernadero de tragedias

estado apreciando animales salvajes muy peligrosos. Es mi responsabilidad el ayudarla. Déjame llamar a la policía para avisarle. Yo no puedo dejar que ese animal lastime o mate a uno de mis vecinos; que va. Yo jamás permitiría algo así". Chuy toma el teléfono y llama a la policía. Luego que Obando sale del baño, él se dirige hacia su cuarto. Pero luego de estar dentro de la habitación, el oye cuando llega la policía con los bomberos. Una unidad del departamento de protección a los animales conjuntamente con los bomberos y la policía, les tocan la puerta a doña Lía. "Ya va, ya va, ¿Cómo los puedo ayudar? ¿Qué pasó? ¿Por qué tantos policías y bomberos?" Pregunta Lía agarrándose el pecho con la mano derecha, la izquierda sobre su cabeza y los ojos bien abiertos. "Doña, salga por un momento y dígale a todos los que estén dentro de la casa que por favor salgan también". "¿Por qué, qué pasó? ¿Por favor me pueden decir que está pasando aquí?" Dice Clara mientras sale de la casa viendo a su madre tan nerviosa. "En su baño hay un animal. No estamos seguro que clase de animal es. Pero como últimamente en este lugar ha estado merodeando un animal salvaje, nosotros tenemos que estar seguro de lo que pudiera estar pasando dentro de su casa" dice uno de los policías. "¡¡Oh mi Dios! un animal salvaje en mi casa? ¿Quién dijo eso?" Lía. "Hemos recibido información de que en su baño hay un animal salvaje bien grande" dice el policía encargado de la patrulla. Tan pronto el policía

Orlando N. Gómez

dice esas palabras, Clara es la primera que dice "¡hay mami cuidado si ese animal le ha hecho algún daño a Obando! ¡Mi amor!, ¡cariño! ¿Tu estas bien? ¡Por favor sal!" dice Clara mostrando un semblante emocionado y muy consternado. "¡Ya voy querida, ya voy!" Dice Obando mientras sale de la habitación. Tan pronto el joven africano sale, los policías entran a la casa y se dirigen al baño; notando que el piso está un poco mojado y tanto la cortina de la ventana como también la que cubre de la bañera, están fuera de lugar. Luego los policías salen de la casa y de nuevo uno de los policías le pregunta al grupo "¿Quién es él, o la responsable de la casa?" "Mi madre es la responsable" responde Clara con los ojos humedecidos de lágrimas. "¿Ustedes no han sentido ningún ruido extraño en la casa? ¿Qué tiempo hace que ustedes usaran el baño?" Policía. "Mi esposo acaba de usar el baño y el no sintió nada" Clara. "¿Y quién es su esposo? ¿Él se encuentra? ¿Podría llamarlo?" Policía. "Si, como no, ¡mírelo ahí! Él está al frente suyo. Ése que está ahí es mi esposo" Clara. Después de la joven decirle esas palabras al policía y luego mostrarle a su esposo, el policía comienza a tomar notas. Luego el agente le secretea algo al otro policía como también a los bomberos y la unidad de protección a los animales. Finalmente el policía le dice a doña Lía "Okey doña, al parecer todo fue un error o un chiste de muy mal gusto. Pueden retornar a su casa". Los policías se marchan del lugar y de igual manera los

Invernadero de tragedias

bomberos y el resto de la comitiva. Lía entra de nuevo a su casa seguida por Clara y Obando. Nadie puede entender lo que ha pasado. Obando se queda un poco pensativo pero sin poder entender claramente lo sucedido. Luego que todo retorna a la normalidad, Clara se dispone a darse un baño. Esta toma su toalla y se dispone a entrar al baño. Tan pronto la joven se comienza a desnudar, ella se recuerda de Chuy. Por tal razón ella echa una ojeada por la ventana. Para su sorpresa, Chuy está en la ventana preparado para poner en práctica su enfermiza hazaña. Clara sale del baño y rápidamente busca una pizarra negra y un pedazo de tiza blanca. La joven escribe "Yo sé que tú me asechas. Tú eres un sucio. Tú eres un cobarde enfermo mental que no tienes coraje ni capacidad para buscarte una mujer que te sacie tu rechura. Busca ayuda que tu estas enfermo asqueroso". Después de Clara escribir en la pizarra, ella entra de nuevo al baño y cuidadosamente va colocando la pizarra, hasta que la misma cubre casi la totalidad de la ventana. Chuy nota la pizarra con letras. Pero él no puede ver muy bien lo que está escrito en la misma. Por esa razón el busca unos binoculares y comienza a leer lo escrito. Tan pronto termina de leer, lanza los monoculares hacia el piso como si los mismos les hubiesen ensuciado sus manos de mierda hedionda y podrida. Luego sierra su ventana para de repente sentarse en el piso y ponerse a llorar como lloran los desquiciados mentales en medio de una crisis.

FAMILIA DE RONY EN CUBA

Por el otro lado del océano atlántico, en un pueblito conocido como matanza en la República de Cuba, vive una señora llamada María Pinedo. Esta señora es la madre de Rony el amigo de Estela. "¿Hay Dios que será de mi hijo Rony?" dice doña María mientras habla con su hija Rosa hermana de Rony. "Él tiene que estar bien madre" Rosa. "Si pero ahora con este nuevo gobierno de la revolución quizás yo nunca podré saber de él" María. "¡Mami no digas eso! No me gusta que digas esas cosas. Además, quizás las cosas no serán tan malas como muchas gentes están diciendo" Rosa. "¡Hay mi hija! con ese discurso que dio Fidel, hasta los analfabetos entendieron lo que ellos están haciendo. Yo sé que ya muy pronto moriré. La pena que tengo es que quizás me muera sin volver a ver a mi hijo" María. "¡Hay mami pero no me digas esas cosas! No pienses así. Mi hermano tiene que estar bien. Yo me lo presiento. Además, el quizás en estos momentos está estudiando donde quiera que él se encuentre. Tú sabes que él está con los americanos, y en ese país sí que hay muchos lugares para estudiar. Ya verás mami que en el momento menos esperado, tú sabrás de él. Tú sabes que él es muy buena persona" Rosa. Mientras la madres de Rony conversa con su hija, alguien toca la puerta. "Hola

Invernadero de tragedias

Olga ¿y que es de tu vida chica?" Rosa. "Ya tú ves. Estoy muy feliz. El comandante estuvo por estos alrededores y pude saludarlo" Olga. "Hay mi hija con saludo nadie come. Este hombre está en otras cosas. Batista se fue. Ahora lo tenemos a él. Vamos a ver qué pasa" dice doña María sin dejar que sea Rosa la que le conteste a Olga. "Hay doña María pero no digas eso del comandante. Ese es un hombre completo. Además usted como todos los cubanos sabemos que él siempre ha estado dispuesto a dar su vida por todos nosotros; incluyendo la de usted. ¿Usted ya olvido que Fulgencio Batista le entregó este país a las gentes más podridas del mundo: las mafias, los corruptos y a los pendejos o tontos útiles los usaba como calzos contra la revolución? ¿Usted ya olvidó lo represivos y corruptos que eran sus gentes? No se olvide de eso doña; no se olvide. Además Cuba ahora es libre. El imperialismo tuvo que sacar sus garras de Cuba. Ahora Cuba le pertenece a los cubanos. Esa aristocracia que creía ser dueña de todo y de todos, tuvo que alzar el vuelo e irse pal' carajo. La revolución la sacó. Y no se olvide quien comandó esa revolución; doña María, fue Fidel. Usted oyó; fue Fidel" dice Olga mostrando un alto desagravio con la madre de Rony. "Hay Olga pero no le hables así a mami. Tu bien sabes que mami no entiende de esas cosas. Deja ese tema para cuando tú y yo estemos en la universidad, o en otro lugar" Rosa. "Perdona amiga,

Orlando N. Gómez

perdona, pero fue que me emocioné mucho. Tú sabes que yo no resisto que nadie hable mal del comandante frente de mí. Eso mismo me pasó con papi. Él quería hablarme en contra del comandante y del Che. Yo no pude resistir la tentación de responderle. Ahora él dice que yo soy una mal hija" Olga. "Tú tienes que ser más diplomática al respecto. Recuerdas que tú no perteneces a la generación de tu papa. Pero mucho menos tu papa tiene los conocimientos que tú tienes de esas cosas. Llévalo más suave. Si yo fuera tú, ahora mismo fuera donde él y me excusara" Rosa. "Si mi hija llévate de Rosa. Yo sé que tú no eres una mala persona. Por esa razón lo que tú me digas yo no lo tomo a pecho. Pero ve donde tu papa y pídele escusa mi hija" María. "¿Saben qué?, ustedes me están haciendo llorar. Me llevaré de sus consejos y le pediré escusa a papi. Pero también haré lo que me sugeriste Rosa. Seré más diplomática con el viejo. Pero una cosa a la que nunca renunciaré; y es a proteger la revolución" Olga. La joven sale de la casa de doña María con la gran determinación de pedirle perdón a su padre.

Mientras eso sucede, en las calles de Villa las gentes siguen celebrando la llegada al pueblo del comandante Fidel Castro. Unos cuantos jóvenes caminan las calles del pueblos cantando **Somos Fidelistas pa', lante, pa' lante, y al que no le guste que tome purgante. Viva la revolución;

Invernadero de tragedias

que viva Fidel, que viva. ** Uno de los jóvenes que dirige la marcha dice "¡Compañeros y compañeras! tengo el honor de informarles que las columnas rebeldes al mando de los comandantes Camilo Cienfuegos y el Ernesto Che Guevara, han recibido la orden del comandante Fidel Castro para que en honor a la primera marcha celebrada por las gloriosas columnas rebeldes durante el triunfo de la revolución, dichas columnas se vuelvan a reagrupar para que todos juntos marchemos una vez más. Compañeros, pero esta vez marcharán con el pueblo; marcharán con los trabajadores; marcharán y también marcharán, con todos los estudiantes de este humilde pueblo. El propósito de dicha marcha, es solo para poder recordar el triunfo de nuestra gloriosa revolución junto a todos los pueblos que forman la República de Cuba sin que importe lo recóndito que estén." Después de las palabras del joven, un estudiante de nombre Lolo Robaina se dirige hacia la casa de Olga. "Compañera, el comité del distrito 15 nos ha llamado para que estemos presente esta noche en la casa nacional para que todos juntos oigamos y analicemos ese primer discurso que dio el comandante Fidel luego con motivo al triunfo de la revolución. La razón de esta revisión, es porque la contrarrevolución está diciendo que el comandante es comunista, y eso no es cierto. El comandante muy bien lo dijo en ese primer discurso. Él dijo que él no es comunista; sino más bien

Orlando N. Gómez

un humanista. Eso está muy bien claro en las mentes de todos los cubanos. Tenemos que poner en claro el hecho de que muchos de nosotros queramos ser comunistas. Pero eso de ninguna manera tiene que ver con el comandante. Nosotros analizaremos ese primer discurso para que todos estemos claro al respecto" Lolo. "Okey compañero; déjeme informárselo a la compañera Rosa. Yo acabo de regresar de su casa. Pero como esta es una noticia tan importante; déjeme ir de nuevo para su casa y avisarle para que ella se prepare. ¿Compañero, a qué hora nos iremos?" Olga. "Bueno tan pronto ustedes regresen partiremos de inmediato" Lolo. Olga de inmediatamente sale en camino para la casa de Rosa. Al llegar, la primera en verla es María. "¿Hablaste con tu padre hija mía?" pregunta María. "No doña María todavía yo no he llegado a casa. Tuve que devolverme porque le enviaron un mensaje muy importante a Rosa" Olga. "¿Hola Olga que pasó? Sabes saliendo tú y llegando una carta de mi hermano Rony. Él te manda mucho recuerdo. Dice que está muy bien pero siempre con todos nosotros en mente. Él está estudiando ciencias política en una universidad de mucho prestigio en Los Estados Unidos" Rosa. "Fíjate como son las cosas. Rony no quiso estudiar eso aquí. Más sin embargo lo está estudiando con los yanquis. Pero el orgullo que tengo es que sé que los yanquis no son los que le están dando eso a Rony. Esas son cosas secretas de las que no se puede hablar.

Invernadero de tragedias

Oye Rosa, ven que tengo que decirte algo muy importante y no quiero que tu mama oiga" Olga. "Okey, okey, ojala y que no sea uno de esos misterios que solo a ti se te ocurren" Rosa. "No, no es misterio, es que el compañero Lolo Robaina nos está esperando en la casa de uno de los compañeros, para que nos vallamos para el distrito 15. Lolo dice que tenemos que revisar parte por parte el primer discurso que el comandante dio inmediatamente después del triunfo de la revolución. Habrá un compañero que nos leerá el discurso para luego entre todos analizarlo y darle seguimiento tal cual el comandante quiere" Olga. "Okey, déjame arreglarme un poco ya salgo" Rosa.

REVISION Y LECTURA DE PRIMER DISCURSO DE FILDEL

Luego de las dos amigas llegar donde Lolo, ellas salen rumbo al distrito 15. Al llegar al lugar, los jóvenes se encuentran con una gran multitud de gente de todas las edades. "Vamos a colocarnos en esa esquina para que podamos estar cómodos y poder oír la lectura cerca del compañero que a leerá" dice Lolo. La lectura de dicho discurso se oirá a través de las bocinas colocadas en cada esquina del salón. Dichas bocinas son gigantescas. Las mismas tienen capacidad de permitir que todos los presentes puedan oír claramente lo dicho por el compañero que leerá el discurso. De repente Lolo quien está cerca de Rosa como si quisiera abrazarla, dice "Después de la lectura, habrá una fiesta al estilo Cubano donde los soneros y guaracheros estarán a la orden del día. La lectura comenzará a las 8:00 PM, y ya son las siete y treinta minutos. Yo tengo una botellita de agua ardiente que me trajo mi amigo de CMQ cuando tuvo una entrevista precisamente para hablar del comandante". Son las ocho de la noche y ya todo está listo para la lectura del discurso. De repente, todos oyen a través de las bocinas la voz del compañero que hará la lectura cuando dice.

Invernadero de tragedias

"Compañeros y compañeras, amigos y amigas;

Pueblo de Las Villas: mi nombre es José Patuso, y mi responsabilidad en este momento es leerles a todos ustedes el primer discurso del comandante, para que todos tengamos una idea clara de los que hemos hecho, lo que estamos haciendo y lo que haremos. Esto será basado únicamente en lo dicho por el comandante en su primer discurso. Compañeros, en dicho discurso el comandante comienza diciendo lo siguiente: "Esta es ya una verdadera dificultad de los mítines públicos, que cuesta mucho trabajo hacerse oír, por dos razones: porque parece que estábamos acostumbrados a los actos de antes, que venían muy pocas personas, y ahora son tantas que no alcanzan por lo general los altoparlantes. El poder organizar las concentraciones multitudinarias que se están llevando a cabo después del triunfo de la Revolución; y además, nuestros organizadores de actos no tienen experiencia ninguna, siempre hacen lo mismo y ponen la tribuna en el medio, y entonces uno tiene que darle la espalda a unos mientras les habla a los otros. Hoy el discurso no lo voy a decir yo, el mejor discurso de esta concentración lo han dicho ustedes, lo ha dicho esta multitud, porque esta multitud viene aquí a una sola cosa, a decir que está contenta con la tarea revolucionaria que está llevando a cabo el gobierno de la Revolución a decir que quiere que

Orlando N. Gómez

sigamos adelante haciendo leyes revolucionarias. A mí me gusta aprovechar estas oportunidades para orientar al pueblo, para tratar de aclarar todas aquellas ideas que interesa que el pueblo tenga claras. A veces, como hoy, las circunstancias de la hora, el exceso de personas, el cansancio de la voz, me impiden hablar a mi gusto, como me gusta hacerlo, a fin de mantener al pueblo alerta y mantener al pueblo orientado. Me gustaría decir muchas cosas hoy; me gustaría hablar y decir todas aquellas cosas que Santa Clara se merece, que el pueblo de Santa Clara se merece; me gustaría hablar de la historia de la provincia, del patriotismo de esta provincia, porque fue la provincia de Las Villas, conjuntamente con la de Oriente, las que dieron las batallas principales por el triunfo de la Revolución." Cuando José termina de leer estas oraciones, todos se levantan con aplausos y muchos gritando. Eso obliga a José a tener que detener la lectura hasta que terminen los aplausos. Luego de interrumpir los aplausos, José continúa su lectura. "Y fue también la provincia de Las Villas la que, conjuntamente con Camagüey y Oriente, libraron las principales batallas de la guerra de independencia. El patriotismo de Villa Clara viene de atrás, que por algo se llama a esta provincia, **las inquietas villas. ** He tratado de leer todo lo que se le está pidiendo al Gobierno Revolucionario aquí, y he observado que, más que pedir cosas, aparecen letreros que dicen: **Apoyamos

Invernadero de tragedias

la reforma agraria**, **Apoyamos al Gobierno Revolucionario.** Ya el pueblo no pide tanto, ¿saben por qué?, ¿saben por qué ya el pueblo no se orienta a pedir tanto y más bien se orienta a decir, *apoyamos*?, porque el pueblo sabe que todo lo que necesita se lo vamos a dar." Tan pronto José lee esta remarcaciones, de nuevo todos se levantan aplaudiendo y diciendo, viva Fidel, viva Fidel. De nuevo José interrumpe los aplausos. "El pueblo sabe que, muchas veces antes de que nos lo pidan, nosotros estamos dando y estamos promoviendo muchas medidas para beneficio del pueblo. Yo me dirigí a todo el pueblo y les dije a todos pero que, uno a uno, todos los problemas serían tratados; que, uno a uno, todos los problemas serían resueltos. Una sola cosa me entristece, a medida que marcha la Revolución; una sola cosa nos preocupa, y es que no podemos ir más de prisa todavía". Todos interrumpen la lectura para aplaudir. Luego José continúa con la lectura. "Cuando pasamos por nuestros campos y vemos un bohío, nos da tristeza; cuando vemos a los campesinos todavía sin tierra, nos da tristeza; cuando vemos a los pueblos sin acueducto, sin alcantarillado, sin pavimentación, sin escuelas, nos da tristeza; cuando vemos a nuestros campos sin electricidad, nos da tristeza; cuando vemos a tantos cubanos que no tienen trabajo, nos da tristeza; cuando vemos a niños descalzos, cuando vemos a las familias hambrientas, nos da tristeza. Quisiéramos

Orlando N. Gómez

poder resolver en un solo minuto todos aquellos problemas, quisiéramos ver construidas en un solo día todas las escuelas, todos los hospitales y hecha toda la obra revolucionaria; pero, desgraciadamente, no se puede hacer en un día, hay que hacerlo trabajando mucho, día tras día, semana tras semana, mes tras mes, año tras año; y solo un consuelo nos queda a nosotros, y el consuelo nuestro es la esperanza de ustedes —más que la esperanza la seguridad— de que lo que el pueblo y la patria esperan de la Revolución lo recibirán y ven cómo día a día se avanza, ven cómo avanza la reforma agraria, porque la reforma agraria ha avanzado extraordinariamente desde el primero de enero, porque una ley revolucionaria, antes que dictarse y salir en la Gaceta Oficial, es necesario que cuente con el apoyo mayoritario del pueblo. Una ley revolucionaria como la reforma agraria es ya una realidad, porque es una realidad en la mente y en el corazón del pueblo, en sus ideas, y todo el pueblo está luchando entusiastamente por la reforma agraria, todo el pueblo está luchando y está ayudando. Y, ¿qué es la reforma agraria? La reforma agraria no es solo una ley que hicimos en la Sierra Maestra; la reforma agraria es también, y es fundamentalmente, la ley que estamos preparando sobre el latifundio y que si no ha salido todavía es porque la estamos estudiando bien y la estamos preparando cuidadosamente; la reforma agraria son los miles de tractores que vamos a adquirir para que

Invernadero de tragedias

los campesinos no solamente tengan tierras, sino que tengan también con qué hacer producir la tierra. El campesino no hace nada con la tierra, el campesino no hace nada con tierras, si no tiene también tractores, y no tiene también arados, y no tiene también regadíos, y no tiene también electricidad. El campesino necesita no solamente tierra, sino también maquinaria, y así, mientras por un lado se confecciona la ley, por otro lado estamos reuniendo miles y miles de pesos para invertirlos en el fomento de la agricultura, en la tierra que vamos a repartir y en la adquisición de los equipos necesarios para convertir nuestra agricultura en la primera agricultura del mundo. La reforma agraria no es solamente la ley agraria, la tierra, los trabajadores, sino también la orientación, la enseñanza que hay que impartir al campesino para que conozca los mejores procedimientos para hacer producir la tierra y, además, qué tipo de cultivo debe realizar. Porque no basta con que siembre los frutos menores, y críe allí los animalitos que necesita para vivir; necesita producir algo que pueda vender en el mercado y, además de lo que consuma, poder disponer del dinero suficiente para satisfacer todas las demás necesidades de su familia. La reforma agraria es, además, los cientos de escuelas que vamos a hacer en nuestros campos, las ciudades escolares, que van a tener capacidad para miles y miles de niños. Tres cosas quiero decir antes de que sea prácticamente oscuro, tres obras que vamos a realizar en Las Villas: vamos a hacer, en primer término, la ciudad universitaria de Las Villa". **Todos interrumpen la lectura para aplaudir y decir Viva Fidel, Viva Fidel, Viva la revolución, viva Cuba** Luego de José trata de abrir un hueco en medio de los aplausos para seguir leyendo. "Y, a tal efecto, vamos a proponer al presidente de la república y al Consejo de Ministros la concesión de un crédito de 2 millones y medio de pesos para hacer la ciudad universitaria de Las Villas, para que Las Villas tenga también una ciudad universitaria que esté a la altura de las demás ciudades universitarias que se van a hacer en el resto de la isla. Vamos a convertir, en segundo lugar, el cuartel del regimiento **Leoncio Vida**, de triste recordación para todos nosotros, lo vamos a convertir en una ciudad escolar industrial, con capacidad para 5 000 niños. Y en la zona del Escambray, vamos a construir una ciudad escolar para los hijos de los campesinos con capacidad para 20 000 niños". **De nuevo todos interrumpen la lectura para aplaudir y de nuevo decir viva Fidel, viva Fidel, Viva Cuba, viva la revolución**. Luego José continúa con la lectura. "Lo primero que haremos será conceder el crédito para la ciudad universitaria y, después, los créditos para la ciudad escolar de la ciudad, y después para la ciudad escolar del Escambray. Además, estamos ya estudiando y preparando los proyectos para desecar la Ciénaga de Zapata, con una capacidad de 15

Invernadero de tragedias

000 caballerías de tierra, y que cuando esté en condiciones de cultivo, va a servir de sustento a decenas de miles de familias cubanas. He oído algunas discusiones sobre la Ciénaga de Zapata, si pertenece a Las Villas o pertenece a Matanzas. Sobre esas cosas no hay que discutir, lo que hay que decir es que la Ciénaga de Zapata pertenece a Cuba; la desecación de la Ciénaga de Zapata no va a beneficiar solamente a los villaclareños, va a beneficiar también a los matanceros, y va a beneficiar, en definitiva, a todos los cubanos. Allí irán campesinos de Las Villas y campesinos de Matanzas. Es una tontería ponerse ahora a discutir y a fomentar divisiones por esas cuestiones. Esas son cuestiones intrascendentes, que no hay que traer al caso, esas son cuestiones localistas; lo importante es que la Ciénaga de Zapata está ahí, y ahí va a quedarse, está ahí como un pedazo de Cuba, un pedazo que vamos a rescatar para beneficio de todos los cubanos". **Todos interrumpen para aplaudir pero rápidamente José continúa. ** "Todas las necesidades de todos los pueblos, todos los rincones de esta provincia, serán atendidos por el Gobierno Revolucionario. No lo podemos hacer todo de una vez, no lo podemos hacer todo en el acto, pero, uno a uno, verán ustedes cómo iremos resolviendo todos los problemas de la provincia y todos los problemas de Cuba, porque no descansaremos ni nos afeitaremos las barbas hasta que todos los problemas de Cuba sean resueltos". ***Todos

Orlando N. Gómez

interrumpen para aplaudir y decir, abajo los yanquis, arriba Fidel, viva la revolución, viva Cuba libre. José nuevamente logra interrumpir los aplausos y sigue la lectura***. "Sé que me querían entregar en la tarde de hoy innumerables contribuciones que distintos sectores de la provincia de Las Villas han recogido para ayudar a la reforma agraria. Creo que ningún otro pueblo en el mundo ha dado jamás mayores muestras de civismo, de generosidad, de entusiasmo y de patriotismo que las que está dando el pueblo de Cuba en este instante. Nada más emocionante, nada más alentador para los gobernantes que estamos cumpliendo con nuestro deber, que este entusiasmo, que esta energía, que este fervor con que el pueblo nos está ayudando a llevar adelante esta pesada carga de la Revolución. Y nada nos puede a nosotros dar mayor aliento, nada nos puede a nosotros dar más fuerzas, que esa ayuda que estamos recibiendo del pueblo, por el pueblo y para el pueblo". **nuevamente todos interrumpen y se levantan se sus asiento para aplaudir y de igual manera José los interrumpe para seguir la lectura**. "Porque eso demuestra cómo ha entendido el pueblo de Cuba los grandes beneficios que va a recibir por la reforma agraria, cómo en la ciudad todo el mundo ha comprendido que la reforma agraria no solo va a servir para elevar cinco veces el estándar de vida de los campesinos, sino también para elevar muchas veces el estándar de vida de las ciudades,

Invernadero de tragedias

porque si los campesinos no tienen con qué comprar en la ciudad, nadie tiene trabajo, y en la ciudad no tienen a quién venderle. Es necesario que los campesinos tengan ingresos suficientes para adquirir todo lo que necesiten, y así jamás las fábricas, jamás los talleres se paralizarán en las ciudades, y jamás faltará trabajo en las ciudades; y por eso no solo los hombres y las mujeres, no solo las personas mayores, sino hasta los niños ya se han convertido en nuestros defensores y entusiastas colaboradores de la reforma agraria, porque constantemente nos llegan a nosotros cajas repletas de sobrecitos con la contribución de los niños de las escuelas públicas para la reforma agraria, niños pobres de las escuelas públicas que reúnen el dinero que tienen para merendar, o el dinero que tienen para alguna golosina, lo ponen en un sobre y se lo entregan a sus maestros para que nos lo envíen como ayuda al plan de reforma agraria". Todos interrumpen para aplaudir. "Así, el día de mañana, cuando veamos a los trabajadores arando la tierra, cuando veamos a los trabajadores preparando la tierra, que será de los campesinos, tendremos que recordar que esos tractores los ayudaron a comprar hasta los niños pobrecitos de las escuelas públicas ". **Todos interrumpen para decir Viva Cuba, viva Cuba libre**. "Y que así, con ese fervor, así, con ese espíritu de sacrificio, así, con esa generosidad, así, con esa fe, se está forjando el destino mejor de la patria. Hoy sufrimos todos,

Orlando N. Gómez

hoy nos falta todo, hoy la inmensa mayoría del pueblo carece de todo, esa es la herencia que nos dejaron, esa es la herencia que nos dejó la tiranía y nos dejó la politiquería, esa es la herencia que nos dejó la traición, la maldad y el egoísmo humanos. Hoy todo es dolor en todas partes; hoy todo es necesidad en todas partes, hoy todo es pobreza en todas partes; hoy todo es necesidad y carecer de las cosas más elementales para la vida; hoy por doquier vemos niños descalzos, por doquier vemos al campesino hambriento, por doquier vemos los bohíos antihigiénicos donde viven hacinadas y enfermas nuestras familias; hoy por doquier vemos la pobreza, hoy por doquier vemos la miseria. Pero no será así mañana, no será así mañana, porque por eso se hizo Revolución. Tardaremos más o menos, tardaremos más o menos meses, más o menos años, pero algún día veremos los frutos de la semilla que estamos sembrando ". **Todos aplauden**. "Algún día no lejano veremos los grandes beneficios de las leyes revolucionarias que se han dictado, se están dictando y se van a dictar, porque, simplemente, hemos empezado". Todos vuelven a aplaudir. "Algún día no lejano el pueblo de Cuba recibirá los frutos de todos los hijos buenos que han caído en esta lucha. Algún día no lejano el pueblo nuestro, el pueblo sufrido de Cuba, el pueblo que tanto ha luchado por ser feliz, sin haberlo conseguido, el pueblo tantas veces maltratado por intereses internos y por intereses externos, algún día no

Invernadero de tragedias

lejano el pueblo de Cuba tendrá al fin lo que se merece, tendrá al fin nuestro pueblo el fruto de todas las luchas, el fruto de todo lo sembrado desde que se disparó el primer tiro por nuestra libertad hasta el último tiro que se disparó el primero de enero de 1959; y ese será el día en que dejaremos de sentirnos tristes, ese será el día en que cuando pasemos por nuestros campos no veamos ya un bohío, en que no haya más zonas sin escuelas, ni sin hospitales, en que no haya un solo campesino sin tierra, ni un solo cubano sin un trabajo donde ganarse la vida decorosa y honradamente". La lectura de dicho primer discurso duró horas y horas. Los presentes siguieron su análisis, y al final todos brindaron una prolongada ovación. Después que el líder revolucionario terminar de leer dicho discurso, todos los presentes se ponen a bailar y beber agua ardiente. Al pasar el tiempo y el alcohol comenzar a tener efecto en las mentes de los participantes, los mismos se enfrascan en una discusión de que si Fidel es comunista o no. Lolo es uno de los que lleva la voz cantante en dicho debate. "El compañero Fidel muy bien claro lo dijo cuándo se refirió al comunismo. Él dijo que él no es comunista. Por esa razón no hay que tener duda de que nuestro comandante no sea lo que dijo ser" Lolo. Después de Lolo decir esa palabras, la discusión termina, teniendo como final el que muchos se queden con la duda de que si Fidel conduciría

Orlando N. Gómez

a Cuba hacia un comunismo, o solo lo dejaría en un nacionalismo donde Cuba sea solo para los Cubanos.

Después que los jóvenes participaran en el evento recordatorio, tres meses más tarde en Abril del 1961, Lolo le dice a Olga durante una visita le hiciera "Las gentes andan diciendo que el comandante le ha dado una sorpresa a todos los cubanos y al mundo al el declararse marxista leninistas. A mi él no me sorprendió. Yo soy de la misma línea del comandante. La parte más importante del discurso este que el acaba de dar, el cual es diferente al primero que dio luego del triunfo de la revolución, es cuando él dice en una de sus tantas interrupciones por los aplausos de la multitud, **Nosotros nos diferenciamos de Estados Unidos, en que Estados Unidos es un país que explota a otros pueblos; en que Estados Unidos es un país que se ha apoderado de una gran parte de los recursos naturales del mundo, y que hace trabajar en beneficio de su casta de millonarios a decenas y decenas de millones de trabajadores en todo el mundo. Y nosotros no somos un país que explotemos a otros pueblos; nosotros no somos un país que nos hayamos apoderado, ni estemos luchando por apoderarnos de los recursos naturales de otros pueblos; nosotros no somos un país que estemos tratando de hacer trabajar a los obreros de otros pueblos para beneficio nuestro. Nosotros somos todo lo contrario:

Invernadero de tragedias

un país que está luchando porque sus obreros no tengan que trabajar para la casta de millonarios norteamericanos. Nosotros constituimos un país que está luchando por rescatar nuestros recursos naturales, y hemos rescatado nuestros recursos naturales de manos de la casta de millonarios norteamericanos. Nosotros no somos un país en virtud de cuyo sistema una mayoría del pueblo, una mayoría de los obreros, de las masas del país constituidas por los obreros y los campesinos, estén trabajando para una minoría explotadora y privilegiada de millonarios; no constituimos un país en virtud de cuyo sistema grandes masas de población estén discriminadas y preteridas, como están las masas negras en Estados Unidos; nosotros no constituimos un país en virtud de cuyo sistema una parte minoritaria del pueblo viva parasitariamente, a costa del trabajo y del sudor de la masa mayoritaria del pueblo. ¡Nosotros, con nuestra Revolución, no solo estamos erradicando la explotación de una nación por otra nación, sino también la explotación de unos hombres por otros hombres! ¡Sí! Nosotros hemos declarado en asamblea general histórica que se condena la explotación del hombre por el hombre; nosotros hemos condenado la explotación del hombre por el hombre, y nosotros erradicaremos en nuestra patria la explotación del hombre por el hombre. Nos diferenciamos de Estados Unidos en que allí un gobierno de castas privilegiadas y poderosas ha establecido un sistema, en virtud del cual esa casta explota al hombre dentro del propio Estados Unidos, y esa casta explota al hombre fuera de Estados Unidos. Lo digo aquí con entera satisfacción y con entera confianza: soy marxista-leninista, y seré marxista-leninista hasta el último día de mi vida**.

Después que pasara el tiempo de haberse hecho la revisión del primer discurso ofrecido por Fidel luego del triunfo de la revolución, El comandante hablo por una tercera vez. Pero esta vez su discurso es definitivo para desnudar sus verdaderos ideales políticos. Muchos quedaron sorprendidos. Mientras que otros solo reiteraban lo que ya habían dicho. Aunque en esta oportunidad, el joven Lolo Robaina fuera uno de los primero en hablar en público para dar sus pareceres acerca de este último discurso. "Yo Lolo Robaina, compañero inseparable del comandante Fidel, no tengo ningún problema con lo dicho por el comandante en este último discurso. Digo esto, porque si ser un revolucionario como el, es ser un marxista leninista, de igual manera lo soy y lo seré siempre como él". "Estoy de acuerdo compañero, muy de acuerdo. Soy fiel creyente de que en cualquier país del mundo que exista un alto porcentaje de ciudadanos que hablen sin tener conciencia de lo que dicen, los rufianes siempre se inventaran festejos para celebrar sus bonanzas. Todo aquel que hable sin tener conocimiento pleno de lo que diga como lo están haciendo

Invernadero de tragedias

ahora contra el comandante Fidel, es un ignorante emulador y repetidor solo de lo que oye. El problema es que hacerlo de manera repetitiva como muchos los están haciendo en estos momentos, claramente convierte a dichos actores en torpes, y todos los compañeros sabemos que la torpeza es peligrosa para cualquier país. Más aun cuando dicho país pudiera estar bajo el asedio tanto interno como externo. De este fenómeno social es que se aprovechen los políticos rufianes y cínicos que a través del tiempo les han vendido su pudor y su vergüenza al mismísimo diablo, como dicen nuestros padres. Eso sí que es desagradable tener que saber y tener que lidiar en el día a día" dice Olga. Viendo el dilema existente entre seguidores y detractores del comandante Fidel con relación a si el sean comunista o no, ver la duda existente en las mentes de muchos acerca de las ventajas o desventajas que pudiera tener Cuba con que él sea comunista o no sea comunista, seria sabio decir que la capacidad de entendimiento que tenga la gran mayoría al respecto, sería el vehículo transportador de los masajes y meta mensajes responsables de introducir la paz o desasosiego en el entorno cubano. Dependiendo lo dicho por quien hable, la reacción de los que no estén atados ideológicamente con quien esté hablando, tendría un aspecto o efecto de carácter conciliatorio o de rechazo total. Por esta razón, desde el momento que Fidel se declara como marxista, empezaron los desagravios en las mentes

Orlando N. Gómez

de todos aquellos que no tenían ningún compromiso ideológico con él, ni con la revolución; añadiéndosele los que ya de antemano tenía una ambivalencia con relación a creer o no creer en la causa revolucionaria. Pero una realidad que nunca se podría negar, es que todos los que se identifican con su comandante, lo hacen por convicción o principios ideológicos. Ejemplo de esto, es ver como después de dicho discurso, Lolo Robaina se dirige hacia donde su compañera de partido Olga, y luego que llega, esto es lo que sucede. "Compañera, no sé qué decirle al grupo. En días pasados estuvimos hablando del tema. Pero esta vez es definitivo. Ya no es que el compañero Fidel sea Marxista, sino que es la ideología que todos tendremos que adoptar. Como le dije anteriormente, yo en particular no tengo ningún problema con lo dicho por el comandante, pero como usted bien sabes, hay muchos compañeros que le tienen mucho miedo al comunismo de Marx y Lenin. No sé si ha sido oportuna esa posición. Pero fue el comandante quien la dijo, y por esa razón la respeto" Lolo. "Compañero, perdone pero yo no veo nada para que sorprenderse. Eso se veía venir desde lejos. ¿Quién diferente a los rusos nos ayudarán a sostener nuestra revolución? ¿Lo Yanquis? No compañero, jamás, ellos nunca nos ayudarán. Al contrario, lo que si nosotros podemos recibir de ellos, es otro bahía de cochino" Olga. "Eso sí que es verdad" Lolo. "Compañero, vamos a llegar

Invernadero de tragedias

donde Rosa. No sé si ella está enterada de todo" Olga. "Vamos compañera, vamos" Lolo. Los dos jóvenes se dirigen hacia la casa de Rosa Pinedo hermana de Rony Pinedo. "Compañera hay que destacar el buen trabajo que está haciendo Rony por la revolución" Lolo. "Si compañero pero de eso no se puede hablar mucho" Olga. "Se entiende, si por supuesto" Lolo. Al llegar a la casa de los Pinedos, la primera en recibirlos es doña María. "Hola mis hijos ¿cómo están? Me alegro mucho en verlos. Quería decirles que he hablado mucho con ustedes para tratar de llegar a su razón, para poder entender porque ustedes ven lo que yo y muchos de mi edad, no podemos ver. Aunque pensándolo bien, no sé si los que no pueden ver, o no nos quieren ver a nosotros, son ustedes. Creo que todo el esfuerzo que he hecho por entenderlos, ha sido inútil. No logro llegar a ustedes para poder sacudirlos y hacerlos que entiendan que ustedes necesitan hacer algo diferente por sus vidas, por sus futuros. Desde que los rebeldes derrumbaran a Batista, he estado oyendo discurso tras discurso del comandante, y no había podido entenderlo claramente hasta ahora. Aunque siempre tuve la sospecha de que el algo se estaba tramando para Cuba. Yo siempre se los decía a ustedes, pero nunca me creyeron. Ahora ya si me tienen que creer. Mis hijos, yo sé porque ustedes vinieron hoy a visitarnos, mejor dicho a ver a Rosa. Ustedes vinieron porque su comandante dijo que él es marxista leninista, y el pueblo de Cuba será conducido bajo esa doctrina. Yo estuve preguntando qué significa eso, y todos mis vecinos me han dicho, que eso quiere decir ser comunista. Esto me aterra. ¿Saben porque? Pues porque existe la posibilidad de tener que enfrentar una marejada o tsunami de inseguridad que nos dislocaría la vida a todos. Esto solo infundirá más miedo a nivel nacional. Cabe agregar, que tengo conocimiento de por lo menos seis jóvenes que han desaparecido sin que a la fecha se sepa nada de ellos, y me aterra pensar, que cada día pudieran ser más los desaparecidos, y que dichas desapasiones estén más cerca de nosotros. Todos los que están viviendo esa pesadilla, han tenido que dejar a sus madres y padres de la misma manera que mi hijo Rony tuvo que déjame a mí, o tener que dejar a sus hijos huérfanos, solo por estos oponerse a ser comunistas o marxistas, o como se le quiera llamar. Creo sinceramente que el hecho de que el comandante se haya declarado marxista y ahora quiera obligarnos a todos a que los seamos, influirá mucho más negativamente en el futuro del estado de la nación cubana. Bueno hijos míos, el motivo de este sermón, es para ver si ustedes se pudieran ayudar a entender las cosas que les convienen, sin tener que acudir al seguidismo, al apasionamiento o adoctrinamiento de esos políticos astutos. Creo que si dentro de sus múltiples actividades, pudiera encontrarse alguna que pudiera concederme el

Invernadero de tragedias

privilegio de tener una cita, o consulta con el comandante para tratar el asunto más a fondo con él en persona, yo le expresaría al comandante todos mis pesare y desacuerdo en que este país sea un país comunista, socialista, pro-Ruso, o como se le quiera llamar" María. Después de doña María decir estas palabras, tanto Olga como Lolo no tienen otra alternativa que la de despedirse tanto de Rosa como de doña María, sin estos decir una palabra más. No hay objeción ni reproche. Olga quien es la más emotiva y defensora del comandante, no tiene palabras para contradecir lo que doña María ha dicho. Por tal motivo, los dos jóvenes se marchan para sus casas acordando volver a verse el día siguiente.

Ya han pasado unos cuantos años del triunfo de la revolución cubana. El hijo de Clara y Obando ya nació. "Mami el niño está llorando. Por favor prepáramele la leche que estoy en el baño, y ya es hora de darle la leche" Clara. "Ya voy, ya voy; oye ese nieto mío sí que no juega con su leche" Lía. "¿Quién lo iba a creer que yo hoy seria madre con un hijo tan hermoso como mi Ovante?" Clara. "Toma tu lechita bebe" Lía. Luego de Clara salir del baño, se dirige hacia el buzón en busca de las correspondencias. De repente ella nota una carta que viene de Vietnam, la cual rápidamente abre para de inmediato comenzar a leerla. ** "Querida Lía, estaré en casa por unos meses hasta que me recupere de unas heridas sufridas en combate. Estas heridas no son muy grabes, pero mi doctor le recomendó al comandante que era mejor que me recuperara por tres meses antes de retornar al campo de batalla. Por tal razón, el comandante autorizó que yo regrese a casa por estos tres meses. Te amo mucho. Besos Henry."** "¡Hay mami, mami, papi viene, si papi viene!" Dice Clara mostrando gran alegría. "¿¡Hija de que tú hablas!? ¿Cómo que tu padre viene? ¿De dónde tu sacas eso?" Lía. "Mira lees la carta" Clara. Lía lee la carta atentamente para luego ponerse a llorar de alegría y decir "él no ha llegado todavía, y ya tengo el deseo de que no retorne a esa guerra" Lía. "Hay mami no te pongas en esa. Tú sabes que ese es el trabajo de papi. Yo tampoco quiero que el este en esa guerra pero ese es su trabajo" Clara. "Bueno tú tienes razón. Él está combatiendo el comunismo, y eso es lo que él siempre ha querido hacer" Lía. "Hay mami dejemos eso; ponte contenta de que papi viene okey" Clara.

Mientras Clara y Lía disfrutan la noticia de que Henry regresa por tres meses, en camino a la casa de Estela se encuentra Rony, quien ya ha recibido respuesta de una de las tantas cartas que él le enviara a su madre en Cuba. Pero al llegar a la casa de Estela, él se pone a pensar en voz alta. Rony sabe que él tiene un dilema en la consciencia. Él sabe cómo piensa Estela a cerca de la situación política actual,

Invernadero de tragedias

y él nunca le ha dicho todo lo que tiene que decirle a ella al respecto, de la misma manera que ella lo ha hecho con él. Por esa razón Rony murmura para sí. "Este humilde pensamiento mío, me está alertando como un cubano que ahora se encuentra de manera indefinida en un país diferente al suyo, teniendo que simular para poder permanecer en un constante estado de aceptación. Este estado de simulación me ha creado un gran dilema en lo más profundo de mi alma. Tengo que permanecer la mayoría del tiempo, desconectando mi manera de ser y de pensar, de lo que tenga que decir. Cada vez que reflexiono al respecto, me abochorno, me siento sucio, me siento sin pudor. No sé si pudiera soportar esto por largo tiempo. Creo que de la única manera que pudiera liberarme de todo esto, es si llegara a encontrar un motivo sólido para lograrlo. Es una tortura encontrarse en medio de gentes que ya forman parte de uno, sabiendo que uno tiene que observarles, analizarles, investigarles y verificarles sus vidas, para luego uno tener que informar. Esa es mi responsabilidad. Mi amiga del alma Estela como también mi madre, no tienen la menor idea de la naturaleza del sacrificio mío, y eso me duele en el alma. Mi esfuerzo esta fundamentalmente basado en llevar a cobo una misión justa para unos e injusta para otros. En realidad, la parte dialéctica no me preocupa, lo que si me preocupa es lo incierto e inesperado. Yo no quisiera ser sorprendido por

Orlando N. Gómez

nada ni nadie. Porque como cubano que soy, quiero lo mejor para Cuba; algo mejor que lo ofrecido por Batista, pero con todas las responsabilidades que tengo sobre mis hombros, no estoy seguro todavía de que el comunismo sería la mejor opción para mi pueblo. No sé si en lo adelante mi sentir cambiaria, puesto que ya tengo entendido de que el comandante Fidel Castro ha introducido el marxismo como la ideología a seguir por todos los cubanos. Aunque nuca se lo he dejado saber a Estela ni a mi madre, a mí personalmente me agradan las cosas que Fidel dice. Por esa razón estoy aquí. Yo mantengo eso en secreto pues no quiero crear una situación insostenible para mí en estos predios. Pienso así, porque sé que la política es sucia, muy sucia, y cuando los que las practican están embarrados por la desvergüenza, peor aún es. Que malo es tener que salir de mi país. Pero peor aún es cuando se tiene que vivir en un país donde un gran segmento de la población quiera usar la geo-política solo como un medio idóneo para crear ricos, y mantener una causa que solo les beneficia a un grupito de países, sin incluir al mío, al que me vio nacer, al que me dio la vida. Pero lo más doloroso para mí, es tener que ver que lo logrado a costillas de países pequeños como el mío, no sea usado para resolverle los problemas a países como el mío, o todos los países en general, sino más bien, a un grupito de países. Para mí, está claro que cuando un país poderoso de cualquier estilo de gobierno; no

Invernadero de tragedias

importan cual sea: comunista, capitalista, neutral o como se le quiera llamar, sea responsable del destino económico de cualquier país más pequeño, sin que este se merezca tener dicha responsabilidad, ya sea por su falta de ética como país, su falta de moral en todos los aspectos, su falta de escrúpulo, o por estar repleto de políticos cínicos listo para usar dicho control como cantimplora de chupa sangre, solo para amamantar a los suyos, mientras deja morir de hambre y sed a los míos, eso sofoca a países pequeño como el mío, al punto de tener que sacudirse a través de una revolución armada. Creo humildemente que eso es lo que está a la orden del día en el mundo. A mí me gusta este país; me gusta el entorno y como vive la gente. Pero también secretamente me gusta oír lo que dice Fidel. Él es dinámico, expresivo, enérgico, enfático y tiene un magnetismo inimitable. El problema es que no estoy seguro de que lo dicho ahora por él, será lo que haga después" Rony. "Amigo ¿Qué le pasa? ¿Por qué esta tan pensativo? Lo noto un poco desconcertado" Estela. "No ombe, yo solo pensaba en lo hermoso que es este país; en lo distinto que es al mío. Aquí las gentes tienen opciones de vivir donde quieran vivir y como les de sus regaladas ganas de vivir. En el mío, el futuro está un poco incierto. Aquí se come jamón cuando se quiera comer jamón, y en el mío hay que esperar que el gobierno te lo de" Rony. "Amigo tenemos que ir a visitar a Clara. Yo comienzo a

Orlando N. Gómez

trabajar el lunes en el departamento de estado, y antes de comenzar a trabajar quiero ir a ver a Ovante. Recuerdas que nosotros somos los padrinos del niño" Estela. "Bueno tú sabes que tú y yo somos dos; donde quiera que este tú, ahí estaré yo" Rony. "¿Hasta en Washington donde iré a trabajar, verdad?" Estela. "¿Es una propuesta, o un simple cometario?" Rony. "Una propuesta" Estela. "Pues así será" Rony. Estela y Rony salen rumbo a la casa de Clara. Al llegar a la calle de Clara, Estela dice "Rony, Rony mira quien está ahí. Ese es Obando hablando con el hombre ese" Estela. "¿Qué hombre? Amiga no sé a qué hombre te refieres" Rony. "¿Tú recuerdas ese día que tú y yo veníamos de la universidad rumbo a casa, y ese hombre vestido de negro casi se nos lanza encima? A mí nunca se me ha olvidado su cara de mal vecino" Estela. "Oh si recuerdo. Oye tú tienes buena memoria. De eso hace ya más de un año" Rony. "¿Oye pero tú no te hayas eso extraño? Al parecer, ese hombre es amigo de Obando" Estela. Tan pronto Rony y Estela llegan a la casa de Clara, Obando los alcanza a ver, y por ese motivo se despide del hombre vestido de negro para luego retornar hacia dentro de la casa. "Hola Estela, hola Rony ¿Cómo están?" Obando. "Muy bien" responden los dos jóvenes. "¿Rony sabes lo de los misiles?" Obando. Al Obando hacer esa pregunta, Rony prefiere hacerse el desentendido frente a Estela. Por el contrario, él le cambia la conversación a Obando

Invernadero de tragedias

preguntándole "¿Oye y el niño como esta?" "Él está bien, comiendo mucho y la abuela vuelta loca con el ¿Oye te pregunte si sabias lo de los misiles?" Obando. Rony de nuevo se hace el que no lo escucha. Pero esta vez, Estela es quien pregunta "¿De qué misiles hablas? ¿Qué, está pasando algo aquí en los Estado Unidos? Yo sé que cuando se habla de misiles uno tiene que poner la mente en Vietnam, en guerra. ¿Qué está pasando, dime?" Estela. Rony mira a Obando detenidamente con una mirada de desacuerdo por dicha pregunta. Eso hace que Obando recapacite y se dé cuenta que la pregunta no es prudente. "No ombe es un decir. Nada tienen que ver con misiles ni guerra. Es como preguntar cómo andan las casas" Obando. "Todo está bien. Ahora sí que todo está bien" Rony. Estela queda un poco confundida pero decide no darle importancia a lo sucedido. Cuando los tres jóvenes entran a la casa, después de saludar a Lía y Clara, Rony le dice a Obando "¿Me pudieras dejar pasar al baño?" "Si ombe como no, doña Lía siempre ha dicho que tú eres como de la casa. Ven déjame enseñarte donde está el baño" Obando. Tan pronto los dos hombres salen del entorno de las tres mujeres, el primero en hablar es Rony "¿Oye consorte, pero como se te ocurre a ti hablar de misiles frente a Estela? ¿Tú estás loco? ¿Tú no tienes materia gris en tu cerebro, o qué? ¿Qué te Pasa chico? Tú conoces bien la naturaleza y gravedad que tiene la divulgación de todo esto" Rony. "Está claro, está claro. El

Orlando N. Gómez

error es mío; lo admitido. Oye a mí me mandaron la beca para la universidad de Harvard. Eso era lo que me estaba informando nuestro hombre. Mira la beca aquí" Obando. "Está bien eso. Pero recuerdas quien fue que te dio esa beca; fue el fondo para el desarrollo estudiantil africano. Ten cuidado de hablar de ese hombre. Tú no tienes idea de quién es él. Además, si te preguntan qué estuviste hablando con él, tienes que decir que solo te preguntaba por una dirección" Rony. "Muy bien, así lo haré" Obando. Luego los dos jóvenes salen del baño para dirigirse a la sala de la casa donde todos conversan acerca del nuevo trabajo de Estela. En ese mismo instante Obando le informa al grupo, que él recibió una beca de su país para estudiar en la universidad de Harvard, y que ya él fue admitido. Clara se sorprende al oír tal noticia; pues Obando nunca le había informado que él había aplicado para ese tipo de beca. "¿Cariño pero cuando sometiste esa aplicación?" Clara. "Querida, en mi país ese tipo de aplicación es sometida por la escuela donde uno haya estudiado, y luego sorprenden a uno. A mí me sorprendieron" "Oye a los cuatro meses y doce días del asesinato del compañero y amigo Patricio Lumumba, parecería como que la vida le devolviera la pelota al imperialismo, pues el pasado 30 de mayo del 61 en un país del caribe llamado Republica Dominicana, fue abatido a tiros uno de los dictadores más despóticos y sangrientos del área. El nombre de este dictador era Rafael

Invernadero de tragedias

Leónidas Trujillo Molinas. Por cosas como esas es que los Rusos han tenido que tomar la decisión de introducirse en Cuba. Si ombe para que a Fidel no le suceda lo mismo que le sucedió a destiempo a Patricio Lumumba en la ciudad de Katanga. Este amigo solo contaba con 35 años de edad cuando le quitaron la vida. Oye pero ablando como los locos. ¿Ustedes creen que la llegada de los rusos a Cuba sería algo beneficioso para los cubanos?" Rony. "Bueno, yo sí creo eso. Esa llegada les serviría de regalo a los cubanos. De esa manera la isla obtendría los productos de la factoría Octubre Rojo" Obando. "¿Factoría Octubre rojo, que es eso?" Estela. "Ja, ja, ja, ja; sabía que preguntarías eso Estela. Fíjate, después de la segunda revolución Rusa ocurrida en Octubre en 1917, dicha factoría es reconstruida por las órdenes directas de Lenin, después de haber sido destruida durante la batalla de Stalingrado. Luego de su reconstrucción, se le otorgó el nombre de Octubre Rojo. Tengo entendido de que se le dio ese nombre, porque en la misma se produce material estratégico como el acero; el cual es usado para la producción de armamentos tales como: misiles, vehículos de guerra, puentes, bombas, tanques, cañones, aviones barcos y todos los productos bélicos que alguien se pudiera imaginar, los que luego serían utilizados para proteger la revolución; no tanto solo de Rusia, sino también de países como Cuba y cualquier otro país donde una revolución pro-Rusa haya triunfado"

Orlando N. Gómez

Obando. "Oye que bien planteado todo eso" Rony. Después de Obando decir tales cosas, Estela no puede quedarse callada. Ella mira a Rony detenidamente antes de decirle "Bueno amigo, aunque la tierra que te vio nacer es la que está mezclándose con los rusos, yo sé que tú no estás de acuerdo con que Rusia tenga todos estos armamentos. Por eso te diré, que no te preocupes porque Estados Unidos está más avanzado que Rusia en cuanto a esos menesteres bélicos. Mientras Rusia en su mayor parte utiliza solo los científicos Rusos sin pagarles un salario bien remunerado, Estados Unidos les paga a sus científicos un salario excelentemente bien remunerado. Por esa razón, Estados Unidos tiene la oportunidad de poder atraer a cualquier científico de cualquier país del mundo; puesto que el poder trabajar como científico en Los Estados Unidos, les permitiría escalar peldaños tanto para ellos como científicos, como también para sus familiares. Benéficos estos, que en sus países de origen nuca alcanzarían" Estela. Luego de Estela decir dichas palabras, Clara observa a Obando quien muestra señal de no estar de acuerdo con lo dicho por Estela. Pero de repente, Lía es quien se pone de pies como si esta estuviera un poco incomoda por oír todas esas cosas de Rusia y Estados Unidos. "Oigan, ustedes todos puedan ser mis hijos. Yo no sé mucho de política. Lo que si yo sé, y creo que aun que ustedes lo sepan o no, ustedes no les dan importancia, es

Invernadero de tragedias

que todos los seres humanos tenemos problemas en la vida, y el poder resolverlos es como poder llenar vacíos y satisfacer necesidades internas. Yo siempre le hice esta pregunta a mis compañeros de escuela cuando era estudiante como los han sido ustedes, ¿Qué es lo que marca la diferencia entre las gentes que logran salir victoriosas en cualquier batalla o adversidades, con aquellas que no los logran? ¿Alguien de ustedes me pudiera responder?" Lía. "Bueno, su interés por lograr sus objetivos. Creo que ahí es donde pudiera estar la gran diferencia a la que usted se refiere" dice Obando de manera pausada y siempre tratando de mantener a Lía de su lado. "Clara oye a su madre con gran asombro. Nunca ella la había oído hablar con tal grado de determinación y coherencia. "No mi hijo, aunque tu hayas mencionados uno de los elementos fundamentales de la respuesta correcta, esa no es la diferencia. La gran diferencia está en la actitud correcta frente al problema. Hijo mío, no importa que determinado tu estés en lograr una meta, si tu actitud no es la correcta, nunca la lograras, y si la logras seria por pura casualidad" Lía. Estela se para y le da un abrazo a Lía en forma de solidaridad. "El problema político ese que yo siempre los oigo hablar, es un gran ejemplo. Todos queremos lo mismo, pero no todos queremos trabajar de igual manera por lo mismo. Siempre hay alguien que quisiera ser más listo que el otro; para conseguir más, y de esa manera ser más fuerte. Pero también hay

Orlando N. Gómez

otros que utilizan la victimización para controlar y engañar. No todo el que se declara como víctima ha sido victimizado. El problema está en que esa actitud incorrecta y muchas veces fraudulentas la cual es exhibida por las partes envuelta en cualquier conflicto, es lo que lleva a concebir pensamientos negativos de temor, ansiedad y desaliento que solo encaminan al fracaso o a la guerra que tantas vidas humana elimina" Lía. "Así mismo es. Es igual a todas esas demagogias que dicen los que quieren vivir en un sistema socialista, solo para crear falsas expectativas. El gran problema ocurre, cuando el tiempo de cumplirlas llega, sin que las mismas se hayan cumplido. Ahí es donde entra el miedo, el ansiedad y ese desaliento al que doña Lía se refiere" Estela. "¿Entonces tú quieres decir que todas esa reivindicaciones que son adquiridas en un sistema socialista son inciertas? ¿Que las necesidades que carece la clase trabajadora en países pobre es inexistente? ¿Eso es lo que ustedes están diciendo?" dice Obando de manera más que respetuosa, retadora. "No, eso no es lo que se está diciendo aquí; puesto que ese es un fenómeno social que siempre existirá en todos los sistemas de la tierra. Es una gran utopía el pensar y creer que todos llegaremos a vivir igual. Eso lo pensaron los rusos después de su revolución Bolchevique en 1917. Ellos hasta llegaron a creer que podían crear una sociedad sin estado; que erradicarían la desigualdad social en Rusia, que todos vivirían igual a

Invernadero de tragedias

través de una buena distribución de todas las riquezas del país. Ellos fueron mucho más lejos. Ellos dijeron que transmitirían lo mismo alrededor del mundo. Obando, eso fue en 1917, ya estamos a finales de 1962, y todavía hasta ellos mismo están luchando con dicha implementación en su propio territorio. Eso no es así, y nunca será. Eso se podría controlar, pero no erradicar. En la vida siempre habrá gentes que creen su propio hábitat, su propio destino. En la tierra siempre habrá gentes capaces de garantizar su propio futuro sin que el estado tenga que decirle como, cuando y porque; donde lo logrado por uno, pudiera ser diferente y mejor que el del otro, y he ahí donde comienza el celo, la envidia y avaricia. A lo que doña Lía se está refiriendo, es a la actitud incorrecta de afrontar dicha diferencia, y quizás inconformidad por ver dichos logros en unos, y no verlos en otros. Más aún, sabiendo que dicha actitud sería mucho más dificultosa de asumir, si alguien se crea una agenda caprichosa creadora de antagonismo, para vendérsela a los más ignorantes" Estela. Lo dicho por Estela es tomado como un tanque de agua helada. Nadie dice nada. Con excepción de Lía y el niño Ovante. Pareciera como si lo dicho por la joven haya penetrado en el corazón ideológico de los presentes. Mientras el silencio se apodera del entorno, de repente una noticia en el radio los pone en alerta a todos.

CONFLICTO DE LOS MISILES

"Un boletín noticioso de último minuto, hoy 22 de octubre, el presidente Kennedy notifica a los líderes del Congreso que se bloqueará a Cuba por esta permitir la introducción de misiles Ruso en el área. Pero el presidente encuentra gran oposición en el legislativo. Puesto que los legisladores piden medidas más contundentes contra Cuba. De igual manera, el presidente les notifica a los soviéticos que enviará al embajador americano en Moscú a reunirse con Khrushchev, para obtener respuesta al pedido de retirada de lo que se presume ser una introducción de misiles nucleares en Cuba. Pero en estos mismos instantes, delegaciones estadounidenses se reúnen con los líderes de Alemania, Canadá, Francia y Reino Unidos, para darles a conocer la inmediatez del bloqueo y las pruebas con las que cuenta Estados Unidos para mostrar la introducción de dichos misiles nucleares en la isla de Cuba en violación a las leyes internacionales ya establecidas. Todos estos países muestran su apoyo a Washington. Finalmente, Kennedy se dirigirá a la nación esta noche mediante un discurso televisado. Más adelante les seguiremos dando mayores informaciones al respecto"

Invernadero de tragedias

Tan pronto el grupo oye que el boletín informativo, a Estela le llega a la mente la pregunta hecha por Obando a Rony cuando ella llegó a la case de Clara. "Bueno tenemos que irnos. Mañana tengo que viajar a Washington a mi nuevo trabajo" Estela. Los dos jóvenes caminan hacia el lugar donde tomarán el vehículo que los trasladaría a la casa de Estela. Ya los dos jóvenes se han puesto de acuerdo de que vivirán juntos en Washington. Pero de repente Estela dice. "Me preocupa saber los que está pasando entre Cuba, los Rosos y Estados Unidos con eso de que los rusos están introduciendo armas nucleares en Cuba. Eso suena muy peligroso" Estela. "Así es. A mí me preocupa también" Rony. "Oye pero no acabo de entender todo esto. ¿Tú te recuerdas cuando Obando te mencionó eso de los misiles? Es como una gran coincidencia. Si no te hubiese conocido como te conozco, hubiese pensado que ustedes ya sabían de antemano lo que iba a ocurrir con esos misiles" Estela. Cuando Estela dice eso, Rony trata de evadir esa line de pensamiento en la mente de su amiga, y por eso dice. "Amiga, la vida está llena de coincidencias. Eso fue una pura coincidencia. Además yo no sabía, ni todavía se porque Obando me estuvo diciendo eso. Si no hubiese sido porque tu interviniste, yo ni cuanta me hubiese dado." "Así mismo es amigo. La vida está repleta de coincidencias" Estela.

Orlando N. Gómez

Al tercer día de Estela y Rony haber visitado a Clara, la joven mujer se marcha para Washington con su amigo Rony. Los jóvenes ya tienen su apartamento el cual está dotado de todas las comodidades que siempre está a la orden del día para una trabajadora federal de su categoría. Después de Estela agotar su primer día de trabajo en el departamento de estado, ella se puede dar cuenta de manera pormenorizada, la gravedad del problema con los rusos y los cubanos. Por esta razón, al regreso a la casa, ella le dice a Rony. "Amigo, pero ahora es que me doy cuenta que este problema ha estado ocurriendo desde el 14 de octubre, cuando aviones espías norteamericanos U2 detectaron la construcción de rampas de misiles nucleares y la presencia de tropas soviéticas en Cuba. ¡Eso es increíble pero cierto! Pero tú puedes estar seguro que dentro del territorio de Los Estados Unidos, ya habían gentes que sabían esto de ante manos. Este país está lleno de espías rusos. Yo digo esto porque hoy me di cuenta que el presidente Kennedy sostuvo múltiples conversaciones con sus asesores más cercanos, antes de dar a conocer dichos acontecimientos a la opinión pública, y eso por sí solo, me da a entender, que el presidente quería tener eso en secreto, para evitar causar pánico en la población, pero también para evitar dejarle saber a los enemigos que EE: UU ya lo sabía todo y que actuaría contra el mismo, pero sin dejar saber cundo, como y donde. Por esa razón fue que el 22

Invernadero de tragedias

de octubre nosotros pudimos ver que el presidente tomó una medida de gran dureza contra los rusos y cubanos, cuando estableció un sistema defensivo casi permanente en el are de conflicto, es decir; un bloqueo a la isla de Cuba. El presidente desplegó unidades navales y aviones de combate en torno a Cuba. Amigo, de lo que si yo estoy segura, es que si los navíos soviéticos intentaran forzar el bloqueo con cualquier medida imprudente, el conflicto armado entre las dos superpotencias sería inminente y catastrófico. Quizás tú y yo no estuviéramos aquí. Yo considero que durante todo el periodo de guerra fría, hasta ahora, este ha sido el esperpento que más cerca nos ha puesto de un enfrentamiento directo entre la URSS y EEUU, y por ende, de una destrucción nuclear. Lo bueno de todo esto es que ya estamos viendo un final saludable, y sin bombas, puesto que las negociaciones secretas con Kruschev, los han obligado a que lance una propuesta a EE: UU, la cual ya ha sido aceptada por el presidente Kennedy. Dicha propuesta está basada, en que La URSS retiraría sus misiles de Cuba, a cambio del compromiso norteamericano de no invadir la isla, y de la retirada de los misiles Júpiter que EE.UU. tiene desplegados en Turquía. Todos esperamos que el mes siguiente, la URSS desmonte y repatríe su material bélico de Cuba, y EE.UU retire sus misiles de Turquía, para qué se levante el actual bloqueo naval y aéreo contra Cuba" Estela. "Eso es muy bueno

Orlando N. Gómez

de oír. Yo lo que espero de ahora en adelante, es que mis gentes en Cuba, dejen de sufrir por todo lo que está pasando, y que Cuba pueda algún día llegar a ser para los cubanos, al tener libre determino" Rony. "De igual manera yo amigo, de corazón te lo digo" Estela.

HENRY RETORNA DE VIETNAM Y CONOCE A SU NIETO

A lo largo de la meditación de Estela y Rony en Washington, en la casa de Clara existe un regocijo; puesto que Henry ha llegado de Vietnam. "Papi pero tú no tienes que hacer eso. Deja a Ovante así. Yo lo hago. Recuérdate que tu estas herido y te tienes que recuperar" Clara. "No te preocupes hija mía. Eso son cosas que tu padre puede controlar. Solo por estar presente, y estar junto a ti, tu madre y ahora mi nieto, con eso es suficiente para recuperarme" Henry. Todo está funcionando bien en la familia de Henry. Pero todos tienen la gran incertidumbre de que ya en la casa nadie está seguro de lo que pudiera ser de Obando. Pues él ya está estudiando en la universidad de Harvard, y rara vez está en la casa. Aparte de que Obando le dijo a Clara que cuando el termine sus estudios en la universidad de Harvard, él se irá de regreso para África, y quiere que Clara y el niño se regresen con él. Clara se opone a tal viaje. Por esa razón su madre espera que en cualquier momento el matrimonio se desborone. Luego que Clara comparte con su padre en la sala de la casa, Obando llega de la universidad. Él tiene tres semanas sin ver a Clara o al niño. La relación entre Obando y Henry no es sólida, pues Henry no conoces muy bien a Obando.

Orlando N. Gómez

El solo lo acepta como el esposo de su hija y padre de su nieto, sin introducir ninguna otra empatía generada por motivos diferentes a los ya mencionados. "Hola don Henry, ¿Cómo se encuentra?" Obando. "Muy bien, todo está bajo control" Henry. Después que Obando se pone cómodo al saludar a Lía y don Henry, él se sienta en la sala junto a su suegro viendo a Don Henry jugar con Ovante. Pero de repente Obando dice "Don Henry, ¿y cómo es eso de pelear en medio de la selva sin conocer el territorio, ni saber quién es su enemigo?" Obando. "Bueno yo no sé qué conocimiento tu podrás tener acerca de la guerra. Lo que si te puedo decir es que pelear en medio de la selva, es ver cada árbol, cada movimiento, cada animal, cada cosa que te rodee, como un potencial enemigo. Pero peor aún es, que al ver a un niño, a un anciano, o una mujer que este embarazada o no, es tener que ponerte en la mente que pudiera estar viendo a un potencial enemigo. A mí no me gusta hablar mucho de lo que pasa conmigo en Vietnam durante esta guerra en medio de esa selva. Pero si es de decirte algo de lo que he hecho, lo que me haya sucedido cuando he tenido que luchar en contra de mis adversarios en medio de esos peligrosos predios, no meritan explicación solo por explicar; puesto que las palabras con las que yo pudiera iniciar mis explicaciones, pudieran ser encontradas en algunas de las páginas de primera plana del New York Time. De igual manera,

Invernadero de tragedias

tengo que decirte, que dichas palabras encontradas en tan prestigioso periódico, son responsable de explicar el episodio más discordante y amargo que pudiera ser encontrado en mi biografía de vida. Yo humildemente resumiría dicha biografía con la frase que diría: **MI ESTANCIA EN MEDIO DE LOS ESPERPENTOS DE LA GUERRA DE VIETNAM**. Hasta ahora, al encontrarme herido por una bala disparada por un niño, el cual fuera dirigido por otro niño y comandado por un adulto escondido solo para cobardemente protegerse, me hace sentir sucio. Pero jamás me hará sentir culpable, porque soy un patriota anticomunista, serio y responsable por convicción, y no porque en un momento dado en mi carrera militar, me haya tenido que encontrar en medio de una guerra orquestada por ideologías, subjetivismos y empresarios políticos más que por patriotas como lo soy yo. Creo humildemente, que cuando llegue mi ocaso de vida, mis memorias apuntaran hacia las estrellas, y llegarán a luna, con el único objetivo de postrarme frente a los ojos del Sol y demás astros y asteroides, como un gran patriota, y no como un mercader de guerra. Repito, en vida, solo me resta decir, que quisiera que dichas memorias pudiera recorrer el universo entero, postrándome como un guerrero patriota y anticomunista, que por circunstancias de la vida ha estado luchando contra niños valientes y muy aguerridos que han sido seducidos por ideólogos

Orlando N. Gómez

comunistas". "Don Henry, al oírlo se me engrifan los pelos. No tenía la menor idea de que esto le estuviera sucediendo a usted" Obando. "Lo único que siempre le diré a cualquiera en cualquier arena o evento, es que no me arrepiento ni me arrepentiré nunca de representar a mi país en Vietnam. Soy americano y anti-comunista; así nací y así moriré. En lo adelante todos nos daremos cuantas que todos los errores que se puedan cometer en esta guerra, serán vistos como el resultado de una lucha entre dos ideologías que nunca podrán reconciliarse, y que de igual manera han cometidos errores por igual; puesto que son fuerzas antagónicas por naturaleza, y si en algún momento histórico las mismas pudieran llegar a vivir en paz, tenlo por seguro que no podrá ser juntas, y si he de llegar a vivir juntas, jamás revueltas, jamás" Henry. "Eso que dices me recuerda un amigo que tengo en África" Obando "Otra cosa mi esposa, mi hija y ahora mi nieto, son los elementos que le dan forma a la razón que desde ahora en adelante, me darán mucho más fuerza y motivación para seguir viviendo. Pero déjame decirte, que en exclusiva, dicha razón será el catalizador de la crónica a través de la cual mi vida es inducida a que yo dedique este capítulo de la misma, en estar hoy presente en Vietnam, luchando contra el comunismo introducido por los rusos y los chinos, y por eso no me arrepiento de tener que volver para Vietnam" Henry. "Mi amor ya

Invernadero de tragedias

el almuerzo está preparado. Pueden venir a almorzar" Lía. "Ya la jefa dio la orden. Tenemos que ir a almorzar" Henry. Tanto Henry como Obando, se disponen a irse para la mesa. Durante dicho almuerzo, Clara está sentada frente a Obando y Lía frente a Henry. Pero de repente Henry le pregunta a Obando" ¿Pero que tu hacías en África antes de venir a Estados Unidos?" Al Clara oír a su padre hacer tal pregunta y saber lo que Obando ya le había dicho al inicio de que es ateo y comunista, ella interviene rápidamente para evitar un intercambio amargo entre su esposo y su padre. Por esa razón ella incida la respuesta diciendo "Papi, Obando solo estudiaba en África. El vino a Estados Unidos por una beca que nuestro gobierno le otorgó". "Eso está muy bien por nuestro país, puesto que los rusos ya están en África tratando de reclutar las gentes para que sean comunistas. Esa es una de las estrategia que ellos han utilizado en el sudeste asiático la cual ha sido repelida por nuestro país, y la que ha obligado a que gentes como yo estemos combatiendo en esa guerra" Henry. Al Obando ver que Clara responde la pregunta hecha por su padre, el rápidamente se da cuenta que él no está en capacidad de responderla. Por esa razón, el solo dice "así mismo es. Así mismo es." "Ahora mismo hay un grupo de compañeros heridos que serán condecorados con medallas de diferentes tipos, por sus participación con honor y lealtad a su país en esta guerra" Henry. "Como

Orlando N. Gómez

estudiante en la universidad de mi país, una vez pude ver que un joven américo-africano se registró en dicha universidad. Pero luego que todos pudimos saber quién era, nos dimos cuenta que su padre eran espías de EE: UU. Una de las revelaciones que el dio para que todos nos diéramos cuenta de quien él era, sucedió cuando después de cogernos confianza, sin querer ni darse cuenta, nos dijo que él estuvo en Vietnam como agente enviado por Estados Unidos, mucho antes de que la guerra comenzara. Pero eso no fue todo, más adelante, él nos dijo que su padre también estuvo en Camboya en misión de espionaje con rango de capitán" Obando. "¡Oh! ¿Y qué le sucedió a ese joven después de haber divulgado eso? Cosas así no se dicen, pues son muy delicadas" Henry. Clara mira a Obando con mirada de rechazo a su comentario. Obando capta el mensaje y dice "yo no supe más de él porque en ese mismo mes yo vine para Estado Unidos."

OBANDO Y RONY SALEN HUYENDO

Henry y Obando continúan con su conversación, cuando la noticia de las 6:30 ya está siendo difundida. De repente Obando es quien deja de ponerle atención a lo dicho por Henry para escuchar muy detenidamente la noticia de último minuto que está siendo difundida:

"El FBI ha anunciado el arresto de un supuesto espía ruso quien siempre viste con ropas de color negro, cuyo nombre no se ha revelado porque dicha investigación todavía está en curso. El hombre arrestado forma parte de un grupo que él dirige, el cual está formado por elementos Africanos, cubanos y rusos. Dicho grupo ha estado recabando información económica, militar y política, pero también reclutando jóvenes americanos de cualquier estado, para que se conviertan en espías rusos y cubanos. Las autoridades citan que dicho apresamiento también involucra a tres supuestos espías rusos ya identificados con nombres y apellidos. Las autoridades también aseguran haber detenido en Nueva York a otro compinche del espía anteriormente apresado. Según el jefe responsable y director de la investigación, el hombre acusado de espionaje, será acusado formalmente el lunes, mientras que otros dos sospechosos no se encuentran en EE.UU. y

Orlando N. Gómez

no han podido ser arrestados gracias a que estos gozan de inmunidad diplomática. Hay información de que algunos de los reclutados por estos espías, se encuentran en los EE: UU en calidad de estudiantes becados. El problema es que se han detectado los orígenes de dichas becas, encontrando que los rusos son los que las proveen a cambio de que los usuarios luego trabajen como espías". Tan pronto Obando oye la noticia, él se pone nervioso. Clara nota que su esposo deja el almuerzo y se levanta de la silla para dirigirse hacia el aposento. Clara de igual manera se levante de la silla siguiendo a Obando hasta la habitación. "¿Qué te pasa? Te noto muy nervioso. Últimamente actúas como si no fueras mi esposo" Clara. "Quiero que te regrese conmigo para áfrica y tu reúsas venir conmigo" dice Obando mientras recoge partes de sus pocas pertenecías que le quedan en la casa de Clara. "¿Cómo rayo quieres que vivas en áfrica en estos momentos? Nuestro hijos solo cuenta con cinco años de edad y quiero que esté en la escuela aquí" Clara. "Bueno yo no te puedo obligar a que regrese conmigo. Yo tendré que regresar. No tengo otra opción" Obando. "¿Qué no tiene otra opción? ¿Qué te pasa chico? "¿Y qué de nuestro hijo? Te veo fuera de control y no me has dicho que te pasa. Te noto muy nervioso" Clara. "A mí no me pasa nada. ¿Qué quieres que te digas que me pasa algo sin que me pase algo?" Obando. Después de Obando decir esas palabras, sale de la casa rápidamente

Invernadero de tragedias

sin decir más palabras. El joven africano se marcha del lugar, sin siquiera despedirse de don Henry y doña Lía, ni mucho menos de Clara, pero tampoco de darle aun sea un beso a su hijo. Obando sale rumbo al lugar donde secretamente el siempre suele reunirse con Rony y sus otros amigos. Tan pronto el joven llega al lugar, sin el darse cuenta, Rony es el único que lo está esperándolo. Los demás ya han desaparecido del entorno. "Tenemos que irnos lo más rápido posible. Nos están pisando la cola" Rony. "Oye, mira esa carta, ya me expulsaron de la universidad de Harvard. Creo que ya todo está dicho. Tú tienes razón. Tenemos que largarnos de este lugar lo más pronto posible" Obando. "Oye, ¿y que es de tu esposa e hijo?" Rony. Yo no puedo controlar eso. Ellos son yanquis y yo no. Yo le pedí a Clara que se regresara conmigo a África, y ella no quiso" Obando. "A mí por el contrario me da mucha pena el tener que abandonar mi adorada casi amada amiga Estela. Ojala y que ella no este embarazada. Ya las cosas entre ella y yo, se estaban tornado más que de amigos, en gentes que se aman. Yo se lo mucho que ella me ama" Rony. "Esa es una ley de vida. Nosotros tenemos un compromiso con nuestra causa, y eso está primero" Obando. "Bueno vámonos que nuestro contacto nos espera. Creo que nos sacarán de este país por el Canadá" Obando. Los dos hombres salen de territorio Norteamericano ese mismo día, dejando corazones rotos,

Orlando N. Gómez

decepciones, y dudas en las mentes de gentes que ya han comenzado a analizar todas las cosas dichas, hechas y por hacer de ambos hombres durante el periodo de tiempo que han estado interactuando en dicho entorno.

En Washington, Estela no se imagina todavía lo que está pasando con Rony. En este momento la joven mujer se encuentra un poco preocupada porque el lleva dos días sin regresar a la casa, y ella piensa que está embarazada de él. Estela y Rony siempre han mantenido su relación de amigo durante el día y frente a sus amigos, aunque así no sea durante las noches y cuando están a solas. Por esa razón, ella murmura "no sé dónde ir, ni que hacer. Creo que iré al antiguo apartamento donde vivía Rony. Mañana cogeré el día libre para verificar el apartamento y luego ir a ver a Clara y a mi ahijado." El día siguiente la joven mujer sale hacia el antiguo apartamento donde vivía Rony. Lucy Miranda la madre de Estela vive en el estado de Maine el cual está un poco retirado de Washington. Rony nunca llegó a conocer a Lucy, pero tampoco sabe del embarazo de Estela. Luego de Estela verificar el apartamento de Rony encontrando que los vecinos jamás lo volvieron a ver, ella se dirige hacia la casa de Clara. Pero al llegar a la casa, nota que hay dos carros estacionados frente a la misma. La joven mujer como trabajadora del departamento de estado, conoce muy bien los carros utilizados por el FBI.

Invernadero de tragedias

Por tal razón, ella se pone un poco preocupada. Cuando ella llaga a la casa, la primera en recibirla es Lía diciendo con voz de alarme "¡Hay mi hija! me alegro mucho que estés aquí. ¡Tú no sabes el lio que este hombre ha creado en todo este lugar! "¿¡Qué hombre!?" "El africano esposo de mi hija y padre de mi nieto" responde Henry sin dejar que sea Lía la que responda. "¿¡Pero que hizo!?" Estela. "Hay mi hija, que no hizo" Lía. "Este hombre está siendo buscado por pertenecer a una banda de espías compuesta por africanos, rusos y cubanos. Ahora mismo el FBI está entrevistando a Clara. Ellos alegan que ella tiene que saber algo de él; puesto que ella está registrada como su esposa" Henry. Cuando Estela oye tales cosas, ella no sabe qué hacer ni que decir. De súbito le llega a la mente el hombre vestido de negro que se le abalanzó a ella y Rony cuando ellos caminaban en dirección a su casa. Pero eso no es todo, también le llega a la mente cuando Obando le dijo a Rony algo de los misiles Rusos en Cuba, cuando dicha noticia todavía no había sido difundida porque los medios noticiosos. Estela piensa que solo los investigadores federales y los perpetradores, tenían que ser los únicos en saber lo que ya Obando sabía. Pero para ser más alarmante, la joven se recuerda cuando el hombre vestido de negro hablaba con Obando, y cuando ella le pregunto quién era ese hombre y que quería, y tanto Rony como Obando, les dijeron que ese hombre era

Orlando N. Gómez

un desconocido que solo preguntaba por una dirección. Todos esos recuerdos de cosas que pasaron y que ella nunca llegó a entender, la están poniendo nerviosa y muy indignada. Pero peor aún, la están obligando a pensar que Rony el cual ella ya ama y de quien espera un hijo, silenciosamente pudiera ser un tremendo espía.

ESTELA Y CLARA SON RECLUTADAS COMO ESPIAS

Estela llega hasta donde se encuentran los agentes del FBI entrevistando a Clara. "Hola ¿usted es Estela?" Agente. "Si para servirle" responde Estela mostrando un rostro repleto de frustración y nerviosismo. "Siéntese por favor. Es bueno que usted haya llegado porque luego que nosotros termináramos de hablar con Clara, nos íbamos a trasladar hacia su casa en Washington porque tenemos que hacerles unas cuantas preguntas acerca de su amigo Rony. Otra cosa, es muy probable que otros agentes ya hayan intervenido su casa en busca de evidencias, puesto que ya se tiene entendido de que su compañero vivía ahí con usted" Agente. "¿Dígame usted? ¿Cómo pudiera yo ayudarlos y que tiene que ver mi compañero con todo esto?" Estela. Cuando ella dice esas palabras, Clara solo la mira con mirada más que de sorpresa, de susto y cansancio. "Como ustedes ya saben, a los señores Obando y Rony se le está buscando por estos pertenecer a una organización de espías comandada por los rusos y monitoreada por los cubanos. Nuestro departamento tiene inteligencia ubicándolas a ustedes dos como colaboradoras de estos dos sujetos" Agente. "Mire agente, lo único que yo le pudiera decir, es que aparte de que yo no tengo ideas de los que

Orlando N. Gómez

está pasando aquí, es que en realidad yo solo soy amiga de Rony. Lo único que yo puedo decirle, es que yo soy su amiga. Él nunca me dio a entender que tenía vínculos con espías o cosas de esa naturaleza. Al contrario, Rony siempre ponía como tema central de cualquier conversación, las atrocidades sufridas por los cubanos como él, y nos decía siempre que ningunas de las gentes como el, podían comer jamona en Cuba como se come en los Estados Unidos. Aparte de los amoríos, esos eran los únicos temas de nuestras conversaciones. Mire agente, en esta tela de araña en la que deben de moverse todos los días los políticos mafiosos en su práctica política e ideológica, hay mucho gato entre macuto. Yo le aseguro que ni Clara ni yo tenemos vínculos con Rony y Obando que se relacionen a espionaje. Entre nosotros nunca hubo o sucedió algo diferente a lo que nosotras les estamos diciendo ahora. Clara es esposa de Obando, y yo soy amiga de Rony, y ahora espero un hijo del" Estela. Cuando Clara oye lo dicho por Estela, ella abre los ojos como si ella hubiese despertado de un profundo sueño. "Ahora me doy cuenta porque es tan importante el tener que aprender cómo moverse dentro de un tejido tan peligroso e inestable como este. Esa es la única manera que gentes como nosotras evitaríamos quedarnos enredadas en sus hilos, y acabar siendo devoradas por la araña venenosa que nos espere en medio de dicha tela. Agentes, quiero que sepan

Invernadero de tragedias

que nosotras no les estamos diciendo menos de lo que sabemos. Todo lo que le hemos dicho, es lo único que sabemos de este embrollo. Yo sé tal cual ustedes, que las fuentes del conocimiento que enriquecieran a cualquier buena retórica, son muchas y multiformes. De lo que si ahora estoy segura, es que una de las fuentes de conocimiento más importante, pudiera encontrarse en lo que pudiera esconder cualquier colega, amigo o relacionados, los cuales pudieran tener un historial que solo ellos conozcan. En un situación tan difícil, los únicos que pudieran enfrentarse a cualquier cuestionamiento, y responder las preguntas tal cual ustedes las pidan, serian ellos como los únicos conocedores y responsables de sus acciones, y no victimas como nosotras" Estela. "Saben, yo lo único que pudiera decir con relación a todo esto, es que mi primera impresión al recibir la noticia de que mi esposo y mi gran amigo Rony estuvieran involucrados en asuntos de espionaje, fue reírme; puesto que la primera idea que me llegó a la mente, fue que me encontraba frente a algo absurdo y sin sentido. Pero después que las cosas han ido tomando forma, tengo que honestamente decirle que he empezado a preocuparme. Me preocupa que un hombre al que yo le entregue mi cuerpo para que cuya función fuera más que un mero observador del mismo; yo se lo entregue para que sea un usuario del mismo. Pero tengo que decirle que yo lo acepté y lo hice así, porque me

Orlando N. Gómez

enamoré de él. Sí, me enamore como solida respuesta a la discriminación y racismo que todos conocemos contra los negros. Pero ahora me siento usada, porque lo único que ahora veo, es como el dilapidó no tan solo mi cuerpo, sino también mi alma, y las almas de todos los que de buena fe interactuaron con él. Me siento ofendida. Me siento sucia. Me siento traicionada y a la misma vez, también me siento traidora por haber permitido convertirme en la esposa de un espía" Clara. "Yo presiento que Después de aclarada la verdad, lamentablemente la actitud que Clara y yo podamos tener, no tendría ninguna repercusión en los medios de comunicación ni en los aparatos gubernamentales que hoy nos investigan. Las declaraciones que hemos hechos de manera sincera y honesta, quizás no cambien el sentido de las acusaciones en contra nuestra. Yo lo que sí creo, es que en lo adelante, cualquier desenlace en nuestra favor, sería el regalo más maravilloso que nosotras pudriéramos obtener" Estela. "Bueno, después de oírlas hablar, nosotros no tenemos la menor duda de que ustedes han sido usadas por estos dos extranjeros. Es muy común ver chicas hermosas y jóvenes como ustedes, caer en las trampas que crean estos individuos, para poder atraparlas y luego usarlas como puentes que los conduzcan a otro nivel de mayor importancia, o seducirlas para que se conviertan en aliadas. Como se ha dicho anteriormente, las finalidades de las acciones de estos individuos, más que

Invernadero de tragedias

de amistad o amoríos, son de orden ideológicas. Individuos como estos, tan pronto llegan a cualquier lugar de trabajo, se orientan siempre hacia la adaptación del lugar, para luego poco a poco y con mucho disimulo, introducir su ideología. Ellos siempre hacen eso, con un criterio solamente dirigido hacia la transformación o cambio de la ideología que ellos estén combatiendo. Sus adaptaciones son fundamentalmente obtenidas de los escritos reservados en los archivos rusos. Pero también las obtienen de los trabajos de Lenin durante la revolución Bolchevique. Esta gente nunca cuestiona el poder político al cual ellos pertenecen, y su mayor interés, es tratar de acelerar la integración de nuevos adeptos para fortalecer su doctrina política. Lo importante en este caso, es poder lograr la eficacia de la prevención de penetraciones de individuos como ellos en nuestra nación, antes de que todo se nos escape de las manos. De no hacerlo, solo estaríamos corriendo el riesgo de que suceda un cambio social, político y económico en nuestro país. ¿Saben qué? Eso es lo que ellos quieren. Estela, tengo que decirte, que para ser honesto contigo, pienso que tu no podrás seguir trabajando en el departamento de estado" Investigador. "Eso ya lo tenía en mente. Como son las cosas, la vida se desborona en fracciones de segundos. ¿Quién lo iba a creer?" Estela. "Bueno, tengo que decirles que nosotros no hemos encontrado evidencias que nos indiquen que

Orlando N. Gómez

nosotros debamos arrestarlas o seguir con esta investigación. Lo que si yo les puedo proponer como respuesta a las sospechas en sus contra, es que le ofrezco una posición como cooperadoras de la agencia central de inteligencia. Déjenme saber ahora mismo si están de acurdo, para que desde la próxima semana ya todo esté listo, y ustedes sepan cuáles serían sus funciones" investigador. Cuando el investigador dice esas palabras, tanto Estela como también Clara, dicen que si al unísono. "Pero yo estoy embarazada y Clara tiene su hijo que cuidar" Estela. "Por eso no habrá ningún problema. Eso nos lo dejan a nosotros" Investigador. "Bueno estoces mañana me regresaré a Washington para ver qué me dicen, si es que me quedaré en el trabajo, o me despedirán" Estela. "Joven, usted ya estas despedida. Esta propuesta que le estoy ofreciendo, es una decisión del departamento de estado y la agencia central de inteligencia" Investigador. "Oh, ya entiendo, ya entiendo" Estela. "¿Entonces solo tenemos que esperar hasta que usted nos avise verdad?" Clara. "Eso es correcto" Investigador.

El tiempo transcurre, y el trabajo de Esta y Clara se concretiza de tal modo, que ya las dos mujeres tienen puestos de importancia dentro de la agencia. "Estela, quien iba a decir que nosotras estaríamos trabajando para la agencia de inteligencia" dice Clara con voz de satisfacción. "Eso es

Invernadero de tragedias

correcto. El tiempo ha trascurrido. Ya tu hijo tiene seis años y el mío dos. Nosotras estamos trabajando activamente para la agencia de inteligencia. Yo trabajo dentro del territorio de mi país, mientras que tú tiene que estar viajando hacia Asia constantemente. Ya la semana que viene tienes que irte de nuevo. Trabajar para La Agencia de Inteligencia, es trabajar para la agencia con mayor inteligencia del mundo, la cual es utilizada como contrapartida de la agencia de nuestros enemigos, la que también tiene un gran poderío tanto de recursos como también de material humano. Nuestra agencia tiene sus cuarteles generales cerca de la capital de nuestro país. Muchos países tanto amigos como enemigos nuestro, piensan que muchos de los empleados de nuestra agencia, por lo general estarían funcionando en muchas de las embajadas que nuestro país tiene alrededor del mundo. Nuestra agencia de inteligencia es la única agencia de inteligencia, que tiene independencia de acción" Clara. "Eso es así porque la misma tienen la autonomía de sólo rendirle cuentas de lo que hace, a su director Nacional. Sabes, eso es debido al gran poder que tiene dicha agencia de hacer o no hacer lo que se tenga que hacer, y lo que no se tenga que hacer, para la defensa del país y la puesta en marcha de algunos aspectos de geopolítica, espionaje y contra espionaje" Estela. "Pero no tan solo eso. Sino que esta agencia también ha llegado a ser considerada por muchos politólogos a nivel mundial, como un Estado

Orlando N. Gómez

dentro del Estado" Clara. "Oye sí, yo tuve leyendo eso. No recuerdo donde, pero recuerdo haberlo leído. Pero otra cosa, en cuanto a la parte funcional, ya se ha establecido como también divulgado al público, que la agencia para la que trabajamos, tiene tres actividades principales y por las que tradicionalmente se ha distinguido. Dichas actividades son las siguientes: primero es el recopilar información sobre gobiernos extranjeros, corporaciones e individuos, segundo el analizar esa información junto a los otros datos recogidos por sus agencias hermanas para poder proporcionar una evaluación sobre inteligencia relacionada a la seguridad nacional, para que así nuestro país enfoque correctamente sus políticas, y tercero; que nuestra agencia también se encarga de realizar o supervisar actividades encubiertas y otras operaciones tácticas" Estela. "Eso es correcto. Pero ten presente que los ejecutores de estas actividades, pueden ser miembros de agencias, militares como el ejército, marina, aviación u otros socios gubernamentales o privados como somos nosotras. Otra cosa de suma importancia, es el que nosotras estemos al día con todos los acontecimientos políticos a nivel mundial. ¿Sabes porque? Bueno esta agencia tiene una considerable influencia en política exterior gracias a sus divisiones y los entrenamientos que reciben sus agentes acerca de los diferentes aspectos fundamentales de política exterior. Pero más importante aún es, que esta agencia acuerpan la existencia de esos elementos que les dan

Invernadero de tragedias

forma a otros países tales como: las culturas, estructuras gubernamentales, los elementos estratégicos, las tanticas políticos, comerciales, y los movimientos sociales opuesto a los intereses de nuestro país" Clara. Después de Clara dar esa explicación, Estela dice "Nosotras hemos sido reclutadas para que formemos parte de dicha agencia, los que me hace pensar, que tu como antropóloga en cualquier momento te encontraras llevando a cabo estudios etnográficos que servirían para poder detectar conductas y hábitos tanto malos como favorables, a la causa de nuestra nación. A mí lo que me preocupa, es que ni tu ni yo sabemos separar lo que decimos de lo que pensamos y sentimos, y la vida del espía está basada en saber conducirse de esa manera." "Bueno, la razón de ser de este trabajo, es el poder poner en funcionamiento una habilidad que puedan servir para detectar mentalidades y sabotajes anti nosotros" Clara. "Si pero independientemente a nuestras respectivas carreras, nosotras también tendremos que hace trabajos en el área económica, política y de salud, porque nuestro principal objetivito seria, el colectar cualquier tipo de información que pueda servir de benéfico al avance del capitalismo, y a la prevención de cualquier acto de sabotaje contra la salud de nuestras gentes. Eso por sí solo, conlleva una gran capacidad para poder saber simular, fingir y hasta mentir. Eso me preocupa mucho porque no me gusta mentir" Estela.

CAROL MADRE DE KRUSTA

Unos cuantos años más tarde, después de que Clara y Estela ye están establecidas en sus respectivos puestos en La Agencia de Inteligencia, Lía y Lucy se comunican, pactando verse en la casa de Lía. Lucy tiene su casa en el estado de Maine, pero ahora se encuentras viviendo en la casa de Estela quien después de comenzar su trabajo con la agencia, se mudó de nuevo en la casa donde ella vivió, y la cual algunas veces compartió con Rony. Lucy sale de la casa y se dirige hacia donde Lía. Estela se queda con su hijo en la casa. "¡Hola amiga cuanto tiempo sin verte! ¿Cómo estás? ¿Clara y su hijo, cómo están?" Lucy. "¡Hay Lucy que alegría de verte! Oye como pasa el tiempo. Mira como están nuestras hijas. Quien iba a decir que Clara se cazaría con un hombre negro de África" Lía. "Y quien iba a decir que Estela iba a tener un hijo sin casarse, de un hombre hispano de Cuba" Lucy. "Mira Lucy, como tú y yo bien sabemos; puesto que tú eres una viuda de un soldado Norteamericano muerto en Vietnam, y yo soy la esposa de uno que todavía está activo y peleando en dicha guerra. Quiero que sepas que yo no sabía mucho de estas cosas. Pero Henry me ha ayudado mucho a poder entender su naturaleza. Mira, después de la primera década de la Guerra Fría, mejor dicho nuestra era, en nuestro país,

Invernadero de tragedias

subrepticiamente ha estado funcionando un grupo de gentes con ideas nacionalistas y muy pro-capitalista con conexión en el Congreso. Para mí esas son gentes buenas. Esas son gentes que se han dedicado a investigar la existencia de infiltrados del Partido Comunista estadounidense pro-soviéticos y pro-chinos, en la administración pública. Yo estoy de acuerdo con que investiguen a esos comunistas encubiertos. Si ombe; que se infiltren y los identifiquen para que luego los metan en la cárcel donde ellos tienen que estar. Ahora entiendo porque fue que Henry me dijo en meses pasados antes de regresar a Vietnam, que hay un senador, no recuerdo el nombre que él me dijo que tiene ese senador. Lo que si recuerdo, es que él me dijo que este senador está dirigiendo una subcomisión del Senado en busca de espías soviéticos existentes en muchos estamentos del estado. También me dijo que en este país ya han acusado formalmente a gentes americanas que han desarrollado un pensamiento anti americanista, aun siendo ciudadanos de este país, porque los mismos se han opuesto a la política exterior de nuestro país, especialmente en estos últimos periodos bélicos" "Lía si ombe, quien iba a decir que en esta era nosotros íbamos a tener gentes nuestras, atacando a los soldados que están dando sus vidas en Vietnam para que el comunismo no se adueñe del mundo y de nuestro país, y para que ellos puedan seguir disfrutando del privilegio que tienen, de

Orlando N. Gómez

disentir y divulgar públicamente, las cosas y casos en los cuales ellos no estén de acuerdo; mejor dicho, para que ellos disfruten la libertad que hoy ellos tienen como ciudadanos americanos, de protestar contra gentes como nuestros esposos. Mira Lía, es vergonzoso el tener que saber que actualmente, algunos movimientos estadounidenses repletos de los mal llamados organizadores sociales, están repletos de elementos con ideología pro soviética y de aspectos anti americanistas; y eso por sí solo, me da miedo, porque creo que es muy peligroso. Yo le estuve diciendo a una amiga en Maine, que yo vaticino que dentro de los próximos 45 o 50 años, en nuestro país quizás surja una figura proveniente de esos grupos, como líder político. Ojala y que el pueblo norte americano no se deja confundir, al dejar que dicha figura llegue a alcanzar un puesto de suma importancia en nuestro país. Eso a mí me por si solo me aterra" Lucy. Durante la conversación de la dos mujeres, llega la nueva vecina de Lía a retórnale una pala de recoger nieve que ella le había tomado prestada a Lía. La nueva vecina es de nacionalidad Suiza, y diferente a los demás vecinos con pensamientos conservadores, ella tiene un temperamento conciliador, con tendencia a querer ser liberal y a la vez apolítica, aunque bien informada. "¡Hola! Vecina ¿Cómo amaneció? Pero usted no tenía que retornarme la pala tan rápido. ¿Ya usted terminó de recoger toda esa nieve? 'Lía. "Si gracia

Invernadero de tragedias

vecina; mi hijo me ayudó a limpiar el frente y la parte trasera. Lo único que me falta es el techo, y como tengo entendido que hoy habrá mucho Sol, yo esperare que se derrita. Pero gracia de todos modos" Carol. "Vecina le presento a una amiga de mucho tiempo la cual reconozco como mi única hermana" Lía. "Mucho gusto Carol para servirle; vivo ahí al frente a sus órdenes." "Gracia, soy Lucy; pues como ya Lía dijo, somos como hermanas puesto que nos conocemos ya por muchos años y criamos nuestras hijas casi juntas." Las dos amigas ignoran de donde es y cómo piensa la vecina. Lía en este momento comete un gran error al pensar que como Carol es blanca y ya vive en su vecindario, que la vecina tendría que tener la misma línea de pensamiento político pro-capitalista y pro-patriota, que ella y Lucy tienen. Por esa razón, Lía continúa su conversación con Lucy, pero en esta ocasión incluyendo a Carol. "¿Vecina, que usted opina del anti americanismo que está surgiendo en estos últimos años, tanto fuera como dentro de los Estado Unidos?" Lía. "Hay vecina no me la ponga tan dura. Recuérdese que yo no nací en este país, y cualquier cosa que diga pudiera ser malinterpretada. A mí no me gusta tener que hablar de esas cosas, y cuando lo hago, tengo que tener un juicio bien claro con relación a lo que tendría que decir" Carol. "Bueno yo pienso que todo el que viene de otro país a vivir en los Estado Unidos, es porque tiene una razón para

Orlando N. Gómez

venir, y esa razón seria la que le permitiría el querer y poder hablar o no hablar de estas cosas" Lucy. "Si, eso es verdad. Pero usted sabes que muchas veces las gentes mal interpretan las cosas; más aún si el que las dice no tiene un criterio con el mismo nivel de claridad que tenga el que escuche las respuestas" Carol. "Si vecina yo entiendo eso. Pero tengo que estar de acuerdo con Lucy. Yo creo. Ojala y no estar equivocada; que todo el que viene a este país, ya sea a vivir, de negocios o de paseo, antes de llegar, ya tiene una idea del porque quiere venir a vivir, a trabajar, a pasear o negociar aquí; y esa idea es lo que serviría de moldes a cualquier respuesta que este tenga que dar a cualquier pregunta similar a la que les estamos haciendo ahora" Lía. "Ja, ja, ja, hay vecina no me la ponga tan dura. ¿Repita la pregunta de nuevo por favor? Haré todo lo posible por responderle, y espero que no me malinterpreten" Carol. "La pregunta es. ¿Que usted opina del anti americanismo que está surgiendo en estos últimos años tanto fuera como dentro de los Estado Unidos?" "Bueno mis conocimientos están fundamentalmente basados en la medicina. Soy doctora no política. Pero mi humilde opinión al respecto, es que muchos americanos ya sea por error o por estar mal informados, han querido convertir a Los Estados Unidos en los policías del mundo, o mejor dicho, como si nada ni nadie pudiera hacer o no hacer lo que le dé la gana de hacer, sin el consentimiento de Los

Invernadero de tragedias

Estados Unidos. Pienso que a las gentes por naturaleza, no les gustan eso. Para mi creo que eso es lo que ha servido de catálisis para darle forma y exacerbar lo que ustedes me preguntan" Carol. "Bueno en partes estoy de acurdo con usted. Pero recuerde que Los Estados Unidos no actúan. Los Estados Unidos reaccionan, y esa reacción es precisamente para evitar que suceda eso que usted acaba de decir: para que las gentes no pierdan el derecho de hacer o no hacer lo que les dé las ganas de hacer cuando estos los quieran hacer. Eso es libertad, y por eso es que Estados Unidos lucha alrededor del mundo" Lucy. "Bueno, yo lo que pienso es que en las mentes de muchos americanos está muy arraigado lo que en mi país muchas gentes llaman el mito del excepcionalísimo americano. Con todo el respeto que este gran país se merece, yo particularmente pienso que la noción del excepcionalísimo, muchos americanos los ven como algo inherente a Los Estados Unidos. Pero lo más importante es que muchos tienden a ver dicho excepcionalísimo americano como algo sumamente real, ya sea por razones divina o solo por razone de tipo moral en aras de brindarle civilización, democracia y libertad al resto del mundo. Lo problemático de esto, es que esos logros en su mayoría de veces, suceden mediante la violencia. Vecina, eso no es una cosa bien vista en países como el mío. En Suiza, la guerra siempre es lo más innecesario en cualquier resolución de conflicto.

Orlando N. Gómez

Somos un país pacífico encaminado al igualitaria-ismo, donde los servicios a la sociedad siempre están en primer orden. A nosotros no nos gusta oír a nadie decir que somos lo que somos y hacemos lo que hacemos, porque somos protegidos por Los Estados Unidos" Carol. "Bueno vecina, yo respeto lo que usted está diciendo. Lo que yo no haré, es el olvidarme de la realidad, y lo cierto es que en estos tiempos, estamos viviendo unos momentos muy peligros; los cuales cada día seguirán poniéndose mucho más peligrosos, y de la única manera que pudiéramos sofocar dicho peligro, es si todos juntos tratáramos de lograr el mismo objetivo positivo contra dicho peligro, pero siempre reconociendo la realidad de las cosas, y eso es lo que no está sucediendo. Vecina, hasta este preciso momento, la historia contemporánea nos ha mostrado, que cuando dicho peligro está presente, todos esos países que en tiempo de paz atacan a Los EE: UU por dicho excepcionalísimo, cuando el peligro está fuente a sus puertas, los primero que hacen es pedirle ayuda a EE: UU. Amiga, la realidad a la que me refiero, es que es innegable que desde 1944, Estados Unidos de América se impuso como la única potencia dominante del planeta. Vecina oiga esto. Nuestro país se impuso de tal manera, ¡vecina; para evitar que hoy todos tuviéramos que hablar Alemán en contra de nuestra voluntad! ¿Usted me entiende? Quizás ahora mismo en vez de nosotras estar hablando

Invernadero de tragedias

Ingles, estuviéramos hablando alemán. Cosa esta que trajo como resultado, que después de tantas destrucciones de las diferentes infraestructuras de los países envueltos en dicha guerra, se estuviera que crear un fondo para la reconstrucción. Dichos fondos se obtuvieron a través de un acuerdo llevado a cabo en una ciudad británica llamada Breton Woods. Quiero que sepas que en dicho acuerdo, Estados Unidos fue el mayor contribuyente. Por ese y otros motivos, ahí se decidió que el dólar sería la divisa de referencia mundial, y que todos los principales bienes de intercambio comerciales como el petróleo, el oro, los granos, el café, el azúcar de caña, la minería etc.; serían cotizados en dólares. Esto fue lo que convirtió a nuestra moneda en una divisa global. Pero esto no queda ahí vecina. Al año siguiente de este evento, se fundaron el Banco Mundial y el Fondo Monetario Internacional; ambos con sede en Washington D.C., y se iniciaron las labores de las Naciones Unidas con sede en Nueva York. Vecina fíjese, los cinco países vencedores de la Segunda Guerra Mundial fueron: Estados Unidos, China, Unión Soviética, Francia y Reino Unido. Todos esos países obtuvieron el estatus de miembros permanentes del Consejo de Seguridad de las naciones unidas, los cuales por su relevancia y poderío, obtuvieron derecho a veto de cualquier resolución sometida. La gran diferencia fue, que la mayoría de esos países, especialmente la Unión Soviética

Orlando N. Gómez

y China, estaban mucha más golpeados por la destrucción causada por la guerra, que Estados Unidos; puesto que Estados Unidos no había sufrido mayores pérdidas humanas y ninguna pérdida material en su territorio. Además, desde el punto de vista militar, Estados Unidos era, es y quizás lo sea por muchos años más por venir, el único país del mundo que poseía armas atómicas. Quizás en un futuro no muy lejano, otros países también adquieran armas nucleares como hoy las tiene Estados Unidos. En lo que concierne a la economía, si bien es cierto que en 1945 hubo una recesión temporal, Estados Unidos tenía un producto interno bruto de 228 mil millones de dólares. Eso significó que por esa razón Estados Unidos tuviera que salir al frente en defensa de esos países más empobrecidos cuando se les ha querido cortar sus alas para ponerlos a merced del comunismo soviético y chino, o cualquier otro peligro que pudiera gravitar su supervivencia como nación. Vecina, eso es lo que hace a EE: UU, un país esencial" Lucy. "Bueno, yo me limitaré a pensar como el autor William Bradford y otros entendidos en la materia. Este señor muy elocuentemente solía decir que quizás más adelante cuando el tiempo transcurras, nuestros hijos, nietos y bis-nietos tengan una idea similar, igual o muy diferente a las que nosotras tenemos hoy. Lo que si les diré, es que, Estados Unidos pudiera ser visto por muchos como un

Invernadero de tragedias

faro de libertad y democracia que gentes de todas partes del mundo puede vislumbrar y así aprender de los americanos, y de esa manera comenzar a emularlos. Pero como han dicho otros pensadores, la realidad es que Estados Unidos nunca ha sido sólo una ciudad en una colina. Hoy yo les digo a ustedes, que en el mundo hay más ciudades y más colinas. El pensamiento al que me referí, surgió pocos años después de que el gobernador Winthrop pronunciar esas famosas palabras, al decir que ****la gente de esa ciudad en la colina salió a masacrar a los indios pequot***. Como resultado, he aquí la descripción del colono William Bradford durante el ataque emprendido por el capitán John Mason contra el poblado pequot Cito: **Aquellos que escaparon al incendio fueron muertos con espada, algunos destazados y otros atravesados por las bayonetas, de tal modo que los despacharon rápidamente y pocos escaparon. Se supone que masacraron a unas 400 personas en esa ocasión. Era una visión de miedo verlos freírse en el fuego y, al mismo tiempo, observar cómo se coagulaban los ríos de sangre; era horrible la hediondez. Pero la victoria parecía un dulce sacrificio que le motivaron a darle gracias a Dios, que había tejido todo tan maravillosamente para ellos, que pudieron atrapar a sus enemigos en sus manos y lograr una victoria tan súbita sobre un enemigo tan insultante y orgulloso**. Cierro la cita. Amiga, durante ese periodo y

Orlando N. Gómez

similar al presente, este tipo de masacre, descrita por Bradford, ocurrió una y otra vez, conforme los estadunidenses marchaban hacia el Oeste, el Pacífico y el Sur, al Golfo de México. Lo que nosotras hoy tenemos que entender, es que por esa razón, humildemente y con todo el respeto que se merece este gran país, tengo que decirles que las celebradas luchas por la liberación, como también la revolución estadunidense, fueron desastrosas para los indios, como las son hoy para los niños de Vietnam, de África y Latino América" Carol. "Amiga, esos datos históricos perteneciente a la era de la colonización, sin en modo algunos refleja la historia de este país cuando todavía no existían Los Estados Unidos. Por esa razón, creo que es inaceptable el que se use como punto de comparación para quitarle el mérito de país esencial que tiene mi país. Hoy los Estados Unidos no está dirigido por los Británicos, y la lucha antagónica no es contra los indios. Con ellos no hubo lucha antagónica, sino más bien, lucha por territorio. Hoy la lucha es antagónica e irreconciliable, puesto que la misma es, entre dos ideologías diferentes: el capitalismo y el socialismo- comunismo, no es similar, parecida o igual que la lucha entre colonos e indios americanos. Simple y llanamente, repito; esta es una lucha ideológica, que si la misma estuviera sucediendo durante los tiempos a los que usted se ha referido, usted puede estar segura, que tendría tanto a indios, los

Invernadero de tragedias

colonizadores y neutrales, en el mismo bando o lado; Pero mejor aún, unidos por la misma causa. Amiga, lo último que le diré al respecto, es que desde el 1950, cuando inició la Guerra de Corea, el PIB de Estados Unidos tenía un crecimiento del 8% y la inflación bajó al 6%. En ese mismo año, Estados Unidos se encontró en una situación de dominio absoluto del planeta, tanto militar como económico, y eso hizo que muchos países vieran y aceptaran la teoría del excepcionalísimo americano. Amiga, esto no lo digo yo. Esta teoría, se remonta al período entre 1831 y 1840, basada en el libro Democracia en América del escritor francés Alexis de Tocqueville, el cual sostiene que por motivos geográficos, históricos, políticos, culturales y económicos, Estados Unidos de América es **excepcional**, o mejor dicho, diferente respecto a todos los otros países de la Tierra. "Lucy. "Bueno en realidad, desde un punto de vista sociológico, muchos otros pueblos del mundo también se ven a sí mismos en el centro del mundo, y estos tienen derecho a sentirse así. Como creo que usted bien sabes, el pueblo hebreo se considera el pueblo elegido, los rusos ven su propia tierra como la gran madre Rusia, los chinos denominan a su territorio "zhongguo", que literalmente significa el país del centro. La gran diferencia es que para los americanos su teoría de excepcionalísimo, es mucho más significativa y absoluta en Estados Unidos que para otros países del mundo" Carol. "Bueno es hora de hablar de otras cosas como por ejemplo de una tacita de café. Vecina no se retire que iré a preparar un cafecito" Lía. "Hay vecina será en otro momento puesto que quede de ir con mi hijo a comprar una sal y unos cuantos alimentos y como usted ya vez, mírele la cara. Él está parado en la puerta mirándonos. Él tiene el mismo carácter fuerte de su padre. Por eso fue que no duramos mucho tiempo junto. Mírele la cara. Eso es que me está esperando incómodo. Recuérdese que tenemos otra gran nevada para mañana y quizás no podremos salir de la casa" Carol. "¿Vecina pero su hijo nació aquí?" "Hay no vecina, mi querido hijo nació en el medio Oriente. Ahí fue que hice mi pasantía y donde conocí a su padre" Carol. "¿¡En el medio Oriente!? ¿Pero en qué país?" Lucy. Al Carol ver el interés se Lucy por saber la procedencia de su hijo, ella trata de evadir las preguntas pues ella no quiere que sus vecinas lleguen a saber más del padre de su hijo. Por esa razón, envés de ella responder, se hace la desentendida al hacer creer que ella no oyó la pregunta, y de esa manera macharse hacia su casa. Luego de Lía y Lucy ver que Carol no responde, las dos mujeres dan la conversación por terminada para luego disponerse a preparar el café, y luego seguir compartiendo su encuentro, pero en esta oportunidad hablando de sus hijas y nietos.

Invernadero de tragedias

El tiempo ha trascurrido. Ya Clara tiene otro esposo, y ha adquirido su doctorado en antropología. Su hijo ya está de regreso a la casa de sus abuelos maternos. Por otro lado, el hijo de Estela tiene 12 años de edad y vive con su madre y abuela. Pero mientras todo esto sucede con Clara y Estela, Rony se encuentra en Cuba padeciendo de una gran tristeza por sospechar que durante su partida, Estela había quedado embarazada. Rony sigue como un importante colaborador encubierto de la revolución, haciendo trabajos de espionaje a través todo Latino América y territorio Norte Americano. Ahora él se encuentra en Cuba en espera de nuevas órdenes. "No sé, pero ya no puedo soportar esto. No puedo seguir pensando que pudiera tener un hijo sin poderlo ver. ¿Pero cómo le salgo yo con esta pendejada a mis compañeros? ¡Pendejada! ¿Y porque digo pendejadas? ¡Coño, Rony el pendejo eres tú! ¿Porque dices pendejada? Ese es tu hijo y su madre te quiere. Ok su madre me quiere. ¿Pero cómo yo le salgo a mis compañeros con esta vaina?" Murmura Rony para sí, cuando de repente llega un amigo de infancia el cual fuera compañero de la misma escuela. "¡Hola Rony! ¿Te recuerdas de mí? Soy Esteban compañero de escuela y muy amigo tuyo" Esteban. "¡Hola Esteban! ¿Y cómo no me voy a recordar? Cuanto tiempo sin saber de ti amigo. ¿Qué es de tu vida? ¡Pero Esteva!, ¿y qué es eso? ¿Cuál es tu plan? ¿Coño consorte porque te vistes así? ¡Oye chico, yo nunca te conocí vistiéndote

Orlando N. Gómez

así, ni caminando así, ni parándote así, ni hablando así!" Rony. "Bueno de mi vida tengo que decirte que tú debes de imaginarte cómo son los maricones. Aunque nunca te lo mostré, yo siempre fui maricón. Oye chico, déjame decirte que aunque yo simpatice con la revolución, yo sigo siendo maricón" Esteban. Luego del amigo declarar su preferencia sexual, Rony se pone a pensar en una idea que en ese momento le acaba de llegar a la mente. Por tal razón, él se interesa más en seguir hablando del tema con su amigo, para luego pedirle unas cuantas sugerencias al respecto. Los dos amigos se ponen de acuerdo para reunirse en el lugar idóneo que serviría para que Rony pueda recibir la ayuda que él se ha propuesto buscar.

OBANDO EN MOSCU

Mientras todo esto está sucediendo con Rony, Obando se encuentra en el otro lado del mundo donde él ya ha terminado sus estudios en la universidad Patricio Lumumba de Moscú. "Oye Leo, como son las cosas. Estados Unidos confiaba en derrotar con relativa rapidez a Vietnam del Norte. Los yanquis se creyeron eso solo porque ellos fueron participantes directo y victorioso de dos guerras mundiales. Eso no fue así. No se le dio con Vietnam." "Bueno, tú tienes mucha razón. Yo creo que la guerra de Vietnam le ha dado una gran lección a los Yanqui como potencia mundial" Leo. "¿Sabes qué? En realidad esta guerra ha creado muchas bajas en ámbar partes, pero fue en la parte Vietnamita que ocurrieron las mayores bajas. Pero aun así Vietnam salió victorioso políticamente" Obando. "Si amigo, eso es cierto. Mientras los Yanquis tuvieron que enfrentar otra guerra en su propio suelo por las cantidades de protestas que el pueblo americano hizo en contra de dicha guerra, los vietnamitas quedaron más unidos que al principio" Leo. "Pero no tan solo eso. Sino que aun con la llegada de la paz, dentro de EE: UU siguieron las protestas" Leo. "Ja, ja, ja, eso sí que es verdad. Pero mira lo irónico y sorpresivo para EE: UU. Hoy día 25 de Octubre de 1975 hacen dos años

Orlando N. Gómez

y nueve meses que dicha guerra terminó, pero si te fijas bien, te darás cuenta que en cuanto a la parte política, los dos países siguieron belicosos uno contra el otro. Pero peor aún, los yanquis siguieron el pleito. Pero esta vez de segunda mano, pues Vietnam del Norte y Vietnam del Sur siguieron luchando, y no es hasta ahora en este 1975, que se vislumbra una resolución de paz entre ambos" Obando. "Eso es correcto porque si notamos que cuando Saigón cayó en poder del vecino del norte, siendo Saigón pro Yanquis y el Norte pro Ruso, nadie puede negar que dicho conflicto siguió siendo propio de la Guerra fría entre Rusia Y EE: UU" Leo. "Pero te falto decir algo mucho más importante" Obando. "¿Qué me faltó algo más importan? No sé a qué te refiere. ¿Cómo qué?" Leo. "Bueno solo tienes que recordarte que este evento ha traído como resultado la primera derrota militar de Estados Unidos, la cual comenzó de manera directa durante 1965 con la llegada de un contingente de marines a la base de Da Nang". Obando. "Ya nosotros estuvimos de acuerdo con eso al inicio de esta conversación. Pero ya que tú lo tocaste de nuevo, déjame decirte que debes de recordar que anterior a ese año, o sea en 1964, de manera informal dicha guerra ya se había iniciado. Puesto que Estados Unidos en ese momento había protagonizado algunas operaciones de combate naval en el Golfo de Tonkín contra fuerzas de del FNL de Vietnam" Leo. "Tiene razón. Oye, cambiando un

Invernadero de tragedias

poco de tema, tengo que decirte que en dos semanas me regreso a África" Obando. "¿Pero y tú no tienes asuntos pendiente en Asia?" Leo. "No ombe, el Kremlin le dio de baja a eso. Ellos piensan que con el problema que nos ocurrió con los Yanquis cuando ellos detectaron la célula a la que yo pertenecía en suelo Yanqui, si yo me muevo mucho en los lugares que ellos pudieran estar, a mí me pudieran reconocer fácilmente por ahí. Además, la madre de mi hijo vive en Asia, y yo en realidad no se en cual país asiático es que ella vive. Yo tengo algo importante que resolver en África. Luego que lo resuelva, no sé si me postularé para un cargo político, o me regreso a Moscú" Obando. "A Propósito de ese problema, ¿tú no ha sabido más de tu compañero de misión?" Leo. "¿Tú te refieres al compañero de misión llamado Rony?" Obando. "Si ombe, ese mismo, el cubano" Leo. "Bueno creo que en este momento él está en Cuba. Según tengo entendido, a él le están haciendo un trabajo en su físico antes de que lo envíen de nuevo para EE: UU a cumplir con otra misión. Pero no te rías de lo que te voy a decir" Obando. "¿Por qué crees que me reiré? ¿Qué de chistoso tiene lo que me vas a decir?" Leo. "¿Sabes qué? Es mejor que no hablemos de eso. Esas son cosas de alto secretismo" Obando. "¡¿Entonces me vas a dejar así sin decirme!? ¡No ombe eso no es justo! ¿Pero qué trabajo es ese?" Leo. "Eso es lo que no sé. Solo me dijeron de que a él se le está haciendo un trabajo

Orlando N. Gómez

en su físico, y luego que terminen con el mismo, será enviado hacia Los Estados Unidos en una misión de alta importancia" Obando. Los dos amigos siguen hablando por dos horas más hasta que ellos se despiden para luego regresar a sus respectivos hogares.

OVANTE USA DROGAS EN SU VIDA DE ESTUDIANTE

Durante el viaje de Obando hacia África, en un estado de Los Estados Unidos, se encuentra su hijo Ovante en compañía de algunos compañeros de escuela, usando cocaína y mariguana. "Oye, ayer estuve saliendo con la chica esa que me mandó el mensaje contigo. Ella tenía unos cuantos cigarros de mariguana que luego de fumármelos me mataron. Oye, después que nosotros nos lo fumamos, me dio un dolor de cabeza tan, y tan grande, que hasta nausea me dio y no pude ni siquiera poder arreglarle su mundo como ella tantas veces me lo pidió. No sé qué diablo tenían esos jodíos cigarros. Hoy no estoy para mariguana. Hoy estoy en coca" Ovante. "Bueno pues si estas en coca, toma este pasecito, cuando quieras más déjamelo saber, que estoy rico" John. "Wau esto es puré. Que rico esta esto" Ovante. Los dos jovencitos cuentan con solo 17 años de edad, y están cursando su último año de secundaria. John es un chico afroamericano. Tanto su madre como su padre pertenecen a un grupo responsable de la organización social de su comunidad. "¿Ovante, tú te consideras un afroamericano genuino como lo soy yo? ¿Oh te consideras un mixto; blanco con negro que no te aceptarían en ningunas de los dos bandos?" John.

Orlando N. Gómez

"¿Por qué me haces esa pregunta?" Ovante. "Bueno porque tengo entendido que tu padre es negro, y tu madre es más blanca que la leche" John. "Bueno entonces eso me hace un afroamericano genuino y un blanco americano también. ¿Cómo te gusta eso?" Ovante. "Bueno amigo, a mí me gusta como tú eres y como piensas. Pero eso de que eres un afroamericano genuino, no lo aceptaré; pues no lo eres. Tu madre es blanca aunque tu padre no lo sea, y eso establece un gran diferencia" John. "¿A propósito, es cierto que tus padres son miembros activo como organizadores sociales?" "Tanto mi madre como mi padre son gentes con un alto grado de conciencia social, propugnadores de la tan criticada por los blanco explotadores distribución de riqueza. Eso me enorgullece" John. "Bueno sí, es cierto, eso los hacen todavía más genuino" Ovante. "Pues mira que sí. Solos los negros genuinos como mi madre y mi padre dedican su tiempo para ese tipo de actividades en este país. Por eso es que yo tengo en mente formar parte de las Panteras Negras" John. "¿Oye, me puedes decir que son las panteras negra, y cuando se formó ese grupo?" Ovante. "Bueno amigo, tengo para decirte que las Panteras Negras, fue originalmente llamado por los fundadores como Partido Pantera Negra de Autodefensa. Pero ahora popularmente las gentes solo la conocen como Panteras Negras" John. "¿Amigo ya que me dices que ingresaras a esa organización, me puede decir a que se dedica la misma?"

Invernadero de tragedias

Ovante. "Bueno amigo ese partido es una organización política formada por afroamericanos como yo y como mis progenitores "John. "Oye pero no me dijiste a que se dedican" Ovante. "¿Bueno que quieres que te diga? Esa organización está formada por negros para luchar por el derecho de los negros en este país. ¿Qué tú crees, que los blancos lucharán por el derecho de gentes como yo? No me responda que lo haré yo por ti. La respuesta es; absolutamente no." John. ¿Oye, si no es problema me podrías decir donde y cuando esa organización fue fundada?" Ovante. "Bueno, lo que tengo entendido es que esa organización fue fundada en Oakland, California en octubre de 1966 por dos afroamericanos como lo soy yo, llamados Huey P. Newton y Bobby Seale. ¿Qué más quiere saber? Yo lo sé todo. Oye otra cosa, solo gentes como tu hacen ese tipo de preguntas" John. "No creo que te haya ofendido por mi pregunta. Si no es problema dime porque tú crees que te hice esa pregunta" Ovante. "Bueno porque tú no eres un negro americano genuino. Tu madre es blanca y tú fuiste criado por ella como se crían los blanco en este país. Los negros americanos genuinos como yo, no tenemos la oportunidad de poder criarnos así. Además, en este país solo los blancos forman partidos políticos" John. "Pues amigo como tú debes de saber, ese es un negocio controlado por los blancos" Ovante. "Si, me alegra que digas eso. Pues al decirlo puede darte cuenta que solo los

Orlando N. Gómez

del color de tu madre son los que se creen ser los únicos que pueden crear organizaciones así y salir bien. Pero para responder a tu intriga, esa organización política ha sido el fruto de una visión que tuvieron negros como yo, quienes han sido influenciados por los pensamientos de Malcolm X, y por el trabajo del psiquiatra y pensador panafricanista martinico Frantz Fanon; que en paz descanse su alma; puesto que murió en 1961 después de publicar su libro "Los Condenados de la Tierra" John. "No sé, tu puedes decir todo lo que te de tus regaladas ganas, pero tengo que decirte que todo esto me hacen sentir tan afroamericano como los son tú, tú padre y tu madre, y a mí nadie me quita eso" dice Ovante mientras inhala el polvo venenoso del químico existente en la cocaína, al llenarse los orificios de su nariz con el alcaloide blanco. "No te puedo quitar tus ilusiones. Todos tenemos derecho a presumir aun estemos en contra de nuestra propia realidad" John. "No sé por qué dices eso" Ovante. "Amigo, si no sabes porque digo eso. ¿Déjame preguntarte esto, porque tú no eliges amigos blancos como tu madre? ¿Será porque sabes que aunque tengas una madre blanca, tu padre es negro y aunque tú no seas negro genuino tampoco eres blanco?" John. "Bueno, para serte honesto, tengo que decirte que me siento más identificado como negro, pero además por serlo. Mi padre es negro; mucho más genuino que tú, tu madre y tu padre. Mi padre vino del mismo lugar que

Invernadero de tragedias

vinieron tus tatarabuelos. Yo admiro y admiraré siempre la forma de pensar, de actuar y afrontar la realidad de la vida de la misma manera que mi padre lo hace. Creo que en lo adelante, si la vida me da la oportunidad de adentrarme en el corazón de las gentes, ya sea de manera subliminal, directa o indirecta, yo introduciría el legado dejado por mi padre; sus creencias y filosofía de vida." Ovante. "Tengo que respetar eso que dices. Pero déjame seguir diciéndote algo que me falto acerca de la organización que te hable. Aunque fuera durante el año de 1961, que dicha organización llegara a fundarse, su verdadera forma se dio en el año siguiente del asesinato de Malcolm" John. "¡Oh sí!, recuerdo que siempre oía a mi madre decir que mi padre llego a reunirse con Malcom X" Ovante. "Quizás tu madre se referían a otro Malcom X" John. "¡No sea así! Mi madre no es ignorante. Ella mejor que tu sabe quién fue Malcom X" Ovante. "Bueno, eso no es lo importante. Como te decía anteriormente, durante los actos de conmemoración del aniversario de la muerte de Malcom X, se propuso llevar al campus, un escuadrón de jóvenes armados, propuesta que fue rechazada. Pero como consecuencia de dicho rechazo fue que nació la idea de formar lo que hoy conocemos como Partido Pantera Negra" John. "Entonces con el poco conocimiento de causa que tengo al respecto, yo pudiera decir que el Partido de los Panteras Negras, fue el heredero de las

Orlando N. Gómez

ideas de Malcolm X" Ovante. "Amigo, eso es correcto. Ese movimiento surgió tras la muerte de Malcom, y el mismo ha tratado de poner en práctica sus ideas. Oye, me gusta eso que dijiste. Así mismo es. Pero te faltó algo. Esta organización pudo llevar a cabo programas para mejorar el nivel de vida de la Comunidad Negra en los Estados Unidos. Lo único que al transcurrir el tiempo, el FBI los declaró enemigo público número uno en 1969, y ese fue uno de los factores claves para su desaparición como organización política pública y legal" John. Ovante y John se quedan hablando de Las Pantera Negras y oliendo su alcaloide, hasta que llega la noche y ellos deciden irse para sus respectivas casas.

Por el otro lado de la nación americana, Lucy se encuentra con la vecina de Lía. "¡Hola Carol! " ¿Cómo estás?" Lucy. "Muy bien, muy bien. ¿Y tu hija y nieto cómo están?" Carol. "Bueno Estela está en el hospital con Lony, pues tienen que recibir su diálisis ¿Y tu hijo como esta de carácter?" Lucy. "Ja, ja, ja, ese no cambia ese carácter. Ahí está con sus amigos. Ahora me dice que perteneces a un club creado por amigos de su padre. ¿Dime en que hospital está tu nieto para ver si tengo algún colega trabajando ahí?" Carol. "Okey, toma este papelito que ahí te lo escribí. ¿Pero me dices que tu hijo está en un club con amigos de su padre? Pues pensé

Invernadero de tragedias

que me habías dicho que su padre está en el medio oriente" Lucy. "Si él está en su país. Lo que pasa es que estos jóvenes vinero a estudiar y por coincidencia se registraron en la misma universidad de mi hijo. Oye y gracia por el papelito con la dirección. Trataré de averiguar lo más rápido posible. Cuando lo sepa te lo diré. Otra cosa, con relación al padre de mi hijo, tengo que decirte que con ese yo jamás volvería a vivir". Carol. "¿Oye pero y que de esos chicos; son buenas gentes"? Lucy. "Bueno lo único que te puedo decir es lo que ya te dije. Esos chicos vinieron del país del padre de mi hijo, y por coincidencia se conocieron en la universidad con mi hijo. Lo único que no me gusta es que ahora mi hijo dedica más tiempo en hablar el idioma de su padre que el idioma Ingles, y tú sabes que el Inglés es un idioma muy difícil de aprender bien" Carol. "¡Oh! Ya veo, ya veo. Oye Carol, hablando como los locos. Yo quería que siguiéramos el tema de los otros días. A mí me gusta hablar esas cosas contigo, pues aparte de aprender mucho de lo que dices, creo que eres una mujer muy bien informada ¡¿Carol, te fijas como el tiempo ha trascurrido?! La era de los 70s ha culminado y los reflejos del fin de la hegemonía de los rusos se han puesto a la vuelta de la esquina. Los rusos han perdido la esperanza que por años fueran ofrecidas por los socialistas-comunistas. Pero lo que más le duele a

Orlando N. Gómez

algunos comunistas, es que esto ha sucedido de esa manera debido a la crisis económica que se ha desatado dentro del sistema soviético; lo que ha provocado que las gentes ya no tengan ni siquiera que comer" Lucy. "Sabes, yo tengo entendido que esa crisis se originó desde 1973 por las gran aceleración de la tensión internacional en contra de la URSS comandada por su contrincante mayor; tu país" Carol. "Ja, ja, ja eso es verdad. Eso es para que tú veas que ellos no han podido sostener la rivalidad política con mi país. Mira Carol, lo que sí es cierto y nadie lo puede negar, es que durante los últimos 15 años, mi país los ha forzado a tener que utilizar enormes gastos militares para ellos poder mantener su estatus de potencia mundial. Pero amiga, como una vez te dijera. El aislamiento económico y la crisis de su modelo productivo, añadiéndole la tan mencionada distribución de riqueza, es lo que le ha puesto las cosas color de hormigas a los rusos. Eso le ha creado una situación insostenible al pueblo por la inhabilidad del gobierno de hacerles las cosas posibles para lograr una condición de vida aceptable, y al mismo tiempo mantener su papel como gran potencia mundial. Además, esos países que fueron sometidos al dominio soviético, han ido poco a poco, expresando sus deseos de independencia acercándose a mi país. Todo esto, solo por ellos querer producir cambios en su sistema político

Invernadero de tragedias

y económico. En este momento que hablo contigo, todo el Este de Europa ya ha iniciado un proceso reformista. Pero quizás, lo que el mundo no esperaba ver, es como en tan poco tiempo se produjese un cambio tan radical que desembocase en la desaparición de la propia URSS como ya ha comenzado a suceder en estos últimos meses" Lucy. "Así mismo es amiga; así mismo es. Amiga, pienso que los enemigos principales de la objetividad, son: las creencias, las ideologías, las costumbres y los caprichos" Carol. "Oye estoy muy de acurdo contigo en eso que dices. Todo este embrollo ha sido creado por el poder de la ideología política. Oye pero esto que acabas de decir suena muy diferente a lo que me dijiste uno cuantos años atrás, cuando estuvimos hablando de la esencialidad que tiene mi país en el mundo" Lucy. "Para serte honesta, no recuerdo cuando tuvimos esa conversación. Pero si ahora me estoy contradiciendo como tú dices, pienso que quizás sea el resultado de no habernos puesto de acuerdo en lo que estuvimos hablando, porque yo rara vez me contradigo en lo que digo. En realidad no recuerdo esa contradicción a la que te refieres. Yo sigo insistiendo en los que te dije una vez que hablamos; no sé si a eso es que te refieres. De la misma manera que tu país se pueda sentir esencial, de esa misma manera hay otros países que se siente esencial también; y eso es lo que invalideces la creencia que tienen muchos americanos de que su país es el único país esencial" Carol.

Las dos amigas continúan intercambiando sus impresiones relacionadas al problema entre las dos súper potencias. Pero Ovante sigue dándole riendas sueltas a sus caprichos de juventud. Aunque el joven es un estudiante a tiempo completo, él también se encuentra sumergido en el mundo del estilo afros, pantalones campanas, la música disco y las diferente clases de drogas existente en el medio. El estilo de Ovante vestirse, de peinarse y divertirse, es parte esencial de la nueva moda usada en el mundo de las discotecas. Esta nueva moda es reconocida como la nueva ola "¿Amigo, tú crees que 30 años atrás las gentes se divertían como nosotros nos divertimos ahora?" John. "No lo creo. No lo creo. Quizás ellos se fumarían un cigarrillito de vez en cuando. Pero no creo que ellos podían conseguir esta clase de cigarros, y puré como ahora se puede conseguir este que tengo aquí. Amigo, si no lo sabía, esto es puro puré." Dice Ovante mostrando una cantidad de polvo blanco en su nariz después de haber inhalado una gran porción de cocaína. "Yo como que quiero estar de acuerdo contigo. Coca como esta solo se consiguen ahora" John. "Amigo cuando yo comienzo a disfrutar las canciones disco, en mi mente se crea una sensación de entusiasmo y alegría que me crea un estado

Invernadero de tragedias

de éxtasis, que solo yo puedo entender. Qué se yo, no sé cómo decirte, pero cualquier persona que le guste el baile y decida ir a bailar música disco, al momento del disfrute de dicha música, si es que sabe un poco de música, se dará cuenta que la misma está estructurada sobre un repetitivo compás de 4/4, marcado por ocho o dieciséis tiempos, con un compás abierto en los tiempos libres, y un bajo sincopado dándole un sonido enloquecedor al ritmo. Amigo, eso es lo que me gusta y me descompone las neuronas. Eso es lo que me enloquece de felicidad" Ovante. "Ja, ja, ja, ja, así mismo es amigo. Pero lo que a mí más me gusta, es cuando todas las voces que participan en la canción, incluyendo las voces del coro, se mantienen fuertemente reverberadas invitando al baile enloquecedor. Mira, tan solo de recordarme me pongo a bailar Ja, ja, ja, ja. Esa música contagia tanto a las gentes, que hasta a los que no tienen piernas se pone a bailar al oírla. Esa música mueve el cuerpo sin que el mismo sea tocado; amigo, como tú dices, descompone las neuronas de tal modo, que el cuerpo comienza a moverse por su cuenta" Dice John mientras inhala otra porción de cocaína. "Amigo, para mí lo que más enloquece el entorno, es cuando uno está disfrutando esa música con unos cuanto traguitos en la cabeza o, unos cuantos pasecitos de puré como este" dice Ovando al momento de encender un cigarrillo de mariguana". "¿Oye pensé que dejaría la mariguana para

Orlando N. Gómez

más tarde? Recuérdate que yo no tengo más. El que tiene eres tú" John. "Amigo no te preocupes. Todo está bajo control. Si se tiene que buscar más, pues se busca. Oye otra cosa que tengo que decirte. A mí no me importa lo que digan los viejos acerca de este puré. Si ellos estuvieran joven como nosotros, quizás se hubiesen vuelto locos. Amigo, esto crea una efervescencia emocional a otro nivel, muy diferente a lo que sentían los viejos" Ovante. "Ja, ja, ja, ja, eso viejos son unos chistosos. Ellos creen que porque nosotros nos damos estos pasecitos, nos vamos a convertir en adictos" John. "No le dé mente a eso. Como te decía anteriormente, aparte de las discotecas y los traguitos, la fumadita y los pasecitos de puré, el cine también es incluido en este paquete. Solo imagínate cuando uno ve esas películas con esas mami sexis mostrando esas piernonas mientras bailan música disco" Ovante. "¡Si, si amigo, como las películas esas; **Fiebre del sábado en la noche! y ¡Por fin es Viernes!** A mí en lo personal me encantan esas películas" John. "A mí también me gustan. Esas películas han contribuido al despegue de la música disco entre el público. Aunque creo que como todo está sujeto a cambio, la popularidad de la música disco tienda a declinar cuando aparezca otra música con mejor aceptación" dice Ovante antes de que de retirarse del lugar en busca de un poco de agua. La vida de jóvenes como estos, siempre está repleta de fantasías, lujurias y

Invernadero de tragedias

rebeldías. Ellos son los responsables de crear cosas nuevas muchas veces rechazadas en el presente por la sociedad, aunque más tarde las mismas puedan adquirir formas de adaptación o rechazo por la sociedad a la que ellos ya mayorcitos de edad, sigan perteneciendo.

El día siguiente Ovante de nuevo se prepara para ir a la universidad. Él tiene la costumbre de hablar para sí. Es como si el disfrutara de su propio discurso, sin importarle donde se encuentre o, frente a quien. Mientras el joven camina hacia su centro de estudio, él se enfrasca en un dialogo con sí mismo. "No entiendo porque en el mundo tienen que existir tantas rivalidades entre las gentes, por cosas que siempre será como son y nunca cambiaran. Yo soy negro y moriré siendo negro, de la misma manera que mi madre es blanca y morirá siendo blanca. Si esto es así ¿Para qué sentir odio, rechazo o envida? Las cosas siempre serán así. Eso es como perder el tiempo. Todos somos gentes, y el que no lo veas así, es porque no es gente" murmura Ovante mientras se fuma un cigarro de mariguana camino a la universidad. "¿Hola amigo como amaneciste hoy?" John. "Yo dormí bien y estoy listo para la clase de hoy. ¿Y tú como estas?" Ovante. "Yo estoy muy bien. Oye, ayer a mí se me olvidó decirte algo muy chistoso "John. " ¡Oh sí! Pues dime ahora" Ovante. "Ja, ja, ja, esto que te voy a decir da risa; mucha risa" John.

Orlando N. Gómez

"¡Coño pero dime! No me desespere" Ovante. "¿Tú te has fijado bien en la cara del profesor de Inglés? ¿Tu vez lo sería que él tiene la cara? Ese bandido ni se ríe. No importa lo que le digan o hagan, el siempre esta serio. ¿Pues sabes qué? Ese charlatán es un asqueroso brechero. El asecha a las mujeres. ¡Sí!; ese mismo que nos dará la clase de Ingles tan pronto terminemos de hablar, ese mismito" John. "¡Espérate, espérate!, ¿¡tú te estas refiriendo al profesor Chuy Clarke!?" Ovante. "Si, ese mismo. Ese es un buen perro. Si, ese es un jau, jau, jau; ja, ja, ja" John. "Increíble, eso es increíble. ¿Y cómo tú te diste cuenta de eso?" Ovante. "Oye yo no te puedo decir eso. Tu no me lo vas a creer" John. "¿Qué te pasa amigo? ¿Cómo que no te lo voy a creer? ¿No será que tú no me tienes confianza y crees que yo me voy a poner a hablar esas cosas? Eso se queda entre tú y yo" Ovante. "No es eso, amigo no es eso. Yo te tengo confianza. Por eso es que somos amigos; ¿Tu no cree?" John. "Pues entonces dime" Ovante. "Okey, vamos a darnos un pasecito primero. Toma el tuyo que este es el mío" John. "Okey ya me lo di. Ahora dime" Ovante. "Mira, nosotros no nos conocimos hasta después que nos encontramos en la universidad. Desde ese momento yo te dije que mi abuela fue quien me crio, y también te dije dónde están mis progenitores; y de igual manera lo hiciste tú" John. "¿Si pero que diablo tiene esto que ver con lo del profesor?" Ovante "Bueno, pero congelo suave

Invernadero de tragedias

amigo, no te alteres. Lo que pasa es que mi abuela me dijo que el profesor Chuy Clarke vivía contiguo a la casa donde tus abuelos y tu mama vivían, y cuando tu mama o tu abuela se iban a bañar, el las asechaba por la ventana del baño para luego masturbarse. Espérate que me da risa ja, ja, ja, ja. Sabes me estoy riendo porque abuela me dijo que cuando ese perro se estuvo masturbando, el perdió la estabilidad y se calló de cabeza por la ventana rompiéndose el cuello. Eso forzó a tu abuela a que llamara a ambulancia" John. Cuando el amigo de Ovante dice tales cosas, él no se ríe. Al contrario, el hijo de Clara se queda pensativo como si tuviera ganas de no creer lo dicho por su amigo. "Ja, ja, ja, ja, ja; perdóname amigo que me ría, pero es que eso no es todo. Cuando ese perro salió del hospital, aun sabiendo que tu abuela fuera quien le salvara la vida, ¡oh, y ese asqueroso no siguió brechando! Así mismo amigo, el siguió asechando por la ventana. Pero aguántate que esta es la dura. Amigo, y tú pudieras creer que ese sucio siguió asechando, hasta que un día, un hombre negro se estaba bañando, ja, ja, ja, ja, ja, ja; perdóname que me ría. Pero es que cuando el asechó por la ventana y vio cuando el hombre se abaja mostrándole el trasero negro. ¡Él pensó que había visto a un animal salvaje! Pero eso no queda ahí. Amigo, tú has de creer que este sucio de inmediato llamó a la policía" John. Ovante sigue sin reírse. Por el contrario, se queda muy pensativo.

Orlando N. Gómez

Pero de repente dice "¿Y porque él no confundiría los otros traseros con ningún animal?" "Bueno lo que se dice es que por el lugar donde vivían tus abuelos, no vivían gentes de color negro, sino blanco. Pero también había rumores de que por el lugar andaba un animal de color negro que se presumía era salvaje. Esto trajo como resultado, que el profesor se confundiera al no poder reconocer de inmediato que lo visto por él era un trasero, y no un animal" John. Los dos jóvenes terminan de hablar sin que Ovante compartiera una sonrisa al respecto. Al contrario, el hijo de Clara solo se queda analizando lo que el acaba de oír, para que cuando él llegue a su casa, seguir investigado con su abuela. Pero lo que a Ovante más le intriga, no es el que el profesor haya asechado a su madre y abuela, sino más bien, lo del hombre negro. Pero más adelante el joven decide por el momento no darle mente a lo dicho por su amigo. Al contrario, el decide hacer más que un chiste, una burla al profesor.

Seis meses más tarde, Ovante y John se gradúan. Ellos terminan con grado de magna cum laude cada uno. En medio de un reconocimiento que la universidad se ha dispuesto a darle a Ovante quien se encuentra con su madre Clara, él se da cuenta que el profesor Chuy se encuentra con una mujer la cual el presenta como su esposa. Clara observa a Chuy sin decir una sola palabra. Pero mucho

Invernadero de tragedias

menos dejándole saber a su hijo, que ella conoce muy bien a Chuy. De igual manera reacciona Chuy quien solo se dispone a decir, "Ovante congratulaciones; te presento a mi esposa". Chuy dice esas palabras sin mirarle los ojos a Clara quien lo mira detenidamente con gran desprecio. Luego la esposa de Chuy dice "Hola, Dona Lewis para servirles." La esposa de Chuy no recuerda muy bien a Clara. Pero siente que algo le dice que ella no está mirado lo que crees ver. Clara por el contrario, aparte de estar sorprendida, si llega a conocer a Dona. Por tal razón ellas es quien se presenta "Hola mi nombre es Clara, madre de Ovante". Clara dice estas palabras sin extender su mano en señal de amistad, sino más bien, en un tono penetrante, muy acertado y provocador. En ese momento Chuy se da cuenta que el encuentro no se ha dado como el esperaba. Por tal razón, luego de presentarles a su esposa al grupo, el reacciona como si Clara le hubiese dado una bofetada sin mano frente a los dos jóvenes. Por tal motivo, él se retira con su esposa hacia sus asientos. Al final del discurso todos se disponen a disfrutar del acto conmemorativo, para luego trasladarse a otro salón donde almuerzan y toman vino. Al final de dicho acto, tanto Ovante como su amigo se retiran del lugar.

Para el hijo de Clara, Llega el momento de enfrentar profesionalmente la realidad de la vida. Ovante se dedica

Orlando N. Gómez

a hacer trabajos comunitarios, mientras que John trabaja con el gobierno. Ovante además de su trabajo comunitario, también tiene ya todo listo para irse a estudiar a otra universidad de mayor prestigio. Pero luego que Ovante llega a su casa en compañía de su madre, el siente la necesidad de preguntarle acerca de lo que una vez su amigo John le dijo en la universidad. "Madre, ¿tú conoces al profesor Chuy Clarke?" Cuando el joven profesional hace dicha pregunta, su madre vira la cara rápidamente, y en vez de responderle dice "¿Porque me preguntas eso Hijo?" "Es que aunque pienso que mi amigo no me hablaría una mentira con relación al motivo de mi pregunta, quiero que seas tú quien me aclare la mente" Ovante. "Pero hijo, no desespere a tu madre. Acabas de responderme o mejor dicho explícame ¿Qué pasa?" Clara. "Madre mi amigo me dijo que el profesor de Inglés es un charlatán. ¿Tú crees que eso será cierto?" Ovante. "Pues por supuesto que si hijo. Él no es tan solo un charlatán. Ese malnacido es un asqueroso brechero enfermizo" Clara. "¿Qué fue lo que pasó cuando él llamó a la policía diciendo que dentro del baño de abuela había un animal salvaje?" Ovante. "¡Oye! ¿Pero y como tu amigo pudo saber eso?" Clara. "Él me dijo que su abuela conoce a mi abuela, y en ese momento mi abuela le había salvado la vida al profesor cuando él se calló de la ventana" Ovante. "Mira esa es la parte más chistosa y sucia a la vez. Ese brechero sinvergüenza se puso

Invernadero de tragedias

a asecharme por la ventana para luego masturbarse. Pero en medio de su masturbación, el buen sinvergüenza ese perdió el equilibrio y se calló de cabeza desde la ventana del segundo piso de su casa. Luego yo se lo comuniqué a mami y ella llamó a la ambulancia" Clara. "Madre, pero dime de lo del animal salvaje. ¿Quién era ese hombre y porque el profesor lo confundió con un animal salvaje?" Ovante. "Mira hijo, antes de decirte lo que tengas que decir, llegó la noticia de que tu padre ha muerto" Clara. "¿Madre quién te dijo eso? Yo estuve hablando de mi padre hace unos cuantos días con uno de mis amigos. En realidad siento mucho la muerte de mi padre, porque aunque nunca estuvimos juntos, él era mi padre y me encanta mucho saber que soy su hijo. Además, tengo que decirte que no quiero que te ofendas, pero yo quiero ser como él. Tengo que ver cuando podré ir a ver mi otra abuela. Quizás el mes próximo podre ir." Ovante. "Bueno hijo, yo tenía que cumplir con darte la información. Pero como te estaba diciendo anteriormente, a mí me da pena y vergüenza el tener que hablar de esas cosas contigo. Pero ya tú eres adulto y comprenderás. Como tu bien sabes, aquí hay muchas gentes racistas. Ahora es que las cosas han comenzado a cambiar. Cuando yo salí embarazada de ti y luego me casé con tu padre, él tuvo que venir a vivir en la casa de mami y papi porque nosotros no teníamos una. Lo que sucedió fue porque en ese lugar no había gentes

Orlando N. Gómez

de color negro. Entonces al este sinvergüenza estarnos asechando todo el tiempo, y saber que en la casa de mami y papi no habían negros, cuando él le vio el trasero a tu padre, él pensó que estaba viendo a un animal salvaje y de inmediato llamó a la policía. Eso fue lo que los policías nos dijeron después que la investigación fue completada" Clara. "Mami, yo no me siento mal por ser negro, pero mucho menos me siento mal por ser hijo de mi padre negro y mi madre blanca. Yo siento orgullo por saber que mi biología como humano está formada por los dos colores que hoy se encuentran en conflicto racial. Pero también he podido aprender que dicho conflicto tiene un desbalance fundamentado por el hecho de que la fuerza y riqueza se inclina solo para un lado. No entraré en detalles del porque eso es así, porque sé que ningunos de los dos bandos es perfecto. Mami, yo he llegado a la conclusión de creer que aunque el racismo se practique en ambos lados, en última instancia el mismo se encuba más como una doctrina de la supremacía racial, y en este caso, dicha supremacía está del lado blanco. Madre, no quiero que te ofendas por lo que diré. Pero mucho menos quiero que te sientas como si tengo algo contra las gentes de tu color, no es así, nunca será así por razones de convicción y mi realidad de vida. Pero yo veo la discriminación racial, como algo mundializado, con tendencias hacia una injusticia repleta de instancias excluyentes de personas diferente. Madre, el

Invernadero de tragedias

gran problema es que la misma es generadora de enorme concentración de poder económico, político y militar, del lado de los blancos. Por esa razón es que ellos son los que tienen el control. Pero la desgracia mayor, es que mientras todo esto acurre donde los blancos controlan, del lado opuesto se encuentra la gran concentración de pobreza, hambre y grandes conflictos sociales donde los negros son los principales protagonistas. Durante este último año de universidad, me concentré en estudiar el porqué de estas realidades sociales. Mi conclusión ha sido, que en realidad los principales artífices y beneficiarios de estos sistemas económicos, son blancos en su mayoría. Mientras que todos, sino la mayoría de los que padecen la parte nociva recibiendo escasos beneficios, son sobre todo, personas de razas y orígenes diversos, pero mayormente negras. Madre, gentes como yo, que en su sangre lleva la sangre de Cunta Quinte mezclada con la sangre del anglosajón, tienen la suficiente calidad moral, para decir con gran honestidad, que el racismo mundial y las estructuras económicas injustas del mundo, se compenetran cada día más en las entrañas de las diferentes zonas de transición encontradas en todas las grandes ciudades del mundo, sin que nadie seriamente pare dicha penetración, porque rara vez los responsables en detenerla reúsan el reconocer la gran velocidad que lleva la dimensión racista día tras día, mes tras mes, año tras año. Madre, el racismo

Orlando N. Gómez

tiene capacidad de penetrar en todos los renglones del ordenamiento mundial donde hayan gentes diferentes" Ovante.

Ha pasado la era de los anos 60s y 70s y ahora ha entrado la era de los 80s. Los dos jóvenes ya se han graduado de la universidad; aunque Lony sigue padeciendo de su enfermedad, él todavía vive con su madre a la espera de un trasplante de riñón. Clara en este momento se encuentra de visita en la casa de Estela. "¡Hola querida amiga! ¿Cómo estás? Tenía tantos deseos de verte que no pude esperar más. Durante estos últimos días, me he puesto a meditar en esas cosas que han pasado y que solo se pueden volver a vivir a través de los recuerdos. Ahora que todo ha adquirido su forma real, es que llegan los verdaderos orgullos y arrepentimientos de esas cosa que nos han dejados huellas que solo cuando la vida este en contubernio con la muerte, nosotros llegaríamos a borrar; solo por dichos recuerdos estar sustentados por el gran goteo entre corazón y cerebro como principales responsables de los mismos. Amiga, pero lo más tortuoso, es cuando nos enfrentamos al poder de la nostalgia que dichos recuerdos generan "Clara. " ¡Querida hermana! No quería interrumpirte para decirte lo alegre que me siento de verte. ¿Cómo estás?" Estela. "Yo estoy muy bien" Clara. "Pero para ahondar más en lo que has dicho, te diré que la nostalgia a la que te referiste, siempre

Invernadero de tragedias

se convierte en una máquina del tiempo solo para evadir cobardemente nuestra vejez o realidad de vida" Estela. "Lo más mortificante de esas nostalgias, es el tener que lidiar con el dolor que esta causa cuando juega al unísono con la memoria para de esa manera envolvernos en un estado de percepción repleto de sonidos, imágenes e ilusiones, los cuales en nuestra sique, parecerían como si los mismos estuvieran creando una evocación al desnudo; la cual por razones del alma, estarían tratando de encontrar un alivio emocional sin poderlo encontrar" Clara. "Me gustó que dijiste Clara. Pero soy de las que siempre han creído; y tu más que nadie lo sabes, que el hecho de nosotros los humanos tener el chance de poder ser invadidos por una nostalgia incomprensible, significa que al fin y al cabo, esto sería un indicio de que en realidad hay un más allá, y de ahí es de donde viene dicha nostalgia" Estela. "Bueno eso sí que es verdad. Tu siempre has pensado de esa manera" Clara. "Pero dime ¿Cómo esta Ovante? ¿Qué ha sido de tu vida por esos países asiáticos?" Estela. "Bueno como tu sabrá, el trabajo que he estado haciendo en Asia sigue en marcha. El problema es que la agencia necesita un personal de emergencia para ser enviado a Argentina. Ese país tiene un conflicto muy serio con los ingleses por una isla llamada isla de las Malvinas. Además dentro ese país están surgiendo unos movimientos un poco peligrosos" Clara "¿Entonces me quieres decir que

Orlando N. Gómez

a ti te enviarán para Argentina?" Estela. "No sé todavía. Estoy en espera de nuevo aviso" Clara. "Fíjate, yo estuve leyendo que el conflicto entre Argentina y Los Ingleses se produjo por una pelea con Gran Bretaña en donde se disputaban la soberanía sobre los archipiélagos australes" Estela. "Si pero el problema de ese país no radica solo ahí, es un poco más profundo. El miedo que se tiene, es que el problema este de las Malvinas se torne en un problema de nacionalismo. Y esto aunque pueda servir de desvío en el submundo de los que están en contra de las dictaduras que sofoca al pueblo argentino, no le convenía a los Ingleses" Clara. "Entonces ¿Cuál tú crees que es el meollo del asunto? ¿Cuál es la raíz del problema?" Estela. "Fíjate, Argentina ha sido gobernada por dictaduras por muchos años. Pero el problema que existe ahora, es el resultado de lo sucedido después de la desaparición de Héctor José campora quien fuera presidente de Argentina desde 05/19/1973 hasta 07/13/1973. Después de la muerte de dicho presidente, Juan Domingo Perón fue el elegido para que ocupara la vacante, y este gobernó desde 10/19/1973 hasta 07/1974 cuando un golpe de estado lo destituyo. Luego inmediatamente el 1 de julio de 1974 en su condición de vicepresidente, la esposa de Perón asumió la presidencia para más tarde ser depuesta el 24 de marzo de 1976 por un golpe de Estado que dio origen a la dictadura autodenominada Proceso de Reorganización

Invernadero de tragedias

Nacional. Después de este hecho, un general llamado Jorge Rafael Videla tomó las riendas de Argentina desde 1976 hasta el año pasado cuando este fuera depuesto del cargo" Clara. "¿Entonces eso es lo que está causando la inestabilidad en ese país?" Estela. "Bueno yo te voy a leer esto que me enviaron para que lo estudie, y así tendrás una idea. Dice así, cito:(El general Jorge Rafael Videla rinde informe como presidente de Argentina después de deponer mediante un golpe de Estado a María Estela Martínez de Perón, el 24 de marzo de 1976. El ex dictador Jorge Rafael Videla admitió que el ejército actuó con crueldad en la dictadura militar que él presidió durante cinco años, pero sostuvo que no fueron sádicos en lo que calificó como una guerra interna contra la subversión. Que fuimos crueles, nadie lo dude. Sí, lo hicimos en el marco de crueldad que impone toda guerra por su propia naturaleza. Pero no fuimos sádicos. Agregó que él y sus correligionarios salvaron a la patria. La salvamos como creímos que debíamos hacerlo) cierro la cita. Esas son las cosas que menos me gustan de este trabajo. Ese hombre es un asesino. Ahora él se está escondiendo detrás de una causa que no les corresponde a gentes como él. El no estuvo salvando a la patria. Videla estuvo masacrando a sus gentes para provecho de él, sus dos compañeros y todos los que son como él. Lo que si yo pienso, es que si mi gobierno no responde debidamente, entonces yo tengo

Orlando N. Gómez

todo el derecho de decir que por omisión mi gobierno es igual de malo como lo es él. El consuelo que me queda es que veo que a estos criminales los han acusados de crímenes contra a la población. Espero que mi país respalde esas acusaciones. ¿Pero sabes una cosa? El Jorge Rafael Videla ese fue uno de los alumnos más prominentes de la Escuela de las América. Por esa razón es que hoy pienso que la Escuela de las Américas es una vergüenza para la imagen de Estados Unidos ante el mundo" Clara. "¿Oye pero tú no desnuda esos pensamientos delante de otros compañeros de trabajos verdad? Estela. "Pues claro que no" Clara.

Durante la conversación entre Clara y Estela, llega un camión de mudanza y se detiene frente a la casa contigua a la de Estela. De inmediato los tripulantes de dicho camión comenzar a descargar muebles e introducirlos en la casa contigua. El ruido del camión y las voces de los que desmontan las cargas, hace que Estela mire por la ventana y vea a una mujer de cabellos negros y tez color canela clara, dándole instrucciones a los trabajadores acerca de donde ella quiere que les coloquen sus pertenecías. En sus movimientos de un lado para el otro, la mujer mira de reojo hacia la casa de Estela provocando que las dos mujeres tengan que hacer contacto visual. Luego que la carga del camión fuera desmontada e introducida en la

Invernadero de tragedias

casa, el ruido de voces y arrastre de cajas y muebles desaparece. Todo llega a la normalidad. "Al parecer tengo una nueva vecina. Ahí vivió una doña que me ayudaba mucho con mi hijo cuando él se me ponía malito. La doña se murió, y al parecer le vendieron o le rentaron la casa a esta mujer que se está mudando" Estela. "Oye pero que hermosos cabellos tienen esa mujer" Clara. "Si, son hermosos y largos. Si yo no fueras rubia me dejara crecer el cabello de ese mismo largo, y me los cortara similar a como ella los tiene. Oye Clara, hablando como los locos, tengo mucho tiempo queriéndote decir esto que te voy a decir. ¿Tú recuerdas aquella conversación que tuvimos en la cafetería de la universidad con relación al marxismo, cuando tú y Obando estuvieron muy de acuerdo con relación a la supremacía que esa doctrina política adquiriría? Pues tengo para decirte que la guerra fría terminó. ¿Sabes porque? Amiga se derrumbó uno de los dos contendientes. ¿Sabes cuál contendiente fue ese? Amiga, fue Rusia, si Rusia con su marxismo. Mira Clara, el proceso de reformas iniciado por el presidente de Rusia; el señor Gorbachov en 1985, precipitó una dinámica que terminó llevándose por delante la propia existencia del estado fundado por Lenin. Amiga, la razón de ser de esto, ha sido debido a la profunda crisis económica que se desarrolló en ese sistema. Ahora bien, ¿yo te preguntaría porque se derrumbó? No me responda, que lo hare por ti.

Orlando N. Gómez

Amiga, se derrumbó porque no pudo seguir compitiendo con mi país. Pero lo más importante es que diferente a los postulados hechos por los arquitectos del sistema socialista, comunista o como le quieran llamar, la población rusa en su mayoría, se ha sumergido en un glasnost; mejor dicho en una apertura, cada vez más consciente de la crueldad y la corrupción que había caracterizado la dictadura soviética desde los tiempos de Stalin, añadiéndole a todo esto, el nacionalismo que ha surgido en todas esas republicas aliadas a Rusia, y que formaran la unión soviética. ¡A! y déjame decirte, quiero que sepas que aunque dicha dictadura haya sido heredada del imperio zarista, Stalin con otra cara lo sustentó. Ese hombre la sustentó tanto, que hoy ha servido como factor incontenible para la disgregación del estado soviético" Estela. "Amiga pero al parecer tú me lo tenía bien guardadito. Aunque déjame decirte, yo sigo creyendo que eso pasará a la historia y será visto como una pura casualidad. Lo real es que el socialismo como sistema económico, es mejor y más atractivo para las gentes pobres, que el capitalino con todos sus burgueses" Clara. "¡Amiga casualidad! ¿Eso fue lo que dijiste? Mira Clara, tengo que decirte que el movimiento centrífugo que puso en marcha lo que hoy nosotros estamos viendo, se inició en las repúblicas bálticas, cuando durante el otoño de 1989, estas republicas dejaron bien claro su intención de romper los lazos con un

Invernadero de tragedias

estado al que se habían unido como víctimas del Pacto que firmaron Molotov y Von Ribbentrop en 1939. Pero paralelamente dicho nacionalismo, también aparecía en las repúblicas caucásicas, azuzado por el enfrentamiento entre armenios y azeríes en Nagorno-Karabaj en 1988. En otras palabras, eso no es casualidad como tú dices. Eso solo ha sido la crónica de un fracaso que ya había sido anunciado desde muchos años atrás" Estela. "Si, pero creo que el nacionalismo existente en esas republicas, apareció más a través de las propagandas de los contrarrevolucionarios, que por la decisión de las gentes común de esos pueblos" Clara. "Amiga, estoy en total desacuerdo contigo amiga. Tu solo tienes que ver que cuando en febrero de 1990, el presidente Gorbachov dio un paso hacia adelante en su perestroika, al ponerse en contra del monopolio político dentro del partido comunista soviético, con gran determinación él se decides a convocar a unas elecciones parcialmente pluralistas, para luego encontrarse con que en Lituania, Letonia, Estonia y Moldavia, ganaban las fuerzas políticas independentistas. Pero fíjate en esto. Si hubiese sido como tú dices que todo fue orquestado por meras propagandas de la contrarrevolución, solo fíjate lo que en estos momentos está sucediendo con Lituania. Tan pronto esta república reconoció que los nacionalistas habían ganado, inmediatamente declaró su independencia de Rusia. ¿Qué significó eso? ¿Sabes qué? ¿Quiere que te

Orlando N. Gómez

diga? Amiga, eso significó que esa república de inmediato estableció un precedente para las demás repúblicas; lo que contribuyó a que muchas de las repúblicas que constituían la URSS, trataran de hacer lo mismo. Amiga, eso no es propaganda. Eso es pura realidad" Estela. "Yo no te voy a contradecir eso. Lo único que hoy yo he podido entender, lo cual me dio mucha brega entenderlo cuando era más joven e inexperta, es que el estatus alcanzado por el marxismo alrededor del mundo en el campo del conocimiento, no fue poca cosa. Esto ha sido así, porque sus seguidores se multiplicaron en los círculos académicos de muchas partes del globo terráqueo, ya que parecía haber enterrado y reemplazado a todas las ciencias sociales de la época, y yo durante mi época de jovencita inexperta, lo creí así" Clara. "Bueno Clara, yo lo que pienso es que la diseminación del marxismo como catalizador del conocimiento que tu acabas de decir, sucedió de esa manera por la visión consensuada que existía entre sus seguidores alrededor del mundo. Firmemente creo que solo por estos fanáticos seguidores haberse creado la ilusión de que realmente solo a través del marxismo era que se podían diseñar las verdaderas leyes que regirían la evolución histórica del mundo, y por ellos solo enfocarse en la negación dialéctica de la corriente filosófica contraria al marxismo; mejor dicho, el capitalismo, ellos subestimaron la fuerza del capitalismo como sistema

Invernadero de tragedias

económico con mejor chance de adaptabilidad. Ahora bien, yo como pro capitalista, pienso que un error mayúsculo cometido por los marxistas, fue el ignorara que una gran mayoría de los seguidores del marxismo, han sido los responsables de ignorar que en el mundo existen personas de todos calibres y razas, las cuales en un momento dado, son capaces de crear lo que a ellos le venga en ganas. Pero no tan solo eso, sino que también olvidaron el viejo adagio que dice que cada cabeza es un mundo. Lo que sencillamente significa, que el creer y decir que todos podemos llegar a pensar de la misma manera, actuar de la misma manera, y querer lo mismo de la misma manera, es solo pensar en una gran utopía. Cosa esta que aun en las mismas entrañas del socialismo, aunque quizás esto nunca se haya dicho de la manera que hoy lo digo, dentro del socialismo en Rusia esa igualdad nunca hizo uso de presencia. Pero si es de negar la realidad de lo que digo, entonces solo bastaría con revisar la historia de Rusia dese el 1917 cuando los Bolcheviques ganaron la revolución, hasta la muerte de Stalin" Estela. "Oye pero tú no estás fácil. Cualquiera te oye hablar y fácilmente pudiera decir que estudiaste eso. Yo de modo alguno tengo que estar de acuerdo con muchas de las cosas que has dicho. Pues tengo entendido que cuando el marxismo fue puesto en práctica por Lenin, los principios del marxismo fueron introducidos bajo una efervescencia política protagonizada

Orlando N. Gómez

por Lenin. Cosa esta que puso al pueblo a saborear el triunfo de la revolución, y la liberación del régimen semis -feudal Zarista" Clara. "Eso es cierto, pero ten presente que luego de la muerte de Lenin, es cuando el decir popular de que cada cabeza es un mundo, hace uso de presencia. Amiga, lo que comenzó a suceder desde ese momento, quizás fue algo peor a lo que pudiera suceder bajo cualquier régimen capitalista controlado por una dictadura. Esto es así, porque mientras el marxismo en teoría propugna por la dictadura del proletariado, y en favor de las gentes, en la práctica todo tiende a transformarse en una dictadura burocrática que en vez de promover y desarrollar la democracia y la igualdad como lo dice el marxismo, se convierte en una dictadura capas de eliminar hasta a sus propios colaboradores" Estela. "¡Wau amiga! Una vez estuve comentando eso con Obando. El no estuvo de acuerdo conmigo. Pero si le dije algo parecido a lo que acabas de decir. Para ser más clara, yo le hable acerca lo que fuera Rusia después de la muerte de Lenin, recordándole que siendo Stalin amigo cercano de Lenin, después que el retornara de la Siberia donde el fuera enviado por el régimen zarista, él se unió a Lenin convirtiéndose en su más cercano colaborador y dirigente de gran relevancia dentro del partido comunista ruso. Pero después de la muerte de Lenin en 1924, Stalin se convierte en jefe de estado para luego poner en práctica

Invernadero de tragedias

una persecución contra todos los que pudieran ser vistos como sus presentes o futuros contendientes dentro de partido comunista ruso. Por tal razón, después que el asesinara, y deportara a los que el consideró ser sus adversarios dentro del partido, el también arremetió contra los medico acusándolos de crear un complot o conspiración en contra de su gobierno" Clara. "Más claro de ahí no canta un gallo. A propósito, estas últimas acciones de Stalin, fueron las que dieron al traste con lo que hoy se conoce como dictadura burocrática en la unión soviética, la cual Stalin usó para llevar a cabo una operación limpieza o purga dentro del partido comunista de Rusia. Desde ese momento, todas las virtudes que pudiera tener el marxismo para sus seguidores, bajo el régimen de Stalin se convirtieron en puras fabulas. La brutalidad con la que Stalin gobernó a Rusia durante esa época, fue la responsable del asesinato de dichas virtudes" Estela. "Amiga, si analizamos detenidamente el comportamiento de Stalin durante su mandato, te aseguro que fácilmente tendríamos que a decir que en el mundo hay muchas gentes sumergidas en una lucha interna y permanente, solo con el fin de negarle un lugar a la humildad. Todo esto sucede solo porque en el reino de las virtudes, esas clases de gentes siempre quieren regalarle sus virtudes al ámbito de las pasiones. Si nos fijamos en las motivaciones que estas gentes tienen para ser de esa

Orlando N. Gómez

manera, nos daremos cuenta que para ellos la humildad no es virtud, sino más bien, algo que no surge de la razón, sino que surge solo en forma de tristeza irracional. Pienso que Lenin fue un hombre virtuoso y humilde; muy diferente a Stalin quien fuera un dictador irracional" Clara. "Bueno eso que acabas de decir acerca de Lenin y Stalin, no me genera ganas de estar o no estar de acuerdo contigo. Pero lo que si te diré tiene que ver con lo que muchas gentes no acaban de comprender, y es que gentes como Stalin ignoran que ellos pudieran equivocadamente interpretar la humildad de esa manera, porque la tristeza acompañada de las ideas generadas por sus debilidades, solo crean una sensación de dolor que pocos como ellos pueden controlar. Por consiguiente, sería razonable el pensar y creer, que si bien es cierto que hay un modo viciado y triste, también es cierto que existe una forma virtuosa y lúdica de ser humilde, la cual nos ayuda a evadir la tristeza y ser feliz. Stalin no fue un hombre feliz. La felicidad no se consigue a través de ser un dictador en ningunas de sus formas; mucho menos con la dictadura burocrática del mundo socialista" Estela. "Ese fenómeno tiende siempre a estar presente en las primeras horas, días, sino años, de cualquier logro, sea el mismo personal o colectivo, o como lo fuera. Eso fue lo que sucedió después del triunfo de la revolución bolchevique y cubana. Pero lo incomodo he irracional de todo esto, es que al trascurrir

Invernadero de tragedias

del tiempo, sabiendo que el cerebro humano tiene la tendencia de poner en práctica tanto la felicidad como la tristeza, hay que tener bien claro de que cada cabeza es un mundo (el individualismo). Esto significa que no todos les daremos la misma interpretación a la humilde y tristeza; y eso es lo que pudiera poner a las gentes a negar la existencia de la igualdad consensuada a la que se haya podido lograr al principio de cualquier triunfo o logro" Clara. "Si amiga, pero en el mismo momento que se comience a emplear más tiempo en ver desde fuera para dentro, y no desde dentro para fuera, como se debería de hacer en favor de cualquier causa, en ese preciso momento, el individualismo hace uso de presencia, y de ahí es que con mis pocos conocimientos del tema, yo digo que el individualismo no es cosa única del capitalismo, sino más bien, algo inherente a las gentes. Pero lo que sí está claro, es que el triunfo de la revolución bolchevique y la llegada de Lenin a Rusia como presidente, en los ojos de muchas gentes a nivel mundial, fue visto como un trascendental hecho histórico. Eso sucedió así, al Lenin poder impregnarse en las mentes de sus seguidores como un ser superior, a través de su carisma, su activismo y dinamismo político. Los seguidores de Lenin vieron dicho episodio histórico como algo creador de un optimismo de carácter infinito y en favor del futuro de toda la militancia tanto socialista y comunistas, como también de famosos

Orlando N. Gómez

intelectuales alrededor del mundo. No era para menos sin lugar a dudas, que el socialismo en esos momentos pareciera adquirir carácter de predicción científica. Puesto que muchos seguidores del marxismo tenían en mente que ya se había cumplido la profecía teórica que hiciese Marx en el siglo XIX, de que el capitalismo tenía sus días contados y que, tarde o temprano, desaparecería de todos los países del planeta, siendo sustituido por un modo de producción superior; el cual todos conocerían como socialismo. Pero no fue así. No se cumplió nada. Al contrario, el capitalismo sigue con el mismo traje, diseñado por su propia doctrina económica, mientras que muchos comunistas se disfrazan al usar el traje de capitalistas, aunque al final de cualquier jornada quieran retornar al comunismo" Estela. "Bueno Estela, una cosa que ni tu ni yo podemos negar, es que en el mundo capitalista, la vanidad es un factor muy común en las gentes. Yo en particular creo que la vida es buena para todo aquel que aprenda a vivir bien a través del esfuerzo y dedicación al trabajo sin tener que pretender o ser rico, pero teniendo con que poder pagar por las cosas que use. Amiga, está claro que en la mente del buen pensante, existe la noción de que es bueno disfrutar la vida como la vida es; tomar buen vino, vestir bien y saber higienizar el cuerpo; incluyendo la boca, el pelo, la piel etc. pero sin regateo, sin pequeñeces, sin ridiculeces, sin glotonería ni

Invernadero de tragedias

plasticidad; sino más bien, disfrutarla con moderación y racionalidad, manteniendo siempre los pies sobre la tierra y sin querer flotar. Pienso que el regateo más nauseabundo y barato, siempre se origina en el entorno creado por personas que comen con los ojos y se derriten como el plástico, solo por tener los sesos acunados únicamente en la vanidad. Que pequeños nos vemos cuando nos dejamos seducir por la vanidad ¿Sabes qué? Aunque tú no estés de acuerdo conmigo en esto, soy de los que creen que la vanidad no es más que un engendro del capitalismo" Clara. "En realidad no estoy segura de eso que dice de que la vanidad sea un engendro del capitalismo. Aunque muchas gentes no lo quieran cree así, en el mundo del socialismo también los hay vanidosos, pretendidos, ridículos y prepotentes. Lo que sí está claro, es que las oportunidades que ofrece el capitalismo, máximamente en Los Estados unidos, en el socialismo dichas oportunidades están reservadas para los burócratas socialistas. Porque mientras en el sistema socialista los propagandistas de la igualdad como elemento intrínseco del mismo, emplean la mayoría del tiempo indoctrinado en ese sentido a las gentes común del pueblo, dicha igualdad solo se queda en meras palabras ilusas, que ponen a dichas gentes a soñar, al inducirlas a creer las utopías generadas por la filosofía marxista la cual dice que aboliría la explotación del hombre por el hombre, para que todas

Orlando N. Gómez

la gentes bajo dicho sistema vivan de la misma manera, y tengan los mismos derechos. Eso es solo soñar sin tener el chance de poder tornar dicho sueño en realidad pura como sucede aquí en nuestro país. Pero peor aún es querer darle a entender a las gentes, que dichos logros estaría basados en solo tornar el mundo socialista en un maravilloso paraíso terrenal. Muy bonito eso; el problema es que nunca llegan a darle a las gentes los frutos prometidos, sino más bien, reducirles aún más el chance de poder tornar en realidad dicho sueño por sus propias cuantas. De lo que si yo y muchos como yo, y hasta quizás tú, estamos seguro, es que el capitalismo como sistema económico basado en la competencia, ofrece lo que el socialismo bajo el marxismo no ofreció, no ofrece ni ofrecerá nunca, es la viabilidad para que las gentes puedan competir, ganar y crecer en todos los aspectos de la vida, sin que el estado tenga que ser su proveedor y máximo rector. Por tal razón, para refutar efectivamente eso que dijiste, tengo para decirte que en el mundo de las posibilidades, lo imposible le toca siempre al dormilón, haragán, comelón y pesimista. ¿Sabes qué? Si no estás de acuerdo con migo en esto que digo, solo ve y pregúntale a todos esos inmigrantes que vienen a los Estados Unidos desde todos los rincones del mundo, sin dinero y sin alimentos, incluyendo esos países socialistas que atacan a los EE: UU. Ellos llegan a este país, con menos derechos

Invernadero de tragedias

y oportunidades que todos los que aun nacidos y criados aquí, pero trabajan duro y luego ven el fruto. Mientras que muchos de los nacidos aquí, en vez de sacarle provechos a dichas oportunidades, mejor emplean su tiempo para darle seguimiento y apoyo a todas esas propagandas repletas de demagogia ideológicas, y de esa manera quedarse sin poder lograr obtener lo que esos inmigrantes que ya te mencioné obtienen muchas veces en corto tiempo. Yo soy de los que creen que solo las gentes incapacitadas física o mentalmente, los ansíanos y los niños, deberían estar exento de todo tipo de responsabilidad competitiva. Sería una responsabilidad de todos los demás, de competir para poder vivir y no querer y cree que el estado tenga que dárselo todo. Bueno creo que estoy hablando mucho sin buscar el vinito que nos tomaremos" Estela.

SILVIA VECINA DE ESTELA

Clara quiere seguir contestándole a Estela pero no encuentra palabras que puedan contradecir objetivamente lo dicho por su amiga. Después de Estela decidir tomarse una copa buen vino, ella dice "Clara ¿te gustaría que nos tomemos una copa de vino? Tengo un vino que me trajo mi hijo Lony" "Si ombe amiga, como no me va a gustar. Además tú sabes muy bien que a mí siempre me ha gustado tomarme mi vinito de vez en cuando" Clara "Si, pero yo también sé que a ti lo que te gusta es to wiski" Estela. "Ja, ja, ja tú sabes amiga, tú sabes" Clara. "Bueno pero ahora es vino lo que tomaremos. Déjame preparar las copas. Mira este es el vino que me trajo Lony" Estela. Mientras Estela va por las copas, en ese mismo momento llega su hijo. "Hola mami, hola madrina Clara ¿Cómo le ha ido por Asia?" Lony. "Muy bien hijo, muy bien. Ya le había preguntado a Ovante por ti. Me dijo que la última vez que ustedes se vieron fue en una actividad que él estaba llevando a cabo en favor de la comunidad" Clara. "Oh sí, eso fue cuando él estaba promoviendo la registración para votar. Pero hoy el me llamó y me dijo que nos veríamos aquí en casa porque usted estaría aquí con mami. Por esa razón vine más temprano hoy" Lony. "Oye al parecer él me ha querido dar una sorpresa. El me preguntó si yo iba

Invernadero de tragedias

a visitar a su madrina pero nunca me dijo que el vendría" Clara. "Mire madrina, este regalito yo se lo compré hacen dos semanas" Lony. "¡Hay pero que hermoso es este collar! ¡Mira y vino con su pulsera también! Hay mi hijo gracia por tenerme presente" Clara. Mientras Lony habla con su madrina, su madre llega con las copas, y de repente suena el timbre de la puerta. "¿Hola madrina como esta? ¡Hay mi hijo que alegría de verte! Ahora mismo Lony y tu madre te estaban mencionándote" Estela. "Hola Lony, ¿cómo va eso?" Ovante. "Ya tu ve mi hermano, ahora todos juntos, me gusta este grupo" Lony. Luego de él joven decir esas palabras, el timbre suena de nuevo. De repente la persona que toca es la nueva vecina quien decide ir a presentarse de manera amigable donde sus nuevos vecinos. Tanto Estela como la recién llegada mujer, se miran a los ojos para luego mostrarse un gesto de amistad antes de hablarse "Hola, mi nombre es Silvia. Soy su nueva vecina. Me mudé en este lugar porque me informaron que las gentes que viven aquí son buenas personas. Mi casa está a la orden" Silvia. "Pero siéntese vecina. Mire tome asiento en esa butaca aun sea por un momento. Ella es mi comadre Clara, él es mi hijo Lony y el mi ahijado Ovante hijo de Clara" Estela. "Saludos, me siento bien de alma al poder saludarlos, ¡qué bueno! Ojala y poder contagiarlos con mi sentir. Hoy desperté con ansias de visitarla, y la estoy visitando. Vecina y me

Orlando N. Gómez

imaginé que el día me iba a ir bien; que conocería a mis nuevos vecinos y así ha sido. También me imaginé que luego de conocerlos, retornaría a mi hogar sintiéndome mejor todavía, y que al finalizar del día me quedaría con mucho más ganas de seguir visitándola sabiendo que todos ustedes siempre estarán bien" Silvia. Después de la vecina decir esas palabras, todos se quedan mudos. Nadie sabe que decir ni porque la vecina está hablando en versos. Lo dicho por Silvia ha estado tan fuera de las expectativas del grupo, que nadie dice nada aun queriendo decir mucho. Estela mira profundamente a Silvia, y de igual manera lo hace Silvia. Pero también Clara se queda mirando a las dos mujeres sin saber que decir o que pensar. Pero luego de la vecina mirar a Lony, ella dice "¿Estas estudiando?" "Ya me gradué. Ahora trabajo, pero quiero hacer un doctorado" Lony. "¿Y tú también estudias?" Silvia. "Ya me gradué. Ahora estoy trabajando y en medio de mi maestría" Ovante. "¡Wau!, qué bueno fuera si todos los jóvenes fueran como ustedes" Silvia. "Bueno, eso yo se lo agradezco a esa que está ahí. Si no fuera por ella, quizás yo estuviera muerto. Esa es mi Reyna" dice Lony al mismo tiempo que se acerca a su madre y le da un beso. De repente Estela reacciona sin poder controlar sus emociones, y por primera vez ella se pone a llorar frente a Clara. Mientras Estela llora, Calara, Lony y Ovante tratan de consolarla, y Silvia se pone un poco desconcertada. Luego Estela se seca las

Invernadero de tragedias

lágrimas y dice "Coño, perdonen mi expresión, pero es que tengo un poco de coraje. Sé que esto no es problema de ninguno de ustedes. Pero es que me enorgullezco tanto de mi hijo, que creo que si no digo lo que diré ahora, me moriría de pena. Yo crie mi hijo sin un padre, y de orgullo lo tengo. Yoro porque me siento ser masoquista solo por saber que su padre nos abandonó y todavía no estoy segura si es que lo amo, lo odio, o solo le tengo lastima. La vida me ha ensañado que padres buenos los hay por montones. Pero los buenos padres son escasos. Al criar a mi hijo solo con la compañía de mi madre, he aprendido que no hay cosa más difícil que el llegar a ser buen padre. Pero de la misma manera que digo esto, también diré lo fácil que es poder ser un padre bueno. Lo único que se necesitaría para ser un padre bueno, es poder tener un corazón blando. Pero habiendo dicho eso, soy de creencia que la voluntad mejor fortalecida en una cabeza bien puesta, no sería suficiente para ser un buen padre. Está bien claro que el padre bueno siempre quiere sin pensar, mientras que el buen padre piensa para querer. La visión del buen padre es decir que sí cuando es sí, y no cuando es no. Pero el padre bueno sólo sabe decir que sí aun este sepa que es no. En tal sentido, el padre bueno hace del niño un duende o diminuto dios, el cual al final de la jornada, acaba siendo un gran demonio. Comadre, vecina, el buen padre no se crea tarea para hacer ídolos; él vive la presencia del único

Orlando N. Gómez

Dios, pero como buen padre, su objetivo principal, es ayudar a sus hijos a que les crezcan sus alas y para que pueda volar por si solo; si volar por los aires de este mundo repleto de dificultades. En este sentido, yo he sido el buen padre y la buena madre de mi hijo" Estela. Todos se miran uno y otros. Silvia no sabe que decir. Ella se encuentra muy nerviosa. Todo lo dicho por Estela le ha penetrado como si ella tuviera algo que ver en el asunto. Pero de repente ella dice "Bueno vecina, tengo que retirarme pues tengo que terminar de limpiar. Espero que me visite. Están invitados para este próximo Sábado" Silvia. "Doña, por favor no se retire todavía. Tengo algo muy importante que decirle a mi madre, a mi madrina, a Ovante y ahora como usted está presente, me gustaría que oiga lo que tengo que decir" Lony. Todos los presentes se quedan sorprendidos al oír a Lony decir esas palabras. Pues él siempre ha sido un joven muy reservado, y nunca le ha gustado hablar mucho en público o frente a otras personas que no sea su madre acerca de sus asuntos personales. Su madre es la más sorprendida. Por esa razón dice "Hijo, ¿te está pasando algo? Dime, hijo" Estela. "No madre, aunque dentro de mi quebranto, hoy me siento mejor que nunca" Lony. "Pues entonces dime hijo mío que estoy loca por saber lo que tienes que decir" Estela. "Hace algunos años, después que mi quebranto fuera controlado cuando yo comencé a trabajar donde hoy trabajo, me di cuenta de

Invernadero de tragedias

que el director del personal, es cristiano por devoción. Recientemente él se me presentó en mi oficina con una de sus asistentes. El nombre de la joven es Joya. Me di cuenta que ella no se sentía a gusto frente a mí. No sé porque, pues nunca habíamos tenido ningún tipo de problema. Pero en medio de todo, mi jefe me comunicó frente a la joven, que por favor le explicara a ella que los cristianos son cristianos por tener la convicción, de que ser buenas personas es lo único que redime al ser humano frente a los ojos de Dios. Depuse de yo hacer lo que me pidió mi patrón que hiciera, los tres duramos más de cuatro horas discutiendo el tema. Pues Joya era de otra religión, mi patrón cristiano y yo no pertenecían a ninguna religión. Después de cuatro horas discutiendo el tema, yo tuve que estar de acuerdo con mi patrón. Las cosas que habíamos dilucidados, más que de meros versículos bíblicos, estaban repletas de sentido común, de una lógica natural que solo el poder de la credibilidad en lo justo, la buena voluntad y la empatía por los demás pueden entender y sustentar. Yo sé, y creo firmemente; que lo experimentado por mí en ese momento, fue puro subjetivismo mío. Pero también entendí, que dicho subjetivismo fue engendrado por la fuerza de las palabras virtuosas que habíamos utilizados, las cuales fueron emanadas de la filosofía cristiana. Cosa esta que desde ese momento no sé qué fue lo que me pasó. Algo se apoderó de mí ser. Algo no me permitió alejarme

Orlando N. Gómez

de Joya sin hacerla entender, que había pasado dentro de mí. Pero luego de hablar con Joya de manera honesta y sincera, ella me escuchó. Ella me escuchó tanto que luego en vez de seguir escucharme, comenzó a preguntarme diferentes cosas y yo le respondía. Le respondía con una coherencia y claridad mejor que la exhibida por mi patrón. Pero quiero poner algo en claro. Yo nunca había leído la biblia, nunca me había expresado con al grado de coherencia, pero tampoco había tenido conversación prolongada de ese tipo con alguien; ni si quiera con mi madre que es con quien yo más discuto diferentes temas. Ella está presente y se los puede asegurar. Pero mucho menos había pertenecido a ninguna religión alguna. Esa fue la primera vez que me tocó hablar de dicho tema. Pero después de hacerlo, algo me dijo que tenía que seguir haciéndolo y así lo he determinado. Lo más lindo del caso, es que Joya ya es cristiana. Ella me lo comunico hacen tres días. Ahora es ella quien me pide que por favor lo sea también. Por esa razón quiero decirles a todos los presentes, que desde ese momento me di cuenta que tenía que convertirme en cristiano, y ya me he convertido. Ahora, en vez de hacer un doctorado en mi carrera actual, haré un doctorado bíblico. Me convertiré en un reverendo, en un pastor" Lony. Silvia solo observa a Lony, mientras Estela se lanza y le da un beso, Clara por el otro lado no

Invernadero de tragedias

le da ninguna importancia a lo dicho por Lony, pero mucho menos Ovante.

Después del joven explicar cuál será su nueva filosofía de vida, la reunión es terminada por el momento. Clara y Ovante salen de la casa en dirección a las suyas. "¿Oye pero qué le estará pasando a Lony con eso de que se convertirá en pastor?" Ovante. "Bueno hijo mío, mi ahijado siempre ha sido una persona enferma. Es muy probable que él esté pasando por unos momentos de desestabilidad emocional. Sabes, cuando las gentes tienen problemas de salud como lo que él siempre ha tenido, desarrollan la tendencia de querer estar más cerca de Dios que todas las demás personas" Clara. "Bueno madre, eso es muy lamentable. Pues Lony es una persona muy inteligente. Sabiendo que después de emplear el tiempo que él ha empleado para poder obtener el título que tienen, venir ahora con eso de que será pastor, para mí es algo muy discordante. Pero así es la vida. Para que haya mundo tiene que existir todas clases de gentes" Ovante. "Aunque en realidad eso está en la cultura familiar; puesto que su madre siempre ha sido una persona devota al cristianismo. Ella siempre lo ha dicho desde que éramos jovencitas" Clara. "¿Y a ti madre; que te decían al respecto?" Ovante. "Bueno en casa papi y mami siempre iban a la iglesia. A mí nunca me gustaba ir. Ellos me llevaban y yo tenía que

Orlando N. Gómez

ir por ser una niña. Pero luego que crecí, pues yo tomé mi propio rumbo en ese sentido. Luego me junté con tu padre, ahí fue donde las cosas se tornaron más sólidas; pues tu padre me dijo desde el principio que nos casáramos, que él era ateo y comunista" Clara. "Madre, siempre te he querido decir que aunque no me haya criado con mi padre, siempre lo he admirado por ser quien fue y pensar cómo pensó. Yo creo que una persona como yo, no cabe dentro de ninguna iglesia por más limpia que esta esté. No te rías ni te asombre de lo que te voy a decir; puesto que es solo un silogismo de mis ideales. Fíjate, las diferentes lecturas que he tenido que hacer para poder obtener la maestría que tengo, me han permitido llegar a la conclusión de que el Diablo ha sido atacado por los hombres de Dios sin reservas ni titubeo. La iglesia siempre se ha negado a darle una oportunidad al diablo. Lo único que la iglesia siempre está dispuesta a darle, es ataques por delante, ataques por detrás, ataques por las noches y ataques durante el día. Yo he llegado a pensar, que la iglesia debería de darle al Príncipe de la oscuridad, la misma oportunidad que está constantemente le da los voceros del señor de la claridad. En un momento sentí deseos de analizar detenidamente los diferentes episodios históricos relacionados al bien y el mal. Madre, tengo que decir que mi conclusión ha sido que los agitadores del pasado, tuvieron la libertad y el poder para definir el **bien** y el

Invernadero de tragedias

mal", lo **claro** y lo **oscuro** a su acomodo, poniendo alegremente al olvido a cualquiera que no estuviese de acuerdo con sus verdades subjetivas. El problema que yo veo en eso, es que muchas veces esas ideas fueron transmitidas a sangre y fuego, o con el poder del látigo ya sea verbalmente o físicamente. Madre, es doloroso ver como el decir caridad, frente a los ojos de cualquier majestad, no es más que una farsa vacía, cínica e injusta. Digo esto porque teniendo en cuenta el hecho obvio de que si no fuese por su adversario Satanás, sus religiones se desplomarían o no tuviera razón de ser. Es bochornoso y hasta penoso el saber que el personaje alegórico con mayor responsabilidad del éxito de las religiones espirituales, durante la historia del humano, se ha manejado utilizando la mínima horrible escala de compasión. Todo esto sucede al mismo momento que el abuso más solapado pudiera ser sustentado por quienes más suntuosamente predican las reglas del juego, e higienizaciones del mismo. Madre, yo creo que siendo mi padre tan leído y educado como este fue, a él no se le pudo escapar la realidad histórica que denota todos los siglos de insultos que ha recibido el Diablo, sin que el mismo nunca haya contestado a sus detractores más allá del poder de las imaginaciones. En realidad, esto fue lo que más me impactó. Pues a mí siempre me ha interesado ser caballeroso, y en ese sentido, el diablo siempre ha quedado

Orlando N. Gómez

como el gran caballero. Pienso humildemente que el diablo ha demostrado poseer un modelo de conducta que pocos tenemos; aunque recemos, aunque declamemos o cantemos canticos alegóricos a la santidad. En virtud de todo esto que te he dicho, he decidido finalmente que es tiempo de recibir lo que me corresponde como hombre de bien que creo ser, o de mal por quienes me vean de esa manera. Ahora ya no necesito reglamentos preñados de hipocresías. He aprendido que para yo poder volver a aprender la Ley de la Selva, bastaría solo con decir un corto panegírico alegórico a la muerte del presente". Mientras Ovante habla, su madre se queda estupefacta. Ella no sabe que decir puesto que no es esperaba oír a su hijo expresarse de tal manera. Clara comienza a ver a su hijo como todo lo opuesto a su ahijado. En la mente de Clara se acaba de desarrollar la idea de que su vida se ha tornado en el lado opuesto a la vida de Estela. Ella no se ve, ni siente el deseo de verse sentada en el mismo sillón utilizado por su hijo; mucho menos ver las mismas cosas, ni razonar de igual manera acerca de las mismas. Pero mientras ella piensa en todo lo dicho por su hijo, la joven continua diciendo. "Madre, quiero que sepas que en la vida cada verso siempre se torna en un gran infierno; mientras que cada palabra, cada frase u oración, se torna en un lenguaje repleto de fuego. Pero mucho más real aun es, cuando las llamas de dicho fuego, se tornan en las

Invernadero de tragedias

mismas llamas del Infierno, las cuales arden ferozmente para de esa manera purificar la vida. Eso es lo que sucede siempre en las junglas o montes salvajes cuando la naturaleza descarga su fuego quemándolo todo para que luego resurjan nuevas vidas. Por esa razón te mencioné el panegírico alegórico a la muerte del presente" Ovante. Mientras el joven habla, su madre calla, no porque no quiera hablar; sino por no saber qué decir; puesto que aunque en ese momento ella piensa que lo dicho por su ahijado no se merecía su respeto, ahora su hijo ha comprometido su alma a tener que sentir arrepentimiento a su irrespeto y falta de consideración para con su ahijado. En el alma de Clara, no existe la noción de que el diablo sea una víctima respetuosa, o un caballero como su hijo ha acabado de decir. Clara siempre ha dicho, que en su alma existe una rebeldía contra muchas de las variantes que conforman las normas convencionales de su país, debido a la existencia de la gran injusticia del hombre contra el hombre, la cual está mayormente acentuada en su medio en contra de los negros. Pero Clara también ha dicho en innumerables foros donde ella ha tenido que participar, que en lo más profundo de su alma, dentro pero muy dentro, ella tiene un lugar bien protegido y escondido el cual ella jamás se lo entregaría al diablo; sino más bien a Dios. Por esa razón, ella le responde a su hijo al respecto al decir; "Hijo, estoy de verdad muy sorprendida

Orlando N. Gómez

al oír todo lo que me has dicho. Nunca pensé que tu emularías a tu padre de tal manera; pues nunca tuviste la oportunidad de durar el tiempo necesario que un niño necesita tener con su padre. Solo pudiste ver a tu padre en escasas ocasiones de muy corto tiempo. En realidad pienso que el universo es muy grande y que nosotros los humanos hemos llegado a pensar que somos los dueños del mismo. Yo siempre he rechazado la injusticia en todas sus formas. Pero también entiendo que la injusticia que yo rechazo, tú y todos los de nuestra especie, no es más que a la justica que nosotros hemos inventado a nuestra medida, ha sido para nuestro propios beneficios sin importarnos lo injusta o justa que esta pudiera ser para otras especies, que al igual que nosotros son parte del universo que nosotros erróneamente creemos poseer. Una vez fui al Serengueti y pude ver como en ese lugar habitado por seres vivientes: con alma, corazón, sangre, familia, sensibilidad al igual que nosotros, y con el mismo derecho a la vida que hoy nos atañe como seres humanos; y por el cual luchamos, protestamos y hasta guerreamos, esos seres vivientes a los cuales nosotros llamamos salvajes solo para diferenciarnos de ellos, se devoran unos con otros por razone puramente de supervivencias. Hijo, pero algo muy peculiar que me llegó a la mente durante mi estadía por dicho predio salvaje, es que en un momento de la historia, el homo-sapiens estuvo viviendo casi de igual manera. Fíjate hijo,

Invernadero de tragedias

como antropóloga te puedo decir que está comprobado que el ser humano vivió diferentes etapas en una contante lucha contra la naturaleza; exclusivamente para sustentar su supervivencia. Ahora bien, ¿Por qué el homo-sapiens diferente a los dinosaurios y otros animales salvajes de la época, pudieron hacer todo lo que estos han hecho? Hijo, el poder llegar a entender el porqué de todo esto, solo se daría, estudiando la historia del mundo, y la dinámica de sus seres vivos. El homo-sapiens diferente a eso otros animales, desarrolló capacidades que les permitieron poder inventar y aprender nuevas cosas. Pero más importante aún, ha podido desarrollar estructuras lingüísticas que más adelante les ayudaran a utilizar la lógica, matemática y escritura para que nos podamos encontrar hoy donde estamos. Pero la gran ironía, es que todo esto pudo suceder solo a través de la injusticia infringida por el homo-sapiens contra las demás especies. Como resultado de dicha dinámica y el transcurrir dichas etapas, el ser humano-homo-sapiens o cromañón como anteriormente se le llamaba, fue dividido en tres diferentes razas: la raza blanca, la raza negra y la raza amarilla o mongoloide. Cada una de estas razas desarrolló su forma de vida utilizando la propia libertad de acción que la naturaleza le brindó; en otras palabras y para los que creen en Dios (los creyentes en Dios; lo que Dios le brindo). Esta libertad es conocida por todos como el muy mencionado

Orlando N. Gómez

libre albedrío. Esa experiencia me obligó a tener que pensar en los que nosotros hacemos para diferenciarnos uno del otro. Todo lo que hoy se puede decir con relación a Dios o el diablo, esta intrínsecamente conectado con lo que nos causa placer y lo que nos causa dolor. Lo único es que el ser humano ha aprendido a crear formas de adquirir placer a través de mecanismos que también crean desigualdades, y por ende; dolor. Hay gentes que pueden llegar a evadir el dolor solo por tener los recursos necesarios para poder pagar por el costo de dicha evasiva. Mientras que los que no tengan dichos recursos, entonces solo sufrirían el dolor en carne viva. Hijo, esto crea conflicto entre los que pueden evadir el dolor y los que no. Ahora bien, ¿crees tú que si existe un Dios que nos ha brindado la libertad de acción que todos tenemos (libre albedrío), dicho Dios seria quien tendría que resolver tal conflicto? Pues creo que no, de ninguna manera; puesto que si nosotros tuvimos el libre albedrio para crear dichas diferencia, nosotros tendríamos que seguir utilizando el mismo para poder retornar a la igualdad de derecho que todos queremos. Es decir, que en las mentes de la mayoría existe la noción, de que el problema de cómo resolver el mal, tiene siempre que emanar del poder de un Dios omnipotente y todopoderoso, y que el mismo debería de ser el único capaz de arreglar todo lo que nosotros hayamos desarreglado o roto. Yo estoy en profundo desacuerdo con

Invernadero de tragedias

eso. Para ser más específica y sin acudir a ningún tipo de fanatismo religioso, déjame hacerte esta pregunta; no tienes que responderme. Yo la responderé por ti. ¿Entonces de la misma manera que el mal, el bien y el sufrimiento existen entre nosotros, los cuales son materializados por nosotros mismos solo para obtener esas cosas que hemos creados para vivir cada día nuestros a antojos; y que a la vez son los resultados de nuestras buenas y malas acciones, eso significa que Dios quiere o permite que existan estas clase de mala acciones? Hijo, con toda la rebeldía que siempre ha existido en mi vida, sinceramente creo que no. Creo que ya Dios hizo su trabajo con nosotros al darnos el libre albedrío que todos tenemos para hacer o no hacer casas buenas o malas. ¿Quién dice que si en realidad existe un Dios, frente la presencia del mismo, nosotros seamos más importantes que las vidas que viven en el Serengueti? Hijo, si nosotros creamos reglas y regulaciones a nuestros antojos como traje a nuestras medidas, las cuales luego usamos como herramienta que nos permitan vivir como nosotros queramos vivir, cuando alguien rompa dichas reglas, de ninguna manera deberíamos decir que el arreglarlas tiene que ser responsabilidad o cosa de Dios. Creo que el decirlo solo engrandecería al verdadero responsable de dicha rotura, ¿sabes quién yo creo que es? Hijo, es ** EL DIABLO PERSONIFICADO POR NOSOTROS MISMO**, y eso más que injusto, es

Orlando N. Gómez

absurdo" Clara. "Bueno, madre no sé qué decirte. Quizás yo vea las cansas un poco diferente a como tú las ves. Pero tú eres mi madre y no importa lo que tú digas y crear, tu siempre seguirá siendo mi reina" Ovante. "Sabes hijo, últimamente no me he estado sintiendo bien. Creo que sé qué me pasa pero he seguido haciendo el esfuerzo de continuar con mis actividades. Lo único es que ahora no puedo dormir bien, y muchas veces me dan unos dolores por debajo del vientre que no me dejan estar tranquila" Clara. "Madre pero ¿fuiste al médico?" Ovante. "Si fui, pero los medicamentos ya no me funcionan. Me los tomo y el dolor sigue" Clara. "¿Tú le dijiste eso a abuela?" Ovante. "No hijo mío, solo te lo he dicho a ti. Nadie más sabe lo que te he dicho" Clara. "¿Madre entonces que fue lo que te encontraron?". Cuando el joven hace tal pregunta, su madre lo mira con los ojos llenos de lágrimas. "Madre ¿Qué te pasa? ¿Por qué lloras? ¿Dime que fue lo que encontraron?" Ovante. "Hijo, me encontraron un cáncer, y el mismo ya está muy avanzado". Después de Clara confesarle a su hijo lo que a ella le está pasando, él se pone a llorar en silencio. Luego el joven se detiene y mira los alrededores como si él se diera cuenta que su madre está en medio de una batalla que quizás tenga que perder muy pronto. El joven no sabe qué hacer o decir ¡De repente! Saca un pañuelo del bolsillo para luego disponerse a secarle las lágrimas a su madre. Pero el dolor existente es

Invernadero de tragedias

tan fuerte, que ambos se ponen a llorar juntos. Madre e hijo se detienen en medio del camino hasta poder lograr controlar sus llantos.

Clara y su hijo sigue su conversación hasta llegar a la casa. El día siguiente el hijo de Clara tiene que ir a organizar una protesta frente a la oficina del fiscal general, puesto que han acusado a un hombre de color de ser el autor material de un asesinato, y la comunidad piensa que el hombre es inocente. Pero al llegar a la casa, encuentran que Lía tiene visita. Para la gran sorpresa de Clara y su hijo, en la sala de la casa se encuentran Chuy y Dona. Tanto madre e hijo no saben que decir o hacer. Clara sabe del altercado que ella tuvo con Dona y la sinvergüencería cometida por Chuy. Su hijo no sabe nada de dicho altercado, aunque él sí sabe de la sinvergüencería puesto que tanto su madre como su amigo ya se los habían contado. De repente, Lía es quien se asoma a Clara y le hace señas para que los salude. "Hola, ¿Cómo están?" dice Clara en un tono tosco, seco y muy despersonalizado. "Hola Clara, nosotros estamos bien. Excúsanos por tener la osadía en esta ocasión de venir a verte. Se quizás que no sea de tu agrado vernos en tu casa. Pues hemos venido a verte a ti, a tu madre, a tu hijo Ovante como también a tu padre don Henry" Chuy. En un tono seco o parco y sin ningún contacto visual, Clara dice "¿Okey, entonces en que les puedo ayudar? Dona

Orlando N. Gómez

mira a Chuy como si ella no estuviera la esperanza de que Clara y su familia llegarían a excusarlos por los errores cometidos. Dona es quien dice "Bueno, a mí me gustaría ser quien comience a decirte de que se trata nuestra visita. Pero antes de llegar hasta aquí, nosotros acordamos que Chuy seria quien hablaría por los dos. Todo lo que él diga ya ha sido discutido por nosotros" "¿Entonces pudieran comenzar a decir de que se trata todo esto?" Clara.

Tanto Ovante como Lía se encuentran frente a los visitantes mostrando gran ansiedad por saber de qué se trata su visita. "Bueno, nosotros vinimos a aquí porque creemos que todo en la vida está sujeto a un cambio, y cuando dichos cambio es para bien, el mismo tiene que ser sinceramente mostrado con el mayor grado de honestidad que pueda existir en el alma de quien haya distorsionado las cosas. Tanto yo, como mi esposa Dona, hemos venido a pedirle perdón a todos ustedes por las ofensas que hemos cometidos en su contra; de las cuales nosotros siempre hemos estado consciente de haber cometido. Sin embargo, hoy tengo que enfatizar, que sinceramente creemos que pedir perdón no importa a quien como o cuando, en primer lugar tiene que estar basado en una intención del alma, porque hemos llegado a entender que con solo venir a pedirle perdón no nos bastará. El nosotros venir a pedirle perdón tiene que esta intrínsecamente conectado

Invernadero de tragedias

con nuestro sincero arrepentimiento interno, y la buena intención que tengamos de reconocer los errores cometidos. Clara, como le comunique a mi esposa Dona, quiero que sepas que ese letrero que me pusiste en la ventana mientras yo cometía mis fechorías, mandándome a recibir ayuda, le di seguimiento al pie de la letra. Tomé la iniciativa de ir en busca de ayuda, la recibí y me sane. Mira el resultado. Estoy felizmente casado y con capacidad de reconocer mi error y saber evitar el repetirlo. Señores, nosotros hemos venido a demostrarles y a la misma vez decirles que es necesario actuar, que es necesario acercarnos a las personas a las que ofendimos y expresarles nuestro sincero arrepentimiento y nuestra humilde solicitud de perdón. Señores, quiero que entiendan que si nosotros no hacemos este esfuerzo, nunca llegaríamos a crecer interiormente, puesto que este paso exige muchas cosas de nosotros mismos como seres imperfectos que somos. Pero de igual manera, y sobre todo con una gran expansión de nuestra capacidad de amar, y querer entender al prójimo. En nuestro caso, no bastaría con que simplemente tengamos el deseo de arrepentirnos o pedir perdón, sino en también evadir el orgullo personal y pedirlo como es debido. Eso en gran medida, podría servir de catalizador al daño causado, y a la vez mitigar su gravedad a través de nuestra solicitud. Pero mejor y más importante aún pudiera ser, darle a ustedes como víctimas, la posibilidad de crecer a través

Orlando N. Gómez

del amor que ustedes nos puedan brindar con su tan ansiado perdón" Chuy. "Clara, aunque ya dije que sería mi esposo Chuy quien diría lo que tenemos que decir, no puedo irme sin decirte lo arrepentida que estoy de haberte causado el escándalo que te causé. No sé si fue por mi inexperiencia y falta de madures que actué tan burdamente aun siendo una estudiante universitaria. Pero parecido a lo que dijo mi esposo, es muy necesario el que yo esté aquí mostrándote mi arrepentimiento y pidiéndote perdón. El no hacerlo, solo sería el tener que dejar abierta una herida en el fondo de mi alma que solo evitaría mi crecimiento integral como mujer. Hoy me siento segura de mi misma, sabiendo que he aprendido a no cometer los errores anteriormente cometidos porque de nada valdría el pedir perdón por un error que más tarde volveríamos a acometer. Pero a la misma vez, sabiendo que tu perdón te servirá de engrandecimiento personal" Dona.

"No sé, después de oírlos hablar, como persona consiente y justa que siempre he querido ser, y conociendo a mi madre y a mi hijo, tengo que decirles que en este momento me siento con la mayor seguridad de que puedo hablar por mí y por ellos. Sus palabras nos han conmovido. Solo con el hecho de intentarlo, me ha bastado para creer en su sincero arrepentimiento" Clara. "Bueno mis hijos, tengo que decirles que estoy muy sorprendida de oír lo que ha

Invernadero de tragedias

salido de sus bocas. No tengo razones para no entenderlos y al mismo tiempo saber que todos cometemos errores, pero no todos tenemos la gallardía de reconocerlos; pero más que eso, genuinamente pedir perdón, y ustedes los han hecho. Dios me los bendiga y que sigan siendo felices como veo que son" Lía. "Wau, profesor, yo sí que me siento sorprendido. Ja, Ja, Ja. Así es que se hace. Yo como persona que interactúa diariamente con gentes dispuestas a traicionar, sé muy bien que el perdonar siempre deja una sensación de libertad maravillosa en el alma, aunque muchas veces no es lo mejor en hacer. Pero más importante, sé que en ese sentido, el perdonar seria como si nos sacáramos un peso que nos aplasta los pulmones sin dejarnos respirar bien, pero peor aún, creándonos la posibilidad de que pueda crearnos nuevos sentimientos agobiantes. Quiero que sepan, que esa mezquina sensación que siempre tenemos antes de perdonar al que nos haya lastimado, de repente desaparece para luego crearnos una nueva y buena sensación de un alivio, al que yo le llamo cura, si cura, cura porque nos cura el alma de tan agobiante dolor. En la mayoría de las veces por razone meramente revanchistas y vengativas, el perdonar se convierte en una odisea dificilísima de asimilar para poder hacer el molde del perdón. Pero en una cosa todo tenemos que estar claro. Gústele a quien no le guste, para nosotros poder lograr la paz y vivir en armonía, el perdón tienen que ser nuestro

Orlando N. Gómez

pan de cada día como parte habitual de la cotidianidad de nuestras vidas. Esto es así, porque a través del mismo nosotros podríamos evaluar lo que hacemos mal o bien, pero además, nos posibilita el poder desarrollar una dinámica más racional en cualquier relación que tengamos con otras personas. Tengo que decirle que usted como profesor de inglés, muy bien sabes que una palabra que se deje de decir, sin importar lo simple que la misma pueda ser, pudiera causar que una confusión al final haga desaparecer completamente cualquier lazo de amistad existente. Amigos, el perdonar tiene siempre que ser y quedarse como parte importantísima de nuestro diario vivir. El saber y poder dar o aceptar un perdón, como también pedir disculpas cuando sea necesario hacerlo, siempre genera una mejor interacción humana. De mi parte, como también de parte de mi madre y abuela, ustedes tienen nuestro más sincero perdón" Ovante. "Durante los últimos 50 años que han trascurrido, el mundo ha estado bajo el constante asedio provocado por las confrontaciones y antagonismos tanto a nivel de individuo contra individuo, como nación contra nación. En los años que tengo de vida, me he dado cuenta que los esperpentos creados por la intranquilidad y desasosiego siempre han estado a la orden del día, solo por la falta de perdón, de amor, de comprensión, de aceptación y apego al arrepentimiento y lo noble. He podido ver innumerables

Invernadero de tragedias

y muy terrible devastaciones en las vidas de quienes reúsan hacer lo que tanto ustedes como nosotros con gallardía hemos hecho hoy; pedir perdón y perdonar. Pero también he visto como las vidas de los que no aceptan ser perdonados y los que reúsan perdonar, se han desplomado. En el aspecto individual, tengo que decirles que una vez vi a un hombre desangrase y morir de un derrame provocado por el exceso de estrés y amargura que le causaron el rehusarse a perdonar. El hombre siguió odiando hasta que su odio se convirtiera en su mayor atacante. A este hombre alguien le había lastimado. Cosa esta que hizo que ese hombre ante todo y frente a todo, reusara perdonar a su agresor. El hombre victimizado nunca pudo dejar de odiar a quien lo lastimó. Por esa razón, en ocasiones cuando el recuerdo de dicho agresor le llegaba a la mente, él se ponía furioso y fuera de control. Cuando esto le sucedía, el hombre cerraba sus manos como si quería golpear la pared. Como consecuencia de sus reaccione aberrantes, durante uno de sus tantos ataques de ira como producto de su odio, dicho hombre se desplomó, cayendo su cuerpo sin vida sobre un pavimento caliente y sólido. El hombre murió de un ataque al corazón, en compañía de un derrame cerebral fulmínate. Pero de la misma manera que pude ver a este hombre desplomarse y morir por el veneno producido por el odio, también he podido ver como veo ahora, el poder glorioso de un espíritu que perdona;

Orlando N. Gómez

si, de un espíritu que perdona con el único objetivo de transformar vidas, para que de esa manera las ventanas del cielo se abran cuando de manera natural, dichas vidas tengan que entrar al centro del cielo, con la fuerza virtuosa derramada por el poder del arrepentimiento y el perdón. Esto yo lo he aprendido durante el trascurso de mi vida, viendo a mi esposo tener que trasladarse del hogar hacia lejanos predios, a tener que participar en guerras generadas por la falta de perdón y arrepentimiento entre las partes en conflicto" Lía. La conversación entre los Clarke y los Ortega continúa por horas hasta que al llegar la noche. Los Clarke se despiden después de llegar a un acuerdo de que los Ortegas les harán la visita en tres semanas. Chuy y Dona se retiran hacia su casa, mientras Clara, su hijo y su madre se preparan para dormir.

MUERTE DE CLARA

El tiempo ha pasado de manera sorprendente. El problema de salud de Clara se ha incrementado. Llega el domingo por la tarde y ella es recluida en el hospital. En medio de su gravedad, Clara le dice al médico de cabecera "Sé que voy a morir. Por favor doctor no me dejen morir sin antes hablar con Estela". El medico de inmediato le pregunta a la madres de Clara quien es Estela y le informa que Clara quiere hablar con ella. Estela llega a la habitación donde se encuentra Clara la cual aun pudiendo hablar entrecortado, está casi al borde de perder el conocimiento. Estela se acerca a su amiga recostando su cabeza en la almohada para colocarla cerca a la de Clara. Luego con voz de moribundo y un semblante amoroso, Clara vira un poco la cara y mientras hace contacto visual con Estela dice. "Amiga, te quiero mucho; cuídate mejor que como lo hice yo. Recuerda siempre que mientras la muerte nos es fiel y no discrimina, la vida es traidora al engañarnos cuando más confianza les llegamos a tener. Dile a mi ahijado Lony que sigua al lado de Dios. El me ayudó a controlar mis rebeldías y ver más lejos de lo que las mismas me permitieron ver durante todos mis años mozos. Sabes amiga, nuestros hijos representan las dos caras opuestas que tiene la vida de los mortales. Me iré de este mundo

Orlando N. Gómez

queriéndote y respetándote por saber que sin ofensas ni violencias, crees en lo que crees por pura convicción, y porque amas a nuestro país. Por favor perdona a mi hijo. Él no sabe el daño que se hace pensando cómo piensa. Mi hijo tal cual su padre, es comunista; es ateo y ultimadamente me habló muy amigablemente del Diablo. Si alguna día él llega a imponer su inteligencia en el alma de la sociedad, desde mi tumba gritare para que lo combata". Tan pronto Clara dice esa palabra, su voz se extingue. Su mirada se pierde en el vacío. Su alma se desconecta del entorno para súbitamente entrar en un estado de coma del cual jamás podría liberarse. Estela no puede contener sus llantos y sale de la habitación. Los médicos informan que la situación de salud de Clara se torna muy precaria. Ellos no puedan dar ningún tipo de esperanza de que ella se pueda recuperar. Por esa razón, Lony quien se encuentra en el hospital visitándola, comenta lo siguiente para sí. "En el mundo existen personas de todo calibres, razas y estatus social sumergidas en una lucha interna y permanente, solo por negarle un lugar a la humildad. Mientras que en el reino de las virtudes donde vive Dios, dichas gentes solo quieren regalarle su humildad al ámbito de las pasiones, porque para ellos, la humildad no es virtud, sino que surge solo en forma de tristeza irracional. Pero la realidad de la vida nos dice, que este tipo de gentes pudieran equivocadamente interpretar la humildad de esa manera tantas veces ellos

Invernadero de tragedias

quieran, y nunca podrán cambiarle el significado real a la misma. Esto es así, porque la tristeza acompañada de las ideas generadas por nuestra debilidad, solo paren, y muchas veces hasta abortan una sensación de dolor que pocos sabemos controlar. Por esa razón, hoy pienso y creo, que si bien es cierto que hay un modo vicioso y triste de humildad, también es cierto que existe una forma virtuosa y lúdica de ser humilde, la cual nos ayuda a evadir la tristeza y ser feliz. Mi madrina, si doña Clara, aun estando muchas veces equivocada, siempre ha sido una mujer de convicción, humilde y empática. Hoy la veo postrada en ese lecho, y aun en medio de su último dolor de mortal el cual casi he tomado como mío, siempre tiene esa sonrisa conciliadora y ese amor por el prójimo aun encontrándose en estado de coma. Espero que si ella tiene que partir de este mundo en estos momentos, que las puertas del cielo les sean abierta como las mismas siempre se les abren a todas la gentes de bien".

En medio de las meditaciones de Lony, repentinamente llega la familia Ortega acompañada de don Henry padre de Clara, y quien había llegado a la casa el mismo día que ingresaron a su hija en el hospital. "Hay mi hija nos dejaste" dice Lía, mientras Ovante la sostiene en sus brazos. "No sé qué está pasando con el problema del cáncer. Ahora se están muriendo de esta enfermedad,

Orlando N. Gómez

muchas más gentes que antes. Mira mi hija llena de salud, y de repente muere por un cáncer" Henry. "Mi madre fue una heroína, una reina, una mujer de valor absoluto. Ella pudo ver lo que muchos en este país nunca han podido ni han querido ver. Ella vio y nos dejó saber a través de su legado, que todos los seres humanos somos iguales; que nosotros no deberíamos de discriminar contra las demás gentes por color, raza o estatus social para después rezar. Para mí, ella ha sido la mujer más justa que he podido conocer" Ovante. Luego de la familia Ortega saber de la muerte de su hija, todos se retiran hacia sus casas, para al otro día ir a la funeraria donde el cadáver de Clara será puesto en capilla ardiente.

El día siguiente los materiales disponibles en la funeraria donde se encuentra el cadáver, son colocados para que sirvan de referencia a todos los que vendrán a darle su último adiós a Clara. Pero para esto, la funeraria coloca una persona en la puerta para orientar a los que hagan uso de presencia. Luego de llegar la hora de la misa, el padre encargado es el pastor Lony Miranda, quien de inmediato dice "hermanos y hermanas en cristo nuestro gran salvador, con las siguientes palabras las cuales serán indicativas de la gracia de Dios, y a través de esta oración, trataremos de aportar consuelo y conformidad a esta familia para que puedan confrontar este momento de tristeza en compañía de todos sus amigos

Invernadero de tragedias

y allegados, por la pérdida de un ser que no tan solo fuera querida por sus familias, sino también, por todo aquel que pudo llegar a conocerla. En el nombre del padre, del hijo y del espíritu santo amen. Hermanos, hoy nos consuela el saber que los lazos familiares y de amistad que han unido Clara con mi madre, los cuales fueran desarrollados durante toda su vida, aunque hoy ella haya desaparecido físicamente, nos permiten poder decir que sus legados no podrán ser destruidos, ni desaparecerán nunca de nuestro entorno. La muerte de Clara, más que una muerte, se ha convertido en un momento de gracia para todos; puestos que la misma, en vez de crearnos dolor, nos debería de servir para que podamos reflexionar más profundamente en nuestra propia mortalidad, y en la dirección que debemos de darle a nuestras vidas; amen. Alabado sea el nombre de Jesús. Hacen casi unos cuatro meses ella pasó con su madre Lía por nuestra iglesia. En dicho momento pude notar que en su alma había un profundo vacío. Ella no me comunicó nada al respecto. Pero la gracia de Dios me advirtió que ella necesitaba de un buen consejo cristiano y así lo recibió. El resultado ha sido que antes de ella morir, honestamente se le entregó a Jesús nuestro maestro. El no tan solo la aceptó, sino que con toda su gracia bendita, ahora es su único salvador. Por tal motivo, fui donde mi madre quien se identifica como hermana de Clara por ella haber tenido la oportunidad desde muy pequeña cundo ni

Orlando N. Gómez

siquiera ningunas de las dos sabían hablar bien, de crecer, estudiar y vivir los momentos buenos y malos junta a Clara. Hermanos, tengo que puntualizar, que Clara y mi madre solían salir con frecuencia, tanto antes como después de la universidad. Pero también salían después de hacerse profesionales. De ahí aparecimos Ovante y este servidor; y con mucho orgullo lo digo. Aunque mi madre y Clara se hayan conocidos desde hace tantos años, estas dos mujeres nunca tuvieron problemas alguno que sirviera de retardo o conflicto a su tan sublime amistad. Tanto Clara como mi madre, se respetaban una a la otra, se admiraban y reconocían las virtudes y defectos de ambas sin ningún tipo de recelo ni mezquindad. Mi madre conoció a mi padre de la misma manera que Clara conoció al padre de Ovante; en la universidad como estudiantes. Mi padre se fue para Cuba y no retornó. Cosa esta que no me permitió el yo poder conocerlo. Mientras que el padre de Ovante se fue para África, pero el sí pudo llegar a conocerlo aunque el mismo ya murió. Esas similitudes han hecho de Clara y mi madre, dos seres humanos más que hermanas, amigas y compañeras de la misma batalla; que en paz descanse el alma de que quien en vida fuera llamada Clara Ortega" amen, que dios los bendigas a todos.

El servicio fúnebre es concluido y el cadáver de Clara es conducido al cementerio donde recibió una cristiana

Invernadero de tragedias

sepultura. Tanto los dolientes como amigos y allegados, se marchan hacia sus respectivos hogares comentando la gran pérdida sufrida por la muerte de Clara. En al entorno familiar de la difunta, nadie habla; nadie hace gesto que no sea de dolor y desacuerdo con su partida. Es como si en dicho momento sus almas estuvieran flotando donde flotan los que se han rendido por haber perdido la esperanza. Nadie tiene apetito. Nadie tiene ganas de salir, solo de dormir pero sin poder dormirse. Las voces de Clara todavía resuenan por todas las paredes de la casa. La butaca usada por Clara para ver la televisión, todavía reguarda la tibieza dejada por su cuerpo a través de los años que esta fuera usada por la difunta. Tanto la bata de baño, las sandalias, el vaso, el plato y los cubiertos utilizados por Clara en hora de darse un baño y luego ir a cenar, almorzar o desayunar, extrañan a Clara. Es como si en dicho momento la casa de los Ortega estuviera habitada por zombis. Pero poco a poco la hora de la recuperación fue retornando al hogar.

TERRORISTAS Y TERRORISMO

El tiempo ha transcurrido, y ya el hijo de la difunta tiene su esposa. Mientras que en la casa de Estela todo está en armonía. Tanto ella como su vecina Silvia, han creado una empatía que le ha servido para mitigar la ausencia de Clara después de seis años de su partida hacia el cielo. Silvia ha dejado de trabajar como espía cubana. Ahora ella forma parte de la unidad de contra espionaje del país que ellas había estado espiando. Todo esto ha sucedido sin que Estela tenga la menor idea. El trabajo de Silvia consiste en recolectar informaciones acerca del trabajo que pudieran estar haciendo otros espías en contra de EE: UU. Por otro lado, Ovante ya tiene una hija con la actual esposa. Por el momento, Silvia se encuentra visitando a Estela cada vez que le es posible. Es sábado en la tarde cuando Silvia se encuentra en la casa de Estela tomándose la taza de café que ellas regularmente comparten. Mientras las dos mujeres se toman su café, la radio comienza a dar una noticia de último minuto "En este momento están ocurriendo unos acontecimiento en la ciudad de NY que no tienen precedente en el territorio Norte Americano desde los ataques que hicieran los japonés en 1941 a la base naval de Perrl harbor en Hawái. Acaban de ocurrir unos atentados en contra de los Estados Unidos. Se presume que en dichos

Invernadero de tragedias

atentados hayan muerto miles de personas, puesto que dos aviones fueron utilizados para ser estrellados contra 2 grandes edificios en la ciudad de Nueva York" "¡Hay Dios mío! pero el mundo se está acabando. ¿Qué habrá sucedido con esos aviones? Tiene que ser un acto criminal porque no fue un solo avión, fueron dos aviones los que se contrallaron contra esos edificios, y si estoy correcta, no sé qué estará pasando en las mentes de los que piloteaban esos aviones" Estela. Pero luego que las dos mujeres continúan hablando de dicha tragedia, más adelante otra noticia de ultimo manito vuelva ser divulgada "En este momento ha llegado a nuestros estudios la noticia de que otro avión fue contrallado en el Pentágono. Hasta el momento no se han dado detalles completo acerca de la cuantificación de los daños y pérdidas humanas". "¿¡Pero Dios mío que pasa!? ¿Otro avión estrellándose ahora en el Pentágono? Esto me huele a otra guerra pero dentro de nuestro propio suelo" Estela. "Esto no me gusta. No sé lo que está pasando. Esto nos ha tomado de sorpresa a todos" Silvia. De nuevo las dos mujeres continúan alarmadas por todo lo que está ocurriendo. Todos los vecinos están a la expectativa de nuevas informaciones en espera de saber cuáles han sido los daños causados. Muchos miembros de la comunidad donde viven estas dos mujeres, tienen familia trabajando tanto en Nueva York como también en el pentágono. De repente otro boletín informativo dice;

Orlando N. Gómez

"en este preciso momento nos acaba de llegar otro informe de que un cuarto avión se estrelló en un campo abierto en una localidad de Philadelphia. Quédese pendiente que estamos en espera de nuevas informaciones".

Tres días han pasado después de que los aviones se hayan estrellado cuando a las 2:30 de la tarde Estele oye otro boletín informativo "Amigos oyentes, los daños y pérdidas humanas causadas por el estrellamiento de esos aviones, preliminarmente son cuantificados de la siguiente manera: ya se ha detectado quienes habían perpetrado tan horrendos actos, se pudo determinar que los actos criminales fueron cometidos por 19 terroristas y hasta ahora se han contado más de 2000 muertos incluyendo a los terroristas, y más de 5000 heridos. Que la organización que se ha responsabilizado por dichos ataques lleva como nombre Al-Qaeda. Que el máximo líder de la misma es un hombre de nacionalidad Árabe conocido como Osama Ben Laden el cual es de la religión islámica, y que fueron utilizados cuatro aviones de American Air Line". "Vecina es posible que los problemas que tenemos por delante serán mucho más peligrosos que los que pudimos tener durante la guerra fría. Igual que como dijo el padre de Clara una vez que le enviara una carta a doña Lía. Esto es otra factoría de intranquilidad y tragedia. Pero tengo que decir que aunque la guerra fría fuera otra factoría,

Invernadero de tragedias

durante dicha era existía un equilibrio de poder entre las potencias que de modo alguno nos garantizaba la paz mundial. Ahora con estos esperpentos creados por esta nueva factoría de intranquilidad y tragedia no es así. Ya no es la política ideología que genera la geopolítica. Es el fanatismo enfermizo muchas veces religioso; y eso sí que es peligroso" Silvia. "Es verdad vecina. Hoy en día los problemas globales contemporáneos no está basado entre el comunismo contra capitalismo. Creo firmemente que el problema actual se podría definir como un problema que ha alcanzado un determinado nivel de agravante basado no en contradicciones ideológicas como era anteriormente; sino en una gran cantidad de desproporciones o desarreglos funcionales por razones de fanatismo religioso, drogadicción, crimen organizado, y la progresiva desintegración del núcleo familiar" Estela. "Bueno pero aunque la contradicción no sea ideológica como antes, lo que pasa hoy es porque esas gentes no piensan como nosotros. Ellos nos quieren obligar a que vivamos como ellos viven y que creamos en lo que ellos creen, y eso por si solo es contradicción. Creo que nosotros tenemos que enfocarnos solo en la realidad de las cosas que han comenzado a ocurrir después de la guerra fría, las cuales pudieran servir como variantes agravantes de un problema que ha dejado de ser repartido entre dos potencias, para ser fragmentado de tal manera que a cada país le

Orlando N. Gómez

toque un pedazo del mismo. Vecina, aunque los actores de este acto terrorista hayan sido fanáticos religiosos, lo problemas globales siguen siendo parte del resultado de un determinado nivel de desarrollo en la sociedad capitalista, el cual no ha ocurrido de igual manera en los países que hoy protestan y usan actos como estos pata dejarse sentir" Silvia. "Bueno yo en cierto modo tengo que estar de acuerdo con eso. Esas protestas son en contra de nuestra forma de vida. Ellos quieren obligarnos por la fuerza, a que vivamos como ellos viven y creamos en lo que ellos creen. Puesto que después que la guerra fría terminara, los problemas a los que usted se refiere, de manera gradual se han seguido recrudeciendo al caracterizarse e introducirse en el mundo globalizado, por la gran intensificación de la independencia que estos individuos ha obtenido durante este nuevo milenio. En ese sentido, el dinamismo de las actividades científico-técnicas y económicas de los países a los que ellos pertenecen como consecuencia, han tenido un incrementos sin precedente en la historia del mundo" Estela. "Si vecina, eso es verdad. Pero no se olvide que el manejo del uso de los recursos naturales de esos países a los que usted se refiere, ha tenido un impacto negativo que ha ido en aumento. Recuérdese que tanto el medio ambiente, el rápido crecimiento demográfico, la mala distribución de las ganancias obtenidas después de cada explotación de cualquier recurso natural por las

Invernadero de tragedias

corporaciones que obtienen la mayor parte de las ganancias, añadiéndole el fanatismo religioso y la intensificación de las desigualdades sociales aun con dicho crecimiento económico, pueden fácilmente ser visto como partes de las causas que generan este problema de terrorismo. Pero peor aún es ver las consecuencias negativas creada por la vertiginosa urbanización de áreas que nunca fueron urbanizadas, y la radicalización de algunos grupos religiosos que las componen. Vecina, esto ha creado una revolución desproporcionada y fragmentada en la industria militar y armamentista la cual es asequible a estos grupos terroristas" Silvia. "Bueno, vecina yo no estoy muy segura de eso que usted dice. Yo entiendo que la mayoría de los que atentan contra nosotros con actos terroristas por querer obligarnos a que creamos en lo que ellos creen, no son pobres, pero mucho menos ineducados" Estela

Estela sigue conversando con su vecina, mientras todo el país está en alerta de nuevos avisos. Los ataques terroristas ya han parado. Ahora todo está basado en saber porque, como y si volverán a suceder nuevos ataques. De súbito llega Lony. El joven tiene un semblante sombrío y deshidratado. "Madre no me siento bien. Creo que tengo que ser ingresado al hospital. Por favor llámame a un ambulancia" Lony. ';Qué te pasa hijo? ¿Te has estado tomando la medicina?" Estela. "Si madre, pero es que

Orlando N. Gómez

ya no me funcionan. Hoy estuve vomitando mucho y ni siquiera pude conducir el culto. Quise venir para la casa a ver si me mejoraba, pero ya ves, me he empeorado. Por favor llámame un ambulancia" Lony. Mientras Estela llama la ambulancia, el joven se desploma en el sofá, siendo Silvia quien se siente a su lado y comience a pasarle la mano con gran ternura por la cabeza. "No te preocupes que ya tu madre llamó a la ambulancia. Todo se pondrá bien" Silvia. Lony es conducido hacia el hospital.

Silvia y Estala se encuentran en el hospital con el joven. La madre de Estela está en camino y Lía ya le dijo a Estela que se está arreglando para estar presente. A Lony lo tienen en otra sala donde se le están haciendo unos análisis de emergencia. Dos horas más tarde llegan Lucy y Lía. Pero de inmediato llega el médico que atiende a Lony con los resultados de los análisis que hasta el momento se les han hecho. "¿Quiénes son los familiares del paciente? Pregunta el médico. "Yo soy la madre y ella es la abuela" Estela. "Bueno tengo para decirle que su hijo presenta una insuficiencia renal aguda. El filtrado de los residuos presentes en la sangre y de la producción de orina, están muy elevados. Como consecuencia, él podría morir. Las funciones que actualmente están desempeñado sus riñones es cero, lo que significa que la sangre está muy impura" medico. "¿Pero doctor y que pasa con la diálisis?

Invernadero de tragedias

¿Y eso no es para limpiar la sangre cuando los riñones no funcionen?" Lucy… "Bueno señora, tengo para decirle que en la mayoría de los casos de insuficiencia renal crónica, la misma suele ser reversible, y el diálisis juega un papel importantísimo en ese sentido. Pero lo más esperanzador en caso diferente al de su nieto, es que después de un tratamiento adecuado, los riñones recuperan su función normal' Medico. "¿Entonces porque usted dice diferente al caso de mi nieto? ¿Es que su caso es diferente?" pregunta Lucy mientras Estela y las demás mujeres están atentas y nerviosas. "Señora, déjeme ser más claro en lo que digo. Cuando una persona presenta una situación renal crónica, es preciso que durante algunos días se pueda sustituir la función renal deteriorada mediante diálisis. Puesto que la insuficiencia renal crónica es el resultado de alteraciones que afectan a las unidades de filtración de los riñones. Pero cuando la insuficiencia renal está muy avanzada, el paciente debe someterse a diálisis permanente o, si es posible, a un trasplante de riñón. En el caso de su hijo, ya él ha presentado un cuadro clínico que para el poder resolver su problema, tiene que ser mediante un trasplante. Ya el lleva un largo tiempo con la diálisis y su organismo ya no está respondiendo adecuadamente. El grado de toxina existente en su sangre la cual esta mezclada con otras patologías de alto riesgo, son de características hepáticas y de igual manera ya está muy

Orlando N. Gómez

avanzada. Lo mejor que se pudiera hacer para prolongarle la vida a su nieto, sería un trasplante de riñón para de esa manera solo tratar las otras patologías. Para poder hacerlo en el caso de su nieto, es preferible que se pueda encontrar un riñón que sea compatible con él. En estos casos; sus mejores opciones serian madre, su padre, su abuelo o abuela u otro familiar cercano. Esto no quiere decir, que un extraño no se lo pueda brindar. Lo único que se tendría que hace es ver si dicho riñón donado es compatible con su nieto" Medico. Después del médico decir esas palabras, todos los presentes se ofrecieron para donar un riñón. A todos les hicieron la aprueba. Pero solo Silvia salió positiva y en capacidad de donarle al joven cualquier órgano de su cuerpo, incluyendo hígado y riñón. Como consecuencias, Silvia le dice al doctor que necesita hablar con el de urgencia, pero en privado. El medico acepta y retorna a su oficina acompañado de Silvia. Una hora más tarde, Silvia retorna al grupo quien la espera con ansia de saber que ella le dijo al médico. Silvia se integra al grupo sin decir nada y de igual manera nadie le pregunta.

Luego de Silvia ser encontrada compatible con Lony. Todos comentan acerca de lo buena que es Silvia. "Oye si todos tuviéramos la suerte de tener vecinos como esta señora, el mundo sería una maravilla. Ella llegó a este lugar. Se introdujo de una manera tan natural. Pero lo más

Invernadero de tragedias

importante ha sido, que desde ese momento ella siempre ha sido la misma persona; cariñosa, atenta, servicial tanto con mi hija como con mi nieto" Lucy "Así mismo es madre, y siempre lista para ayudarme a mí y a mi hijo" Estela. Mientras madre e hija hablan del altruismo de Silvia, Lía nota que Carol, Chuy y su esposa Dona llegan al hospital. "Hola vecina ¿Cómo está? Me di cuenta de la hospitalización del pastor a través de una hermanan de la iglesia, y me encontré con el señor Chuy y su esposa cuando me dirigía hacia este hospital" Carol. "¿Hola doña Lía como esta?" Chuy. "Yo estoy muy bien. ¡Oye pero ustedes se ven muy bien!" Lía. "hay muchas gracias doña Lía. Si me lo dice de nuevo me acostumbro, ja, ja, ja" Dona. Luego Lía y Estela se integran al grupo para seguir hablando de lo bondadosa que es Silvia. En ese momento ya se le ha practicado la operación a Silvia y le han extraído los órganos que ella les ha donado a Lony. Tanto un riñón como parte de su hígado les fueron extirpados para implantárselos al joven. Luego de terminada la operación de Silvia, el cirujano encargado sale de la sala de operación a comunicarles a los familiares que el resultado de la misma fue todo un existo, y cuáles serían los siguientes pasos a seguir antes del trasplante. "Hola, ¿Quiénes son los familiares directos del donante?" pregunta el médico. "Bueno, los familiares de la donante no se encuentran. En realidad nosotros no sabemos quiénes son. Lo único

Orlando N. Gómez

que le podría decir es que para mí ella es como si fuera mi familia" Estela. "Oiga doña, su hijo ha sido muy dichoso de encontrar una persona que sin estar vinculada sanguíneamente sea tan compatible genéticamente. Ya todo está listo para el trasplante. En las primeras horas de mañana el mismo estará hecho. La señora donante podrá irse para la casa en tres días" medico. Después del médico decir esas palabras, todos los presentes muestran una gran satisfacción. Luego todos se retiran para la casa. Tanto Chuy y su esposa como también Carol, quedan en regresar el próximo día. En la casa de Chuy todo parece como si ellos fueran los familiares de Silvia. Tanto Dona como su esposo, no paran de hablar del hermoso gesto de Silvia al donarle riñón e hígado a Lony.

La mañana siguiente los dos se levantan bien temprano y pasan a recoger a Lía y Henry quienes acordaron irse para el hospital en el carro de Chuy. Pero un percance ocurrido en el camino, hace que ellos lleguen al hospital, a las 12; 00 del mediodía. Tan pronto llegan, la primera en hablarle es Lucy. "fue todo un éxito, si un éxito total". "El medico nos dijo que los órganos donados fueron trasplantados y que todo salió mejor que lo que ellos esperaban; que ahora lo único que hay que esperar es la aceptación o rechazo de dichos órganos por el cuerpo de Lony. Pero en cuanto a eso, el medico nos dijo que todo salió tan perfecto, que

Invernadero de tragedias

solo existe menos de un tres por ciento de probabilidad de que su cuerpo lo rechace" Estela. En medio de todo esto Carol dice; "como son las cosas. ¿Quién iba a pensar que esto que hoy nosotros estamos viendo podía ser posible? Aquí nadie ni siquiera conoce los familiares de esta mujer. Mas sin embargo, ella le ha salvado la vida a un ser querido no tan solo por su familia, sino por todos los que los han conocido". Luego de Carol decir tales cosas, Estela no puede contener su emoción. Por tal razón ella dice; "¿Cuántas veces habremos sido sorprendidos por sucesos inesperados? ¿En cuántas oportunidades habremos quedado con la boca abierta sin saber qué hacer, decir o cómo reaccionar ante situaciones como la que hoy estamos experimentando? En la vida existen pocas gentes que podrían saber cómo reaccionar ante algo inimaginable como lo que me ha pasado a mí y a mi hijo. No sé, solo me supongo que algún duende ha de tener en claro cómo reaccionar ante circunstancia tan agradable y sorprendente como lo es esta… O quizás si esto estuviera sucediendo en una película, el encargado de escribir el guion se hubiese inventado una buena respuesta. Pero ahora nosotros no somos duendes, ni estamos en ninguna película, o en medio de un sueño. Esto es pura realidad, y los humanos comunes muy pocas veces le acertamos a la actitud exacta y benigna, que pudiera convertir dicha actitud en un traje que solo le sirva al cuerpo de un buen

Orlando N. Gómez

samaritano como lo es Silvia. En estos días, esto es casi imposible. Por esa razón hoy, aun con la gran felicidad que este hecho me ha creado, todavía no sé cómo reaccionar efectivamente. Honestamente tengo que decir en alta voz lo feliz y contenta que estoy, pero muy anonada y agradecida por el gesto de esta mujer" Estela.

En medio de la algarabía por el éxito de ambas operaciones, llega Ovante con su esposa e hija. Todos está muy contento de verlos llegar. Lía y Henry están bien alegres por ver a su nieto y su bisnieta. La esposa de Ovante es una joven Afro americana muy inteligente, la cual el conoció de la misma manera que su madre conoció a su padre en la universidad. Luego de presentarles a su esposa a todos los presentes, y saber del estado de Lony y Silvia, él se enfrasca en una conversación con Chuy y Dona, los cuales también se encuentra presentes. "¡Ustedes se ven muy bien! Siendo ustedes tan jóvenes, parecería como si ustedes se conocieran por años" Chuy. "Bueno lo que pasa es que si mi esposa hubiese sido blanca, quizás usted no hubiese tenido esa percepción. Creo que la historia siempre hace sus chistes muchas veces de mal gusto, y otras de buen gusto." Ovante. "¿Porque dices eso?" Chuy. "Bueno porque cuando mi madre se casó con mi padre, nadie los vio como usted nos ve a nosotros dos como pareja. El mensaje se percibía de otra manera, y por esa razón es

Invernadero de tragedias

que dije que la historia algunas veces hace chiste de mal gusto y otras de buen gusto, puesto que ahora usted hizo uno de buen gusto. Mientras que con mi padre todos los chistes fueron de muy mal gusto" Ovante. "Bueno no lo dije para que te sintieras mal. Yo estoy muy de acuerdo contigo. Nuestra sociedad ha creado muchas trabas y mitos para dificultar los matrimonios interraciales. Por esa razón muchas personas reúsan casarse con gentes de raza diferente. Por ejemplo: los mitos más comunes que dificultan los matrimonios interraciales, son aquellos que corresponden a las diferentes razones usadas por las parejas para haberse casado. Una unión entre una persona asiática con una caucásica, puede provocar que otros sugieran que el matrimonio sucedió porque la persona caucásica quería tener un "niño inteligente". Un matrimonio entre una persona afroamericana y una caucásica, puede hacer que otros asuman que la persona afroamericana (especialmente si es hombre) se casó con la caucásica por ser un símbolo de estatus o de ventajas sociales, o que la caucásica se está revelando en contra de su familia o tiene problemas psicológicos o de autoestima. Incluso, las parejas más cercanas y saludables, pueden experimentar dudas cuando confrontan esos mitos en los que se sugiere que se han casado por razones inmorales o impulsivas" Chuy. "Bueno con relación a eso, solo tengo que decirle que esas son cosas que pueden ser bien o mal percibidas,

Orlando N. Gómez

dependiendo de quien las perciba" Ovante. "Es verdad eso que dices. Pero déjame cambiar el tema. Aunque tú no hayas tenido suficiente edad para desarrollar un criterio basado en experiencias vividas al respecto como es el caso mío, yo se lo inteligente que eres, y sé que puedes articular coherentemente acerca del mismo. Por esa razón tengo la necesidad de tocar este tema contigo. ¿Tú has notado que después del fin de la guerra fría, ha surgido una generación compuesta por gentes sin rumbo, sin un objetivo claro acerca de lo que quieren? Es muy fácil ver a gentes malvadas utilizar la ignorancia de este tipo de gentes para adiestrarlos y convertirlos en perfectos anti sociales, en destructores de la sociedad que hemos construido de este lado del mundo. ¿Tuno no crees que estamos frente a una era con un nuevo linaje social el cual parecería que ha engendrado un nuevo tipo de antagonismos social? ¿Tú no crees que dicho linaje social está compuesto por elementos innovadores malignos, que maliciosamente utilizan esas mentes ignorantes de rebeldes e indigentes sociales que pueden ser encontrados por doquier, para utilizarlos como autores materiales de actos terroristas contra los innovadores virtuosos que sustentan a los ritualistas y conformistas que llevan a cabo las operaciones reparadoras de daños causados por ellos a nuestra forma de vivir? ¿Tú no crees que esos individuos solo son destructores y anarquistas que ahora se han convertido en auténticos

Invernadero de tragedias

terroristas? Pero lo más peligroso de esto, es que dichos adiestramientos, son con el único objetivo de llevar a cabo subrepticiamente, actos macabros contra nuestra sociedad y nuestra forma de vida" Chuy. "Ya veo que su argumento es muy original y patriota" Ovante. "¿Qué te pareció? ¿No te gustó?" Chuy. La conversación entre los dos hombres termina sin que la pregunta fuera contestada puesto que en ese mismo momento el medico retorna a darle los últimos detalles de la condición de los pacientes. "¡Hola! ¿Cómo se encuentran todos? Solo por poder verles las dentaduras a todos, tengo que responder mi propia pregunta. Todos están bien". Dice el medico mientras todos se ríen a carcajadas antes del médico seguir diciendo "pasado mañana la señora Silvia se podrá ir para su casa. Pero lo más lindo de todo, es que el próximo lunes Lony también se podrá ir para la de él. En otras palabras, en menos de una semana ya el podrá estar en su casa junto a su madre y abuela, y en un mes el podrá estar en su iglesia. ¿Qué les parece? Yo como médico tengo que decirles que esta es la primera vez que tengo la oportunidad de ver que las cosas me hayan salario tan perfectamente bien" dice el médico mientras todos se abrazan y luego abrazan al médico.

Todos se marchan del hospital en dirección hacia sus respectivas casas. Carol es la primera que se retira. Carol

Orlando N. Gómez

llega a su casa encontrando a su hijo con tres amigos interactuando como si ellos estuvieron una reunión secreta. El hijo de Carol es corpulento, con barbas al natural y un tatuaje de un camello encima de su mano derecha. El joven también tiene unas cejas bien copiosas y pronunciadas. Carol saluda y de inmediato se dirige hacia la cocina; se toma un vaso de agua y luego dice "Burka, Burka permiso por favor ven por un momento". "Dime madre" Burka. "¿Hijo de que se trata esa reunión? Recuerdas que acordamos que aquí no se aceptan gentes desconocidas. ¿Quiénes son ellos?" Carol. "Madre solo son amigos. Ellos vinieron del mismo lugar donde nació mi padre" Burka. "Bueno esto tienen que parar. Solo porque ellos hayan venido de donde nació tu padre no quieres dejar dicho que tú los conoces" Carol. "Madre ya estoy cansado de que tú me digas quienes debería de ser mis amigos. Estoy cansado de todas tus imposiciones. Hasta el nombre que me pusiste al nacer ha sido un fiasco para mí. Hasta mi padre nunca estuvo de acuerdo contigo cuando elegiste ponerme dicho nombre. Dime ahora que soy grande ¿Ya que deje de ser un niño, qué crees que pienso ahora de dicho nombre? Pues al igual que mi padre me disgusta. ¿Es que tú me vez como una pieza femenina? Ya soy hombre y adulto. Por esa razón tan pronto y como pueda me lo cambiaré y me pondré el nombre de mi padre. Soy mayor de edad. Déjame vivir en paz. Creo que

Invernadero de tragedias

es tiempo de que busque mi propio espacio. Mañana me mudaré de aquí. Uno de mis amigos tiene un apartamento bien grande. Me mudaré mañana temprano. Ahora les diré a mis amigos que me ayuden a recoger mis cosas. Solo tengo que comprar una cama nueva. Oye mami, no tienes que darme dinero para mudarme ni tampoco para comprar nada. Eso ya son cosas del pasado. Ya estoy cansado de tus órdenes" Burka. El joven sale de la cocina dejando a su madre con lágrimas en los ojos pero sin la opción de poder detenerlo. Burka es un joven con una gran rebeldía. El joven es poco comunicativo con su madre, y cuando tiene que comunicarse con ella, lo hace siempre en forma de reproches. Él nunca le ha podido perdonar el que ella dejara a su padre para venir a vivir en EE: UU. El odia a los americanos. El día siguiente, el joven se muda de la casa. Carol ya se había marchado para el hospital donde ella trabaja como médico.

Burka se muda de la case de su madre. El día siguiente, él y sus amigos se dirigen a una mueblería ubicada frente al parque principal del pueblo. "¿Oye tú, cuánto cuesta esa cama? Pregunta uno de los amigos de Burka. "Esa cuesta seis cientos dólares" dice el vendedor. "¿Oye pero estás loco o eres un ladrón?" "Calma, calma, no tienes que hablarme en esos términos. No soy loco ni un ladro como dices. ¿Cómo te puedo ayudar? Ese es el precio de

Orlando N. Gómez

esa cama y si es de rebajarte algo solo le puedo rebajar $50 dólares" dice el vendedor. "Mira salteador, quítate de ahí déjame hablar con tu jefe" dice Burka mientras le da un empujón al vendedor con su mano derecha, mostrando la misma irracionalidad que mostraría un camello parecido al que lleva tatuado en la misma mano que el utilizó para empujar al vendedor. El vendedor mira el tatuaje de Burka para luego decir "Oye tu estas actuando de la misma manera que actuaría tu camello". "¡¡Oh! me estás diciendo que soy un animal? ¿Eso es lo que quieres decirme yanqui asqueroso? ¿Tu naciste aquí verdad? Ustedes deberían de morirse todos juntos" dice Burka al mismo tiempo que llega el manager de la tienda. "¿Hola jóvenes en que los puedo ayudar?" dice el administrador al mismo tiempo que el vendedor intenta responderle a Burka. El administrador le hace seña al vendedor de que se quede tranquilo. Cundo uno de los amigos de Burka dice "Oye de doy $400 por esa cama" "Súbele alguito más" dice el administrador. "Okey $450" dice Burka. "Trato hecho, es suya" dice el administrador mientras le ordena al vendedor que le prepare la cama para que los jóvenes se las lleven. Burka paga con una tarjeta de crédito que su madre le había facilitado. Los jóvenes toman la cama, y después de llevársela para la casa donde Burka vive, ellos tendrían que dirigirse a una ferretería a comprar unos productos que les habían ordenado comprar. Por esa razón, uno de

Invernadero de tragedias

los jóvenes dice "Después que llevemos la cama recuerden que tenemos que ir a la ferretería a comprar lo que se nos ordenó". Los jóvenes llevan la cama hacia la casa donde vive Burka con su amigo. Luego salen para la ferretería a comprar lo que se le ordeno comprar. El joven encargado de hacer la compra, tiene una lista de productos. Al llegar a la ferretería, el joven la pide los productos a los ferreteros. El problema que los jóvenes han tenido que enfrentar, es que para poder comprar tres de los productos que a ellos les encargaron comprar, es necesario tener una licencia. El joven líder y encargado de hacer la compra, llama a uno de los ferreteros y secretamente le da una cantidad de dinero no identificada para que le venda por debajo de la mesa, todo lo que ellos fueron a comprar. El joven le dice al ferretero, que su padre está haciendo una construcción, y necesitaba esos productos para terminarla. Luego que los jóvenes logran comprar dichos productos, de inmediato se marcharon hacia un lugar desconocido.

Dos meses han pasado y ya Lony se encuentra en su trabajo. Pero también el ya comenzó a dar sus cultos en su iglesia. Silvia por el otro lado ya está haciendo su vida normal. Las relaciones entre Estela y Silvia son más que de amigas. Parecería como si ellas nunca más podrían vivar una sin la otra. Las dos asisten a la iglesia regularmente, mientras hacen sus trabajos con la agencia. Son las 8;

Orlando N. Gómez

00 de la noche cuando Silvia y Estela se dirigen hacia la iglesia de Lony. Luego de llegar y toman asiento cerca del pulpitito desde donde Lony da su culto. Lony llega hasta donde ellas para saludarles. "Hola madre, hola doña Silvia, pensé que no estarían presentes en el culto de hoy". "No hijo, lo que pasó fue que nosotras tuvimos mucho trabajo, y como tu bien sabes, Silvia trabaja fuera del estado y yo por igual" Estela. Luego que la iglesia se encuentra repleta de gentes, y Lony comienza su oración, una enorme y muy estruendosa explosión hace que tanto la iglesia como todos los edificios adyacentes sean destruidos. "Madre, madre ¿estás ahí? ¿Me oyes? ¿Doña Silvia me oyen?" pregunta Lony quien en ese momento es el único que permanece de pies totalmente cubierto del polvo dejado por la destrucción de la iglesia. Unos minutos más tarde, Lony comienza a oír voces dentro de los escombros, muchas de las cuales solo alabando a Cristo Jesús, otras pidiendo ayuda, mientras que las otras solo lloran de dolor. Media hora más tarde llegan los rescatistas. Lony se encuentra muy concentrado removiendo escombros en busca de su madre. De sus manos comienza a salir sangre por todas las cortaduras recibidas mientras el remueve pedazos de ladrillos y trozos de concretos muchos de los cuales mojados con la sangre de las víctimas. En medio de todas las alabanzas, gritos y quejidos de las gentes bajo los escombros, Lony nunca pierde el juicio. El sigue

Invernadero de tragedias

concentrado en rescatar a cualquier hermano que pudiera encontrar debajo de los escombros. Al llegar los rescatistas, él es sacado del lugar para ser asistido por los paramédicos los cuales les dicen que los transportarán hacia el hospital. Lony reúsa ir al hospital. Luego que les pones unas gasas en las cortaduras, el sale de la ambulancia para unirse al rescate de sus compañeros de iglesia. Los rescatistas comienzan a escavar, encontrando cadáveres, algunos moribundos y otros solamente con herida controlables. Hasta ese momento, no hay señal de Estala y Silvia. Pero de repente salen dos voces desde lo más profundo de los escombros que con sonido opacado por la profundidad donde se encuentran, al unísono dice hijo, hijo mío ¿estás ahí?" De inmediato Lony reconoce la voz de su madre, y por primero vez después de la explosión el llora, mientras que con gran emoción dice "¡hay Dios mío que grande eres! Gracia señor, gracia señor, si madre estoy aquí, si madre mía estoy aquí ¡¿y doña Silvia dónde está?" "Aquí estoy hijo mío, aquí estoy" Silvia. De inmediato los rescatistas comienzan a escavar hasta poder llegar al lugar donde se encuentran Estela y Silvia. "Estas dos mujeres han sido extremadamente dichosas. Ellas están con vida porque la biga que sostenía las bases donde estaba ubicado el pulpito, no fue totalmente destruida; sino más bien que fue desplomada quedado recostada de uno de los bordes del sótano. Al ellas caer hacia el piso del sótano del edificio

Orlando N. Gómez

antes de que la biga se desplomara, y las mismas quedar en posición que le sirvió de techo, eso le impidió que los pedazos de concretos les cayeran encima. Pastor, usted pudo sobrevivir por encontrarse sobre una zona solida durante la explosión. Cosa esta que no fue la misma suerte que corrieron todas las gentes que estuvieron sentadas en las sillas del salón. Ellas fueron accidentadas por estar sobre el sótano de la estructura. Por esa razón, luego de la explosión todos se fueron abajo y los que murieron fue por causa de los pedazos de concreto que les cayeron encima" dice uno de los bomberos rescatistas. Todos los heridos y muertos son sacados del lugar y transportados hacia los hospitales más cercanos. Estela sufre roturas de una de sus dos piernas, mientras que Silvia sufre rotura de la clavícula y el hombro izquierdo. Todos están consternados por lo sucedido. Hasta el momento, no se sabe que habría causado dicha explosión. Pero como la destrucción ha sido tan extensa, y la cantidad de muertos y heridos ha sido tan cuantiosa, todos esperan la peor noticia. Los investigadores están cuestionando a todos los que estuvieron presente durante la explosión. La investigación no es limitada solo en la zona del desastre. En todo el país se está buscando algún tipo de evento, actividad colectiva o individual, conversación, o cualquier tipo de pista que pudiera ser conectada con los hechos.

Invernadero de tragedias

Ya han pasado 48 horas de la explosión, y los investigadores han determinado que lo ocurrido ha sido un acto de terrorismo. Ahora los investigadores están tratando de determinar quienes pudieran estar detrás de dicho acto, y cuales pudieran ser sus motivaciones. La investigación ya le ha permitió a los investigadores determinar que las explosiones fueron hechas utilizando algunos productos caseros y otros no caseros, los cuales son vendidos en las ferreterías. Por ese motivo, se desata una exhaustiva investigación visitando todos los negocios sean estos ferreterías o no. A través de todas las estaciones de radio, periódicos y televisión se les está informado al pueblo de que cualquier persona que haya sido vista comprando productos químicos o exhibiendo algún tipo de conductas erráticas, que llamen al número que es ofrecido por el departamento de investigación; que todo se hará de manera confidencial. Tan pronto el joven vendedor de muebles oye la noticia, inmediatamente llama al número provisto por los investigadores. El joven es inmediatamente contactado por dos investigadores quienes los esperan en el restaurant que está localizado a una esquina de la mueblería. Pues el vendedor no quiere que su jefe se dé cuenta de lo que él está haciendo. "¿Hola como esta joven? Soy el agente encargado de la investigación, y él es mi compañero. ¿Cómo nos podría ayudar?" Miren yo no quiero perder mi trabajo; puesto que tengo tres niños y una mujer a quien

Orlando N. Gómez

mantener, y este trabajo es mi única fuente de ingreso. Yo no quiero que mi jefe se dé cuenta de esto. Hacen dos semanas que a la mueblería fueron tres jóvenes desde los 20 hanta los 25 años de edad aproximadamente. Uno de ellos lleva un camello tatuado encima de su mano derecha con la cual me dio un empujón después de yo haberle dicho el precio de una cama que él fue a comprar. Él se enfadó y me preguntó si yo había nacido en este país. Yo le respondí que sí. Eso lo enfureció aún más, y me dijo que todos nosotros tenemos que estar muertos. Luego que mi jefe saliera y lograra hacer la venta, cuando ellos se marchaban de la mueblería, pude oír al parecía ser el mayor de los tres, decir que luego de llevar la cama, tenían que ir a comprar los productos que les habían ordenado comprar en la ferretería. Yo los llamé a ustedes después de oír en el noticiero, que los materiales utilizados para perpetrar la explosión que mató a tantas gentes, son productos de ferretería. Esos individuos no me inspiraron ni un poquito de confianza. A ellos se les nota en sus rostros, el odio contra nosotros. De tan solo hacer contacto visual con ellos, uno puede sentir y darse cuenta del rechazo que ellos sienten por gentes como usted y como yo. Por eso los llamé. Ojala y que mi información les pueda servir de algo" dice el vendedor. "¿Dígame, ustedes no llegaron a saberle el nombre a ninguno de ellos?" Investigador. "Bueno el joven ese que me empujó pagó con una tarjeta

Invernadero de tragedias

de crédito. Yo no recuerdo el nombre completo. Pero si recuerdo que tiene un primer nombre poco conocido. No sé, desconocido para mí, puesto que yo nunca había oído un nombre así. Aunque lo haya leído, creo, no estoy muy seguro del nombre. Pero creo que es Burka, si Burka. Ese es el nombre" dice el vendedor. "¡Burka! nunca había oído ese nombre. Bueno, pero tan pronto lleguemos a ese nivel en la investigación, tenga por seguro que se los haremos saber. Su información ha sido muy importante. Si tenemos que contactarlo de nuevo, lo llamaremos a su casa" dice el investigador para luego marcharse del lugar.

Al día siguiente se desata una investigación en todas las ferreterías en busca del lugar donde a los jóvenes les pudieron haber vendido los producto cuyas marcar y residuos fueran encontrados en la zona del desastre. Luego que los investigadores terminan con la parte preliminar en cuanto al saber dónde ir a preguntar por el nombre Burka. Ellos pueden encontrar un inmigrante hijo de una doctora que lleva ese primer nombre. Los investigadores de inmediato se dirigen a la casa de Carol. Al ellos llegar a la casa, se encuentran que no hay nadie en la misma. Por esa razón, ellos se dirigen hacia la casa del frente. En esta casa es que viven Lía y Henry. Luego de que los investigadores tocan la puerta de Lía, quien abre la misma es Henry. ¿Cómo los puedo ayudar?" dice Henry. Luego de los

Orlando N. Gómez

investigadores identificarse, ellos proceden a preguntarle a Henry si él sabe quién o quienes viven en la casa del frente "Bueno, yo lo único que puedo decirle es que en esas casa vive una doctora con su hijo. Mi esposa es quien tiene mejor comunicación con ella. Lía, Lía ven por favor" dice Henry. "Dime ¿qué pasó?" Lía. "Los investigadores federales quieren saber si nosotros conocemos a las gentes que viven en la casa del frente" Henry. ¿"Hay pero que pasó? ¿Porque ellos quieren saber esos? ¿Le habrá pasado algo a la vecina Carol?" Lía. "No doña, a su vecina no le ha pasado nada. Solo queremos saber quien vive con ella y el nombre de esa persona" investigador. "Pues aunque tengo unas cuantas semanas que no lo veo, creo que ella solo vive con su hijo, el único que tiene" Lía. "¿Cuál es el nombre de su hijo?" Investigador. "Bueno yo a ese joven no lo conozco muy bien. Él siempre se la pasa con unos amigos que tiene y su madre siempre nos dice que al solo le interesa hablar el idioma de su padre. Ella nunca nos ha dicho que idioma es ese; y nosotros nunca les hemos preguntado" Lía. "Okey doña Lía, pero en este momento lo único que a nosotros nos pudiera ayudar a terminar con lo que tenemos que hacer, es saber el nombre del hijo de su vecina" investigador. "¡Hay qué bueno! Mire ahí ella llegó del trabajo. Esa es nuestra vecina Carol" Lía. "Okey gracia señores" dice el investigador antes de dirigirse de nuevo a la casa de Carol.

Invernadero de tragedias

"Hola doña Carol, ¿Cómo está? Somos investigadores federales. Esa es mi identificación y esa es la de mi compañero. Ahí usted puede ver nuestros nombres completo y nuestros números de placa. Nosotros hemos venidos a visitarla para saber dónde se encuentra la persona que vive con usted". "¿La persona que vive con migo? Bueno ahora mismo yo vivo sola. Pues mi hijo se mudó de la casa hacen unas cuantas semanas" Carol. "¿Cuál es el nombre de su hijo? ¿De mi hijo? ¿Qué le paso a mi hijo? ¿Por qué me preguntas eso? ¿Dónde ustedes vieron Burka? Él se fue y me abandonó. Ya él no me quiere. Yo ni siquiera sé dónde él vive" Carol. "¿Podemos entrar a su casa?" pregunta el investigador. "Si como no, entren". Tan pronto los investigadores entran a la casa, lo primero que ven es una foto de Burka en la pared. De inmediato el investigador encargado saca la foto que el obtuvo en los archivos y se la muestra a la doctora. "Si ese es mi hijo. Esa foto fue de cuando fuimos a inmigración" Carol. "Señora Carol, usted no está bajo arresto, nosotros lo único que queremos es que usted nos acompañé a nuestra oficina. Es muy importante que usted venga con nosotros, puesto que su hijo es una persona de gran interés relacionada e implicada en las explosiones que como usted ya sabe, mató y dejó mutiladas a muchas gentes" investigador. "¿Hay mi Dios que mal he cometido? ¿Por qué a mí? Mira que ya me entregue a ti. Está bien vámonos" dice Carol

Orlando N. Gómez

mientras Lía y Henry solo miran por la ventana. Carol es conducida a la oficina de los investigadores donde ella responde a todas las preguntas hechas. De inmediato se desata una pesquisa en busca de Burka y sus amigos. Tanto los aeropuertos como los puertos marítimos, son cuidadosamente vigilados. La parte fronteriza es reforzada con mayor patrullaje.

Mientras tanto en la casa de Lía todos están consternados por lo ocurrido en la iglesia de Lony. Ya Estela y Silvia se están recuperando satisfactoriamente. Ahora todos se encuentran alarmados por saber que el hijo de Carol es uno de los sospechosos de haber participado en el acto terrorista. Lucy quien retorna del hospital, llega a la casa de Lía. "Hay Lía como son las casas ¿Quién iba a pensar que el hijo de tu vecina iba a ser capaz de tales cosas?" Mira Lucy, yo nuca le tuve confianza a ese chico. Él nunca tuvo la cortesía ni siquiera de decir hola, cuando su madre tenía que venir en busca de cualquier utensilio, ya sea para recoger nieve o cortar grama. Otra cosa, cuando ese joven mira a uno, sus miradas solo muestran odio y rechazo. Ese joven infringe miedo cuando el mira a alguien" Lía. "Bueno, cuando vemos aterrorizados a alguien que nos esté mirando, muchas veces solo suponemos lo que en realidad tememos, ya sea un desprecio, un rechazo o una agresión física. Muchas veces, es difícil poder entender

Invernadero de tragedias

las intenciones que alguien pueda tener en contra de nosotros solo a través de su mirada. Yo no conozco a ese joven. Pero si pude oír a su madre habla del él; de su carácter y hábitos. Eso más que su mirada, me pudiera permitir elaborar una hipótesis acerca de quien pudiera ser y de que pudiera ser capaz. Como ya te dije. Con solo mirar no es suficiente. Es importante verlo desfilar. En el desfile se pone de manifiesto lo que las miradas pudieran esconder. Un cojo que te mire mal porque le duela la razón de su cojera o el pie lesionado, si el cojo no camina, no te darás cuentas de que te mira de tal manera, por el dolor creado por su cojera. Pero mucho menos podrá crear una hipótesis del porque le podrá doler el pie" Lucy. "En partes tienes razón Lucy. El problema es que pienso que es importante el poder llegar a desarrollar la habilidad de poder saber lo que nos pudieran decir las gentes a través de sus miradas. Porque si solo nos dedicamos a crear hipótesis a través del desfile, correríamos el riesgo de solo saber la naturaleza de las miradas después que dicho desfile haya ocurrido. Amiga, eso has sido lo que has pasado con nosotros y el hijo de Carol. Sus miradas nos decían día tras días lo que pasaría durante su desfile. Pero tuvimos que esperar hasta que el desfilara para poder llegar a entender lo dicho por su mirada. El problema es que el movimiento creado a través de su desfile, ha matado y dejado mutiladas a muchas personas. Es ahí donde está

Orlando N. Gómez

el detalle. Mira durante los dos últimos siglos nosotros hemos estado lidiando con los esperpentos destructivos creados por dos factorías de intranquilidad y tragedias que no nos han permitido poder vivir sin desasosiego, sin estrés, pero con mucho miedo y angustia" Lía. "No sé a qué te refieres. ¿Pudiera ser más específica?" Lucy. "Amiga, me refiero a lo que fuera la guerra fría y ahora la maldición esta del terrorismo. Esos son los esperpentos destructivos a los que me refiero" Lía. "Oye estoy totalmente de acuerdo contigo. Eso sí que es cierto" Lucy.

Ya hacen dos semanas de la explosión. Estela y Silvia ya salieron del Hospital. A Silvia fue atendida por el mismo médico que la trato durante la operación de trasplante a Lony. Silvia fue la que pidió que la llevaran al hospital donde ese el medico brinda sus servicio. "Madre, que infortunado es el tener que saber que el hijo de Carol esté involucrado en este horrendo crimen. Nunca pensé que nosotros hoy íbamos a tener que estar hablando de esto. Carol se ha marchado del pueblo. Nadie sabe de su paradero. Muchos piensan que ella retornó a su país. Otros piensan que los investigadores la tienen bajo protección por miedo a represalia. Ya van 200 los muertos y más de 400 los heridos" dice Estela mientras se toma una sopa que le ha preparado su madre Lucy. Luego llega Lony, quien estuvo reunido con Ovante. "Madre, no sé, pero

Invernadero de tragedias

Ovante es una persona de pocos sentimientos. ¿Tú puedes creer que él quiere justificar el crimen cometido por esos jóvenes? Ahora él dice que nuestro país es responsable de la aparición de gentes con mentalidades igual a la de estos jóvenes. Yo no pude seguir hablando con él. Solo le dije que el señor lo perdone" dice Lony con gran consternación. "Hijo, Ovante tiene la misma mentalidad de su padre. Él siempre quiere ponerse del lado de todos los que tratan de hacernos daños. No sé, es como si el pensara que nosotros somos responsable de todos los problemas que existen en el mundo. Eso sí que es malo. Yo soy su madrina. Fui como hermana de su madre. Nosotras nos criamos juntas y tuvimos muchas diferencias de criterios. Pero siempre nos respetamos una a la otra, y siempre estuvimos de acuerdo en algo. Aun con todos los problemas que existen en nuestro país, siempre vimos las virtudes del mismo; su hijo no. Él es totalmente anti nosotros. Eso no me gusta y por esa razón hoy siento por él, lo mismo que sentí por su padre, pues nunca le tuve confianza y nuca llegué a apreciarlo" Estela. "Eso es muy lamentable. Este país les da oportunidades a todos. Las petsonas que viven en este país tienen muchas opciones de vida. ¿Imagínate como yo hubiese vivido en uno de esos países con la doctrina que a él le interesa? En un sistema de corte comunista o fanatismo religioso a las gentes como yo, sino es que las ignoran, las encarcelan. Ahora mismo yo quizás estuviera

Orlando N. Gómez

muerto, preso o no sé cómo. Lo que si yo sé es que no estuviera bien" Lony. "El mes que viene tengo que ir a trabajar. Trataré de presentar un plan para ver si puedo ayudar en la captura de esos bandidos terroristas" Estela. "¿Madre pero tú no me dijiste que ya casi te retiras de ese trabajo?" Lony. "Si hijo, pero esto que quiero hacer, sería la última contribución a mi país como trabajadora del gobierno aun que siga como persona privada" Estela.

En el entorno de Burka existe una dinámica de alto riesgo para los ciudadanos del pueblo. Los jóvenes están bien armados y acorralados. Pero lo que hace la investigación más difícil, es que ellos han recibido instrucciones de que se disfrazarse de mujer para que no sean fácilmente detectados. Todas las entradas y salidas del pueblo han sido serradas desde el mismo día de la explosión. Los investigadores no descansan en su búsqueda. Una joven perteneciente al grupo es usada para comprar los atuendos que los jóvenes usarían. "Rita, quiero que nos compre los disfraces. Mira esta es la medida mía, la de Burka y la de Mil" Dice Kril el compañero de mayor edad en el grupo. "Ja, ja, ja, ok" se ríe la única mujer del grupo responsable de ir de compra. "¿De qué te ríes? ¿Cuál es el chiste?" pregunta Burka. "No es nada malo amigo. Cambia esa cara. Solo que iré a comprar Burkas" Rita. "Este no es un momento para risa. Esto es algo serio" Burka. "Eso

Invernadero de tragedias

es verdad. Nosotros tenemos que estar orgullosos de lo que hacemos. Pero más que orgullosos tenemos que saber que es más que un orgullo el morir por nuestra causa" Kril. "Yo siempre he tenido en mente que este es nuestro chance para vencer a los infieles. El mundo tienen que ser nuestro" Mil. "¿Por qué dices eso Mil?" Burka. "Bueno tengo entendido que durante la guerra fría nosotros no teníamos el chance que tenemos ahora para poder hacer lo que hacemos con el éxito que tenemos" Mil. "¿Porque crees que durante esa guerra no se podía hacer lo que hacemos? ¿Es que durante esa era no había hombres con cojones como los tenemos nosotros? Burka. "Bueno en cuanto a los cojones, no te puedo decir nada. Lo que si te puedo decir, es que durante dicha era las mayoría de gobiernos eran dictatoriales. Amigo esos gobiernos no permiten esto que hacemos. Miren, es tanto así, que a todo aquel que fuera encontrado con explosivos, lo mataban a él, a su familia y no descansaban hasta encontrar al que haya dado dichos explosivos.. Lo mismo que nosotros hacemos hoy en contra de los infieles, ellos los hacían contra de gentes como nosotros." Mil. "Eso sí que es verdad. Si te fijas bien, todos los gobiernos que gobernaban los diferentes países de nuestra área, eran de corte dictatorial. Ahora no, ahora hay más libertad de acción" Kril. "Bueno yo lo que sí creo es que la Guerra Santa es conveniente para los fieles como nosotros. Esto es así por los beneficios y recompensas

Orlando N. Gómez

que más luego recibiríamos de nuestro rey" Burka. "Esto es una nueva norma mundial. Lo que nosotros estamos haciendo se tiene que llevar a cabo aunque a muchos hombres y mujeres les desagrade el tener que pelear por nuestra causa" Rita. "Eso es cierto. Pero nosotros debemos de entender que tenemos la ventaja frente a ellos. Nuestros adversarios han creado reglas de compromisos en tiempo de guerra. Nosotros no tenemos que cumplir con dichas reglas. Cuando nosotros tenemos que eliminar infieles, no miramos quienes son, como son, porque son ni cuanto son, pero mucho menos quien se encuentre en su alrededor. Nosotros los eliminamos y punto. Ellos no hacen lo mismo, y por eso pierden con nosotros" Kril. "Bueno eso sí que es verdad. Solo tenemos que fijarnos en lo que sucede cada vez que atacamos" Burka. Los tres jóvenes mira a Rita sin riese. Burka es quien más serio esta. Luego de recibir las instrucciones, la joven sale de compra.

Dos días han pasado después que los jóvenes decidieran disfrazarse. A los tres meses y medio de la explosión, el pastor adquiere un nuevo espacio para que temporalmente pueda seguir ofreciendo sus cultos hasta que le reconstruyan su iglesia. Silvia llega a la casa de Estela. "Vecina quiero que le comunique a Lony que esta noche mi médico ira a la iglesia porque tiene algo muy importante que decirnos.

Invernadero de tragedias

Nos veremos esta noche en la iglesia. Ahora tengo que ir a ver a mi peluquero. Pues tengo algo muy importante que hacer" Silvia. La vecina de Estela se marcha del lugar. Luego Estela sale rumbo a su trabajo. Ella ha solicitado una cita con el director general de la agencia para presentarle un plan para poder capturar a los terroristas. Estela llega a la oficina. El oficial de turno la conduce hacia la oficina del director. "Hola, leí su carta y me interesó mucho lo que dices en la misma. Pero explíqueme con más detalles ahora que estamos en vivo" dice el director para luego sentarse sobre su escritorio de frente a Estala. El sillón del director está repleto de cartas que él ha recibido incluyendo la carta que Estela le había enviado. "Mire director, yo no he podido dormir bien desde el día que sucediera este acto cobarde contra nosotros. Esas gentes no tienen ningún tipo de empatía humana. Ellos usas nuestra humanidad y humildad para ponernos de rodilla. Esas gentes saben que nosotros no somos tan inhumano para cometer las atrocidades que ellos cometen contra vidas humanas. A esos malvados no les importa si matan niños, ansíanos y desvalidos. Mire jefe, ellos los matan sabiendo que nosotros no haríamos lo mismo en contra de ellos. Por esa razón es que muchas veces ellos cobardemente usan víctimas como escudo humano para protegerse. Como víctima directa de dicha cobardía, tengo la necesidad de ver a esos criminales; perdone mi expresión; ¡muertos o en la cárcel!

Orlando N. Gómez

Me gustaría amarrarlos por las bolsas y guindarlos en un palo con espina en medio del Sol, y dejarlos ahí hasta su último respiro. Pero sé que no soy capaz de hacer algo así, porque de hacerlo, me igualaría a ellos, y nosotros no somos iguales. Como trabajadora de la agencia ya casi más de dos décadas, tengo la suficiente experiencia como para quizás hasta predecir muchas cosas que un investigador local pueda obtener en una investigación como esta. He llegado a la conclusión de pensar que cuando una persona esta acorralada como están esos terroristas, lo más idóneo en hacer para evadir una captura, es esconderse. Eso es lo más simple. Pero además de esconderse, es importante el cambiar de apariencia" Estela. "¿Entonces donde usted cree que ellos se pudieran esconde y que disfraz usted cree que ellos pudieran usar?" director. "Bueno, yo solo he podido crear una hipasteis al respecto. Pienso que si un desamparado comete un crimen en medio de la ciudad, los lugares más idóneo para el esconderse serian: los refugios, las estaciones bajo tierra del metro, si tiene familia sus familiares, y si es invierno en cualquier sitio donde el pudiera calentarse" Estela. "Si pero eso es lo que hemos estado haciendo y no hemos podido capturarlos" director. "¡Eso quería oír! Como usted ya ha dicho. Si ya todo lo concerniente a esconderse ha sido investigado, entonces lo único que faltaría por investigar seria identificar la forma que ellos pudieran disfrazarse" Estela. "No había pensado

Invernadero de tragedias

en eso. ¿Dígame de que formas y con qué disfraz pudiera usted creer que ellos pudieran disfrazarse?" Director. "Bueno director, creo que usted y yo hasta el momento vamos por buen camino. Mire por ejemplo. Si una persona que haya nacido aquí, que haya ido a la escuela aquí, que haya crecido aquí y que conozca la idiosincrasia de su entorno, llega a cometer un crimen para luego que lo estén buscando irse a la clandestinidad para evadir su captura ¿Qué tipo de disfraz cree usted que el utilizaría?" Estela. "Bueno pudiera ser disfrazándose de cualquier forma que le oculte su verdadero rostro" director. "Okey director, eso es lo principal. ¿Pero qué disfraz usted crees que el mismo seria proclive en utilizar?" Estela. "No sé, eso depende. Pudiera ser algo típico de su entorno, o vestirse de mujer con maquillaje de mujer, o vestirse de anciano con maquillaje que le pongan la cara como un anciano" Director. "Estoy totalmente de acuerdo. En el caso de estos individuas. Ellos no son de aquí. No saben hablar nuestro idioma muy bien, y no conocen muy bien nuestra idiosincrasia. ¿En su caso, qué disfraz creería usted que ellos utilizarían y donde usted cree que ellos pudieran conseguir dicho disfraz?" Estela. "No sé, pudiera ser algo típico de ellos; algo que ellos sepan manejar y donde ir a conseguirlo sin que sean tomado en cuenta como cuando ellos fueron a comprar a la ferretería y a la mueblería" director. "Estoy totalmente de acuerdo. Por esa razón es

Orlando N. Gómez

que yo he llegado a la conclusión, de ellos pudieran estar vestido de mujer. Pero como ellos usan barbas, quizás ellos no estén mostrando sus caras" Estela. "Entonces si no están mostrando sus caras ¿Cómo nosotros pudiéramos identificarlos?" director. "Bueno ahí es donde está el arduo trabajo. Con la gran diferencia de que al nosotros poder implementar el proceso de eliminación, notros solo estaríamos concentrado en un solo aspecto de la investigación" Estela. "¿Cuál será ese aspecto? ¿Me pudiera decir?" director. "Si como no. Nosotros solo tenemos que saber en cual lugar, o detrás de cual disfraz que no sea maquillaje ni afeitadas, ellos pudieran esconder sus caras" Estela. "Pues dígame usted. Yo no tengo ni la menor idea" director. "Fíjese, yo estuve analizando el nombre de uno de los bandidos. Y pude saber tanto a través de mi madre quien habló con una vecina de la madre del joven, que la madre del joven fue la que le puso el nombre al joven sin el consentimiento del padre quien se opuso a que ella le ponga dicho nombre al niño. Tanto el padre y ahora al joven no les gustan dicho nombre. El joven ahora dice que él se lo cambiará" Estela. "Bueno, si yo solo estaba confundido, ahora me siento más que perdido. ¿Qué tiene ese nombre que ver con el disfraz? ¿Póngamelo más fácil que no entiendo nada?" director. "Mire director, una Burka es un vestido de mujer donde la mujer esconde su cara; no tan solo su cara, sino más bien todo el cuerpo.

Invernadero de tragedias

Lo único que se le puede ver a la mujer son los ojos, ni siquiera la nariz" Estela. "Me ha impresionado, nunca había pensado en eso. Me ha impresionado, sinceramente se lo digo. ¿Entonces usted quiere decir que ellos pudieran estar escondido debajo de una Burka?" director. "Eso es correcto" Estela. La conversación sigue por una media hora más antes de Estela marcharse del lugar. El director inmediatamente da órdenes al respecto al implementar un plan de investigación más subrepticio para identificar los lugares donde venden las Burkas, saber quiénes las usan, y saber aproximadamente cuantos son los usuarios para luego monitoréalos 24 horas al día.

Estela retorna a su oficina para arreglar unas cuantas cosas. Ella sabe que en esta nueva estrategia investigativa, la pudieran incluir y ella pudiera tener en una participación directa. Luego que llega la hora de irse, ella apresura las cosas al recordarse que Silvia le había dicho que ella y su médico irían a la iglesia, y que tenía algo muy importante que decirle. Estela llega a su casa, toma una ducha, y luego sale con su madre Lucy rumba a la iglesia. Todas las calles están repletas de patrullas. Tanto en las estaciones del metro como en cada esquina, se pueden ver los agentes de la policía en uniformes y vestido de civil. Son las siete y media de la noche cuando Estela llega a la iglesia la cual está casi repleta de miembros. Silvia no ha llegado. Lony les

Orlando N. Gómez

tiene los asientos como siempre al lado del pulpito. Esta vez él tiene dos asientos extras, uno para el médico y otro para el peluquero. La misa regularmente comienza a las ocho pero esta noche comenzará a las nueves. El pastor quiere darle cabida a lo que Silvia tiene que decir antes de que comience la misa. El piensa que Silvia se entregará al señor esta noche puesto que aunque ella va a la iglesia, ella todavía no lo ha hecho oficialmente. Luego que Estela y su madre están sentadas, llega Silvia con el médico y el peluquero. El pastor está muy emocionado. De igual manera lo está Estela. Lucy no sabe de qué se trata el hermetismo. Ella solo espera. Ya todo está listo. "Hermanos y hermanas, en el nombre de Jesús, tengo el honor de estar aquí de nuevo con ustedes en esta noche, con el siguiente slogan que Cristo me ha encomendado para que lo comparta con todos ustedes. El slogan dice así ** no nos intimidaran, no nos intimidaran ni nos dejaremos intimidar. En el nombre de Jesús venceremos**. Hermanos esta noche tengo el honor de presentarles a la hermana Silvia quien tiene algo muy importante que decirnos" dice el pastor mientras llama a Silvia para el pulpito. "Buenas noches a todos. Solo me identificaré como Silvia. Más adelante les diré mi nombre completo. Esta noche he querido venir a la iglesia a confesarles algo que he venido escondiendo ya por mucho tiempo. Después de reivindicar el terreno que en contra de mi voluntad perdí, creo que la hora ha

Invernadero de tragedias

llegado. Si, la hora de recuperarlo ha llegado. No quiero morir sin tener lo que me corresponde, lo que por razones de un destino cruel perdí, y por no ser culpable de dicha perdida, hoy tratar de recuperarlo" dice Silvia mientras todos se encuentran confundidos con las palabras que ella ha acabado de decir. Nadie sabe de qué ella habla ni porque dice lo que dice. Pero Silvia sigue diciendo "Esta noche estoy aquí en compañía de mi médico y mi peluquero. Ellos serán los responsables de darle a conocer la verdad que todos ustedes esperan saber" dice Silvia mientras llama a su médico y su peluquero que de inmediato comienza a sacar todos sus utensilios de trabajo para después colocar a Silvia en un sillón que le fuera preparado por el pastor. El pastor solo observa. Él no tiene idea de lo que está pasando en su iglesia. El solo esta agarrado de la gracia de Jesús en espera de que lo que tenga que suceder no sea algo nocivo para la congragación. El medico llega al pulpito "Buenas noches a todos. Soy el medico de Silvia. Fui quien la operó para el trasplante y también fui quien hizo el trasplante. Conozco bien al pastor como también la conozco a ella. Esta noche tengo algo muy importante que decirles. Pero solo se lo diré a medida que el peluquero avance con su trabajo. Solo quiero silencio y que observen. Silvia regresa de la habitación donde ella se cambia la ropa y sobre la nueva ropa ella se pone una bata. El cabello largo y negro de Silvia esta suelto. Al ella salir todos les miran su

Orlando N. Gómez

hermosa cabellera. El peluquero la sienta y luego le tiende otra manta de peluquero. Luego comienza a darle un corte de cabello al estilo hombre. Todos observan. Estela no acaba de entender lo que está pasando, pero mucho menos le quita los ojos de encima a Silvia. Mientras el peluquero sigue cortándole el cabello, los presentes murmuran "¿Por qué será que ella corta esos cabellos tan hermosos y largos? ¿Qué está pasando con esa mujer?". Luego que el peluquero termina el corte, Estela se queda sin habla. Pero el peluquero comienza a removerle el maquillaje a Silvia para de esa manera cambiarle su apariencia en su totalidad. Silvia se pone de pies y se remueve la bata quedándose en pantalón y camisa de hombre, con unas botas de color negro. Tan potro Estela finalmente reconoce lo que está al frente de ella, se pone llorar de emoción. Ella pierde el control; no sabe qué hacer o que decir. Ella mira a Lony, pero él no sabe nada de lo que está pasando. Ella no puede creer los que ves. Luego el medico vuelve al pulpito y dice "Yo tenía que guardar este secreto puesto que me comprometí a callar. Este hombre no es Silvia. Pero mucho menos es una mujer. Él es tan hombre como lo soy yo. Testigo soy puesto que fui yo quien hice el trasplante, y pude ver lo que solo una persona de este grupo ha podido ver aunque haya sido mucho antes de la operación. El nombre de este hombre es Rony Pinedo, y él dice ser el padre del pastor". Cuando el medico dice esas palabras, el

Invernadero de tragedias

pastor solo dice "¡Alabado sea el nombre de Jesús! ¡Alabado sea, alabado sea el nombre de Dios!". Estela sale corriendo y abrasa a Rony para luego decir "¡Si hijo mío; ese es tu padre! El hombre que yo nunca dejé de amar aunque se haya ido. Él es Rony. Ahora me fijo lo mucho que ustedes se parecen físicamente. Rony no sabe qué hacer. El esta tan emocionado como lo está Estela. Lucy por el otro lado se pone nerviosa. Ella no puede creer lo que está mirando. De repente ella sube al pulpito el cual ha sido abandonado por la cantidad de emociones dentro de la iglesia, para luego decir. "Esto solo puede suceder en la casa de Dios, en la casa de Dios". Tan pronto Lucy dice esas palabras, Rony no se puede contener y abrasa a Estela y Lony antes de que ellos los abrasen a él por igual. Los tres lloran y ríen a la vez. Estela esta anonadada. Por un momento ella suelta a Lony y mira a Rony detenidamente. Los dos se miran de la misma manera que los hacían cuando estaban en la universidad, y cuando se mudaron para Washington. ¡De repente! Estela es la que lo abraza y luego lo besa. Los dos se besan apasionadamente frente a todos, mientras todos observan y al unísono dicen. "¡Alabado sea el nombre de Jesús, alabado sea!".

Tres horas más tarde se termina el culto. Estela y Rony se dirige hacia la casa. En esta ocasión, Estela se queda en la casa de Rony. Los dos pasan la noche como si es

Orlando N. Gómez

tuvieran de luna de miel. Son las siete de la mañana cuando el timbre en la puerta de la casa de Rony suena. Rony es quien se dirige hacia la puerta notando que es Lucy quien ha tocado el timbre. "Buenos días Silvia, digo Rony ja, ja, ja, perdona". "No se preocupe Lucy, ya usted se acostumbrará" dice Rony. "Mira hijo, dile a Estela que su jefe la llamó; que lo llame porque él dijo que es una emergencia" dice Lucy para luego retirase hacia la casa de Estela, puesto que en el mismo momento que el jefe llamó, ella le estaba preparando el desayuno a su nieto.

Después que Lucy da la noticia, Estela de inmediato se comunica con su jefe para inmediatamente salir hacia la oficina. Cuando Estela llega a la oficina, ella se dirige hacia la oficina del director. "Hola Estela buenos días; gracias por venir rápidamente. Anoche recibimos una llamada anónima diciéndonos que hoy a las nueve de la mañana cuatro mujeres vestidas con Burkas estarán de compra en una tienda que vende esos vestidos ubicada frente a la estación de bomberos número 5" director. "¿Jefe, y cual será mi papel en esta operación?" Estela. "Bueno, nosotros te hemos comprado una Burka para que tú la uses. Y como sabemos que tú aprendiste a hablar un poco el idioma de esos jóvenes, te enviaremos para que tú compres algunas cosas en dicha tienda. Pero lo más importante es que tienes que tratar de identificar

Invernadero de tragedias

quien es hombre, y quien es mujer a través del tono de voz, si es que hablan. Otra casa muy importante, tratas de verle la mano derecha a cada uno de ellos; si es que no tienen guantes puestos. Mira a ver si alguien tiene un camello tatuado en su mano derecha. Si tú llegas a hacer alguna identificación, de inmediato marcas el número 88 en tu celular. Ese número ha sido creado en forma de circuito cerrado solo para esta operación" director. "¿Quién estará cubriéndome?" Estela. "Habrá un equipo de 10 agentes frente y al lado de la tienda. Toda el área estará acordonada" director. Estela sale de la oficina donde ella busca su pistola nueve milímetro y dos peines adicionales. Luego toma su teléfono celular para después ir en busca de la Burka. Cuando ella llega donde se encuentran los otros agentes, todos se ponen de acuerdo con los procedimientos protocolares a seguir. Todos se ponen de acuerdo de que Estela llegará a la tienda por su cuenta, pero muy cerca de ella habrá un equipo de 10 agentes encubiertos. Las cuatro cuadras estarán acordonada y dos helicópteros sobrevolarán la zona. Tanto la parte frontal de la tienda como la trasera, están cubierta por unidades de operaciones especiales. Son las nueve de la mañana. Estela llega a la tienda. Tres personas trabajan en la tienda; dos mujeres y un hombre. Una de las mujeres es de aproximadamente 40 años de edad, y la otra como de 18 años de edad. Parecerían

Orlando N. Gómez

como si fueran madre e hija. El hombre es como de aproximadamente unos 45 años de edad. Todo parecería como si ellos fueran los padres de la joven. Estela entra a la tienda, siendo la jovencita quien la comienza a atender. Estela trata de prolongar la conversación con la joven en espera de que lleguen los cuatro jóvenes. De repente, un carro color gris se detiene frente a la tienda. Del mismo salen dos personas por el lado del pasajero, y dos más por el del chofer. Las cuatro personas se introducen en la tienda; aparentemente todas mujeres vestidas con Burkas. Tan pronto llegan, la otra mujer dentro de la tienda sale para asistir, mientras el hombre se queda en la caja. Estela nota que por el momento solo una de las cuatro personas es quien habla con la otra mujer. Las otras tres personas solo observan. Estela nota que dos de las otras tres, están mirando para todos los lados. Mientras que la otra no le quita los ojos de encima; lo que hace que Estela comience a preocuparse. De repente una de las tres mujeres trata de decir algo. Pero la mujer que se encuentra al lado le hace seña para que se aguante. Estela disimuladamente se acerca un poco más al lugar donde ellas se encuentran. En ese momento una de las mujeres le secretea algo a la otra. Estela oye la voz pero no puede determinar si es de hombre o mujer. Luego Estela se acerca a la otra y deja caer un libro que lleva en la mano izquierda. La mujer vestida de Burka que está parada al frente de ella

Invernadero de tragedias

se inclina, recoge el libro y se lo entrega a Estela quien dice "Gracias muchas gracia". La mujer le responde "A su orden". Aunque Estela le haya visto la mano derecha la cual no tiene ningún tatuaje, ella de inmediato se da cuenta de que la voz es de un hombre. Desde ese momento Estela se da cuenta que ya ella tiene suficiente indicio para marcar el 88. Pero ella trata de ver si pue detectar el camello. La joven que atiende a Estela nota que ella no está comprando nada. Por esa razón dice "¿Ya usted terminó? No, comprará el turbante que estuvo mirando". "No, no he terminado. Lo único es que todavía no me he decido. Ese color me gusta pero quiero ver otros. Además, no es tan solo un turbante lo que vine a comprar. Después que consiga el turbante, compraré rapa interior y productos para maquillarme" dice Estela mientras nota que la joven del grupo que es responsable de hacer la compara casi termina de pagar. Mientras el grupo se prepara para marcharse del lugar, Estela reacciona. Tan pronto el hombre de la caja termina de empacar, Estela marca el 88. En menos de 30 segundos más de 100 agentes se acercan a la tienda. Dos helicópteros vuelan sobre la misma. Hay franco tiradores encima de todos los edificios adyacentes. Los cuatro jóvenes son arrestados sin resistencia y sin removerles sus Burkas. Los agentes no les dieron tiempo a nada, aunque ellos poseen ametralladoras por debajo de sus Burkas. Todos

Orlando N. Gómez

son conducidos al cuartel de la policía. Mientras son conducidos, todos se quedan callados. Pero de repente el joven Jamado Kril es quien dice "no me importa que nos arresten, no me importa que nos maten, lo que si me importa es saber que aunque nos desaparezcan, otros nos suplantarán. Nunca estaremos de su lado, porque de la única manera que podremos estar juntos, es si ustedes se ponen de nuestro lado". Luego del joven terrorista decir esas palabras, nadie dice nada al respecto. Todos colaboran con las instrucciones dada por los agentes antes de ser conducidos al departamento de investigación, donde se llevará a cabo la interrogación antes de ser entregados a la fiscalía. Luego que los investigadores terminan de hacer los registros correspondientes, detectan el camello tatuado sobre la mano derecha de Burka. Desde ese momento, los agentes se sienten mucho más seguros de que ellos han detenido a tres hombres y una mujer uno de los cuales lleva un tatuaje de un camello encima de su mano derecha; lo que indica que ellos han apresado a los verdaderos terroristas. Cuando la gente común del pueblo se percata de que los terroristas han sido arrestados, ellos tratan de sacarlos de la cárcel para lincharlos y despúes quemarlos en el parque público. Uno de los protestantes se sube encima de una banqueta del parque y dice "Ellos no, nos intimidarán con sus esperpentos mortíferos. No les

Invernadero de tragedias

tenemos miedo, y si es de aniquilarlos, los aniquilaremos a como dé lugar; abajo el terrorismo, abajo el terrorismo".

El tiempo ha pasado. Mientras los terroristas esperan por su juicio, Rony y Estela hacen un viaje a Hawái. Rony le pregunta a su esposa "¿Mi amor, en pocas palabra me pudieras decir que ha sido de tu vida desde que eras niña jugando con Clara?" "Mi vida, lo que me llega a la mente es, mi nombre, el nombre de Clara, Octubre Rojo, el Tío Sam y Burkas. Pero también me llega a la mente el hecho de que los contrastes formados entre el Octubre Rojo, el Tío Sam y ahora con los terroristas, han sido los responsables de engendrar lo que el gran literato don Ramón del Valle Inclán llamó; **esperpento**. Esos esperpentos han sido los elementos más notorios en la dinámica generada la maquinaria de tragedia que nosotros hemos creado para nuestra propia destrucción. El problema de hoy en día es que no es solo un esperpento, sino varios; los cuales han sido paridos por la guerra fría y ahora por el terrorismo. Mi amor, tengo que decirte que es imperativo que las gentes de este lado del mundo hagamos algo para parar y eliminar a esos que a escondida nos están matando y explotando con bombas. Mi amor, de no hacerlo, entonces tendremos que estar preparados para morir porque ellos vendrán a matarnos". "¿Porque dices eso? No entiendo porque. Eso es pura violencia"

Rony. "Bueno yo nací bajo el asedio del Octubre rojo contra el Tío Sam, y ahora hice mi último trabajo dándole seguimiento a lo que se puede esconder debajo de las Burkas. ¿Qué te parece? Si eso es violencia; pues ni modo" Estela "¿Pero entonces que es lo que se puede esconder debajo de la Burka?" "¿Mi amor, pero donde fue que se escondieron esos terroristas, y donde es que se crean las burkas?" "Ya entiendo mi vida; ya entiendo. Sabes, pesándolo bien, creo que es muy probable que estemos frente a otra guerra fría" Rony. "¿Porque dices eso?" Estela. "Mi amor, nosotros tenemos que estar claro en algo. El mayor problema que enfrentamos en el mundo de hoy, está basado en el hecho de que la producción de petróleo de los sauditas, es la única producción insustituible en el planeta. El peligro mayor es que las cosas se les están poniendo más difíciles especialmente al sector o países de la parte occidental de la tierra, puesto que ya Estados Unidos no está en la posición de poder hacer que los sauditas aumenten la producción en un corto plazo para así suplir las bajadas de la producción en otros países, o para mantener estable el precio del barril de crudo. Ahora todos están en un libre mercado; lo que genera mayor especulación. Sin embargo, al ser Arabia Saudita el único país del mundo capaz de hacer esto con Estados Unidos, ya sea por su infraestructura o por su gran reserva, Irán como país vecino con ansia de control, no lo ve con buenos

Invernadero de tragedias

ojos. Esta realidad ha aniquilado la producción de otros países emergentes responsable de aportar una producción considerable a nivel histórico. Esos países están compuesto principalmente por Libia, Irak y Siria dejando fuera a Irán. Mira cariño, con la excepción de Irán, esos países han sido situado en unos niveles de producción casi inexistentes, por estos encontrarse sumidos en el caos. Esta realidad le ha permitido a los sauditas tapar esos huecos dejados por esos otros países en la extracción de crudo" Rony. "¿Entonces quién sería el contendor que estaría actuando en contra de Arabia Saudita?" Estela "Mi amor, ya te lo dije. ¿Quién va a ser sino es Irán? ¿Tú no sabes que ese país quiere controlar la región? El mundo árabe les tiene mucho temor a los iraníes. Fíjate, en esto que te voy a decir. Una vez desaparecida la guerra fría entre Rusia y Estados unidos, y luego la eliminación de Sadam Hussein en Iraq, los rivales más notables que han surgido, han sido Arabia Saudí contra Irán. El problema hoy existente es que los intereses del reino árabe frente a los intereses de la república islámica de Irán, chocan en numerosos puntos a lo largo de toda la región que compone al Oriente Medio; que dicho sea de paso, todas son testigos de que el cao reinante en sus entornos, es por una multiplicidad de factores que van más allá de lo cultural o fanatismo religioso, los cuales exacerban aún más la inestabilidad regional" Rony. "Mira mi vida. Todo esto me hace sentir

Orlando N. Gómez

como si viviera dentro de un invernadero de tragedias. Con relación a eso que acabas de decir, tengo que decirte que en medio de todos esos problemas confrontados por esos países, no podemos dejar a un lado a esos que odian nuestro país, nuestra forma de vivir, nuestra creencia religiosa y costumbres. A esos que nos odian solo por saber que nuestro país es el país más envidiado, el más admirado, al que más gentes quieren visitar, donde más gentes quieren vivir, donde el racismo se ha ido mutando a través del poder que tienen el amor y la libertad; donde más se respetan los derechos individuales; de la gente joven, de los niños; de los ansíanos, de las mujeres, de los hombres, de los animales y la vida en todas sus formas. Por ser nuestro país de esa manera, es odiado por los que se reúsan al cambio, por los que no saben perdonar por solo saber y querer odiar" Estela. "Si mi amor; y eso es lo que complica aún más las cosas; puesto que tenemos enemigos en los dos bandos. En esta nueva era nosotros no sabemos cuándo estamos peleando contra nuestros enemigos, o en favor de ellos, y en conflictos como estos, menos sabemos quiénes son nuestros verdaderos amigos. Bueno pero dejemos de hablar de esto y ahora vámonos para Hawái teniendo mucho cuidado con lo que hay debajo de las Burkas" Rony. "Mi vida, solo tenemos que ser hábiles y cautos tratando siempre de actuar como los

Invernadero de tragedias

cirujanos que saben extirpar un tumor maligno sin dañar las células buenas que lo rodeen" Estela.

Por otro lado, durante un juicio oral, público y contradictorio, y muy diferente a como ellos querían hacer justica, los cuatro jóvenes son hallados culpables por el ataque con explosivos caseros a la iglesia de Lony y todos los demás lugares adyacentes. Tres de los jóvenes son sentenciados a la pena de muerte; mientras que la joven es sentenciada a 20 años de cárcel por su complicidad. Los miembros de la comunidad a la cual pertenecen los jóvenes, repudian los actos criminales que ellos cometieron contra la ciudad, al decir que esos jóvenes y sus actos, de ninguna manera representan la creencia, la religión, la costumbre pero mecho menos la filosofía de vida que existe entre los miembros de su comunidad. Estela y Rony se retiran del trabajo para luego casarse.

FIN

Orlando

NOUEL GOMEZ

Invernadero de tragedias

En medio del afán diario por entender lo novedoso de cada día, mojado cada mañana por el rocío del alba que se aleja de la madrugada para recibir el nuevo día, y luego adormecido por el ocaso del Sol seguido por un crepúsculo estrellado, para después tener que descansar en un lecho que muchas veces llora por la presencia del su dueño, dentro, muy dentro del ambiente poliglota que forma la ciudad de nueva york, la cual siempre está repleta de controversias por doquier, les da vida Orlado N. Gomez a Estela y su amiga Clara, en una dinámica creada dentro de un invernadero de tragedias. Estela es la mujer que rechaza los tentáculos del Octubre rojo, para identificarse con las doctrinas del Tío Sam. Mientras que Clara se acuna en la fatiga creada por la rebeldía, para validar la existencia y razón de ser del Octubre rojo, y las doctrinas de Carl Mark. Estela es un personaje de corte de pensamiento

Orlando N. Gómez

moderno, y conocedora de ideas políticas enmarcadas en la vida mercantil, independiente y autosuficiente del sistema capitalista. Clara, aunque con opinión diferente, es poseedora de la misma modernidad pero con un conocimiento más definido de las costumbres humanas, basando siempre sus conocimientos en el igualitarismo, justica social, distribución de riqueza y la dictadura con respaldo popular. Aunque en teoría Estela y Clara se encuentren en lados diferentes, en la practicidad de la vida ellas coinciden en que la guerra fría y el terrorismo, han sido dos esperpentos mortíferos engendrados por el contraste. Las dos mujeres son procreadoras cada una de un hijo: Ovante hijo de Clara y Lony hijo de Estela. Ovante el político y organizador social. Es un elemento escurridizo, fanfarrón y cínico, quien sigue el legado de su padre quien en vida fuera un ateo comunista que odiaba al tío Sam. Mientras que Lony es un pastor que llega al mundo pastoral por razones divinas, sin tener preferencia política ni económica, sino más bien, teniendo como principal estandarte la filosofía cristiana y nada más. Los demás personajes están formados por abuelos, abuelas, amigos, personal público y privado, trabajadores gubernamentales, gentes en el extranjero y vecinos que se dividen en benignos y malignos. De esta vecindad es que se comienzan a dilucidar los temas a tratar. La narración de los acontecimientos muchas veces es prolongada, pero

Invernadero de tragedias

de vez en cuando rápida, semis-desnuda y precipitada de escenario. El lenguaje refleja muchas de las palabras utilizadas en Latino América. El autor entiende que el contenido de este trabajo literario, refleja la reacción psicológica de cada uno de los personajes utilizados en el mismo; tratando siempre de calar en lo más profundo de su s ser, de sus entornos y quizás entrañas, solo con la intención de buscar y poder encontrar sus esencias, y al final poder decir quiénes son, porque piensan y actúan como los hacen acerca de las factorías de intranquilidad y tragedias de los dos últimos siglos; la cuales hoy podemos llamar *** guerra fría y terrorismo***

Orlando N. Gomez

Orlando N. Gomez nacido en San Pedro de Macorís Republica Dominicana. Hijo de una familia de clase humilde. Su padre nunca estuvo presente y mientras su madre fuera su buena madre y sus abuelos fueron los encargados; comenzó sus estudios de escuela secundaria en el Liceo Gastón Fernando De-Lignes de San Pedro de Macorís durante la última década de la guerra fría, para luego ingresar a la Universidad Central del Este ubicada en el mismo pueblo. Ahí comenzó a estudiar Ingeniería Agronómica la cual decidió cambiar por la carrera de derecho en la facultad de ciencias jurídicas la que por razones de relocalización, tuvo que parar. Participó en

Orlando N. Gómez

actividades religiosas por unos cuantos años, para más luego participar brevemente en algunas actividades políticas. Se casa y procrea dos hijas las cuales han adquiridos títulos universitarios. Su primera novia ha sido su única esposa. Llega a la Ciudad de San Juan Puerto Rico donde por primera vez hace trabajos poco remunerados y más fuertes que su capacidad física. Luego ingresa a la Universidad del Sagrado Corazón de Santurce por un corto periodo de tiempo antes de marcharse para la ciudad de Nueva York encontrando lo que siempre ha rechazado; un ambiente infectado de la violencia creada por el negocio de las drogas, los drogadictos y los traficantes de la misma. Para antagonizar con dicho ambiente y por no tener dominio del idioma Ingles, comienza a trabajar en bodegas, súper marcados, como taxista, y más adelante como coordinador de diseño de tela. Luego de concatenarse con el entorno, ingresa a la Universidad de la Ciudad de Nueva York; John Jay Collage of Criminal Justice, donde termina una licenciatura en Criminología. Teniendo siempre en mente escribir novelas, comienza a escribir temas coherentes, ilustradores y repletos de buenos mensajes positivos que puedan combatir el vicio en todas sus formas, la envidia, la glotonería, el cinismo y todas esas psicosis y sus variantes formadas por esos cálculos desacertados que pudieran inducir a la irracionalidad.

Chuy Clarke -----Brechero

Clara Ortega=====Madre del rey

Lía de Ortega======Madre de Clara

Harry Ortega====Padre de Clara

Estela Miranda===Amiga de Clara

Rony Pinedo====El Cubano

Obando====el Africano

Conserje=====de la universidad

Blanca====trabajadora de cafetería

Dona Lewis====la que vivo con Obando

Lucy Miranda=====madre de Estela.

María Pinedo ====madre de Rony

Rosa Pinedo=====Hermana de Rony

Lolo Robaina=====el compañero

Olga ======la compañera

José======el que lee el discurso de Fidel

Orlando N. Gómez

Ovante++==Hijo de Clara

Lony =====hijo de Estela

Carol ====nueva vecina de Lía

Esteban ===amigo de Rony (HS)

Leo======Amigo de Obando en Rusia

John=====compañero de clase de Ovante

Silvia====Rony Pinedo ahora tornado en mujer

Burka ====hijo de Carol

Rita====compañera de Burka

Mil ===== compañero de Burka

Kril ===== compañero de Burka

Investigadores

Printed in the United States
By Bookmasters